Robert Musil
Die Verwirrungen des Zöglings Törleß
·
소년 퇴를레스의 혼란

창 비 세 계 문 학

84

·

소년 퇴를레스의 혼란

·

로베르트 무질

정현규 옮김

창비

"우리는 무엇인가를 입 밖에 내자마자 기이하게도 그것의 가치를 떨어뜨리게 된다. 우리는 심연 깊숙한 곳으로 잠수했다고 믿지만, 다시 수면으로 올라오게 되면 우리의 창백한 손가락 끝에 묻은 물방울은 더 이상 그것이 속해 있던 바다와 같지 않다. 우리는 진기한 보물이 묻힌 곳을 발견했다고 착각하지만, 다시 밝은 곳으로 나와보면 단지 쓸모없는 돌멩이와 유리조각을 손에 쥐고 있을 뿐이다. 그런데 그럼에도 불구하고 보물은 어스름 속에서 변함없이 반짝인다."──메테를링크

차례

·

일러두기
1. 이 책은 Robert Musil, *Die Verwirrungen des Zöglings Törleß*(Suhrkamp, 2013)를 번역
   저본으로 삼았다.
2. 본문의 각주는 옮긴이의 것이다.
3. 본문 중의 고딕체는 원서에서 이탤릭체로 강조한 부분이다.
4. 외국어는 되도록 현지 발음에 가깝게 표기하되, 우리말 표기가 굳어진 것은 관용을
   따랐다.

러시아를 향해 뻗은 선로 옆 작은 기차역.

넓은 철둑의 누런 자갈 사이로 평행을 이룬 네개의 레일이 양 방향으로 끝없이 똑바로 펼쳐져 있었다. 레일의 옆 지면에는 지저분한 그림자처럼 배기가스로 어둡게 그을린 자국.

유성페인트칠이 된 나지막한 역사 뒤로는, 바퀴자국으로 움푹 팬 넓은 도로가 화물전용 플랫폼 쪽으로 오르막길을 이루고 있었다. 도로의 양 가장자리는 밟아 다져진 주위의 지면과 분간하기 어려웠는데, 먼지와 검댕으로 질식해 말라 죽은 나뭇잎을 단 채 양옆에 서글프게 두줄로 서 있는 아카시아 나무 덕에 그 경계를 알아볼 수 있었다.

이런 서글픈 색깔들 탓이었을까, 아니면 연무 탓에 나른해진 창백하고 맥없는 오후의 태양 빛 탓이었을까. 사물과 사람 들은 인형극의 한 장면에서 나온 듯 그 자체로 뭔가 무심하고 생기 없으며 기계적인 요소를 지니고 있었다. 이따금 역장이 일정한 시간 간격으로 사무실에서 나와 매번 같은 방향으로 머리를 돌려 건널목 망루의 신호기 쪽을 바라봤는데, 신호기는 국경에서 엄청나게 지연된 급행열차가 접근하고 있다는 것을 알려줄 기색이 없었다. 그러면 역장은 똑같은 팔 동작으로 회중시계를 꺼내고는 머리를 흔들며 다시 사라졌다. 그 모습은 오래된 시계탑에서 정각이 되면 등장하는 모형들이 나왔다 사라지는 것 같았다.

선로와 건물 사이의 단단하게 다져진 넓은 승강장 위에서는 비교적 나이가 있는 부부의 좌우에서 한 무리의 명랑한 젊은이들이 잡담을 나누며 어슬렁거렸는데, 부부는 약간은 소란스러운 이 대화의 중심을 차지하고 있었다. 하지만 이 무리의 즐거움도 진정한 것은 아니었다. 쾌활한 웃음의 떠들썩함은, 보이지 않는 어떤 끈질긴 저항에 부딪쳐 지면으로 가라앉는 듯 몇걸음 걷지 않아 벌써 잦아드는 것처럼 보였다.

마흔살쯤 되어 보이는 퇴를레스 궁중고문관 부인은 눈물을 흘려 약간 충혈된 슬픈 두 눈을 촘촘한 베일 뒤에 감추고 있었다. 작별을 해야만 했던 것이다. 그녀는 사랑하는 외아들을 직접 지켜주며 돌봐주지 못하고, 이제 오랫동안 다시 낯선 사람들 사이에 두어야만 한다는 사실이 힘겨웠다.

왜냐하면 이 작은 도시는 수도에서 멀리 떨어진 제국의 동부, 인적이 드문 척박한 농경지에 위치해 있었기 때문이다.

퇴를레스 부인이 아들을 멀고 한적한 낯선 곳에 두는 것을 참아야만 했던 이유는, 바로 이 도시에 종교기관에서 운영하는 유명한 기숙학교가 있기 때문이었다. 이 기숙학교는 한세기 전 어느 종교재단의 부지에 세워진 이래로 그 외곽에 그대로 남게 되었는데, 자라나는 청소년들을 대도시의 유해한 영향으로부터 보호한다는 명분 때문이었던 듯하다.

왜냐하면 이 나라의 최상류층 가문의 자제들이 이곳 학교를 졸업한 후 대학에 가거나 군인 혹은 공무원이 될 수 있도록 교육을 받았기 때문이다. 그리고 이 모든 경우뿐만 아니라 상류사회의 교제를 위해서도 W. 기숙학교 출신이라는 사실은 특별한 추천요건으로 여겨졌다.

이러한 점 때문에 사년 전 퇴를레스 부부는 아들의 야심찬 성화에 못 이겨 입학허가를 얻어내기 위해 애를 썼다.

이 결정은 나중에 많은 눈물을 자아내는 결과를 가져왔다. 기숙학교의 문이 그의 뒤에서 다시는 돌이킬 수 없이 닫힌 거의 그 순간부터 어린 퇴를레스는 끔찍하고도 고통스러운 향수에 시달렸기 때문이다. 수업시간이나 널찍한 공원의 무성한 풀밭에서 하는 놀이, 또 기숙학교가 학생들에게 제공한 다른 어떤 오락거리도 그를 사로잡지 못했다. 그는 그런 것들에 좀처럼 관심을 가지지 않았다. 그는 모든 것을 베일 너머로 보는 듯 바라보았고, 낮인데도 집요하게 치밀어 오르는 흐느낌을 억지로 삼키기 위해 자주 애를 써야 했다. 하지만 밤이면 언제나 눈물을 흘리며 잠이 들었다.

그는 거의 매일 집에 편지를 썼는데, 그가 살아 있는 것은 이 편지 속에서뿐이었다. 그가 하는 다른 모든 것은 그림자 같은 의미 없는 사건에 불과한 것처럼 보였으며 시계 문자판의 숫자처럼 무심코 지나는 정거장 같았다. 하지만 편지를 쓸 때면 내면에서 뭔가 특출난 것, 자기만의 것을 느꼈다. 날마다 그를 차갑고 무정하게 에워싸고 있는 잿빛 감정의 바다로부터 기막힌 태양과 색채들이 가득한 어떤 섬처럼 그의 내면에서 무언가가 솟아올랐던 것이다. 그리고 그가 낮에 놀이를 하거나 수업을 듣다가 저녁에 편지를 쓸 생각을 하게 되면, 마치 아무도 보지 않을 때 경이로운 정원의 문을 열 수 있는 황금열쇠를 보이지 않는 줄에 매달아 숨기고 다니는 것 같은 생각이 들었다.

여기서 이상한 점은 부모를 향한 갑작스럽고 애틋한 애정이 그에게도 낯설고 새로운 것이었다는 점이다. 그는 이전엔 그런 감정을 예감도 하지 못했다. 스스로 원해서 자발적으로 이 학교에 왔으며, 어머니가 처음 이별할 때 눈물을 주체하지 못하는 것을 보고 웃기까지 했다. 그런데 그가 혼자 있게 된 지 이미 며칠이 지나서 제법 잘 지내고 있을 때 불현듯 내면에서 감정이 걷잡을 수 없이 북받쳐 올랐다.

그는 이것이 향수라고, 부모를 그리는 마음이라고 생각했다. 하지만 사실은 그보다 훨씬 불분명하고 복잡한 감정이었다. 왜냐하면 그 안에는 '이 동경의 대상'인 부모의 모습이 전혀 들어 있지 않았기 때문이다. 내가 말하는 것은 단순한 기억이 아니라, 모든 감각에 호소하고 모든 감각에 보존되어 있어서 말도 없고 보이지도 않는 상대방을 옆에 있는 듯 느끼지 않고는 아무것도 할 수 없는 일종의 공간적인 기억, 사랑하는 사람에 대해 몸이 느끼는 기억이다. 이런 기억이 마치 한순간만 진동하는 메아리처럼 금방 사라져버렸다. 예를 들면 당시 퇴를레스는 "사랑하고 사랑하는 부모님" — 그는 대개 그런 식으로 혼잣말을 중얼거렸다 — 의 모습을 더 이상 눈앞에 떠올릴 수 없었다. 그렇게 하려고 하면 부모의 모습 대신 마음속에서 끝없는 고통이 솟아올랐는데, 이 고통에 대한 동경은 그를 징계하면서도 동시에 완고하게 붙들었다. 왜냐하면 동경의 뜨거운 불길이 그를 고통스럽게 하면서도 황홀하게 만들었기 때문이다. 그 결과 부모님에 대한 생각은 점차 이런 이기적인 고통을 그의 내면에서 불러일으키기 위한 그저 임시방편에 지나지 않게 되었다. 고통은 스스로를 채찍질하는 고행자의 고통 사이로 수백개의 타오르는 촛불과 성화 속의 수백개의 눈들로부터 향이 흩뿌려지고 있는 어떤 예배당의 고독과 같은 관능적 자부심으로 그를 에워쌌다……

그러고 나서 그의 '향수'가 조금 누그러들고 점차 사라지기 시작했을 때 그 정체가 무엇인지도 아주 분명히 드러났다. 향수가 사라지면서 마침내 고대하던 만족이 찾아온 것이 아니라 어린 퇴를레스의 영혼에 일종의 공허함을 남겨두었던 것이다. 그리고 허무, 내면에 채워지지 않은 것에서 그는 자신에게서 사라진 것이 단순한 그리움이 아니라 뭔가 긍정적인 것, 어떤 영혼의 힘, 그의 내면에서 고통을 빙자해 시들어버린 무엇이라는 점을 깨달았다.

하지만 이제 그것은 지나가버렸고, 처음 맛보는 고상한 행복감의 원천을 그는 그것이 말라버린 다음에야 비로소 느낄 수 있었다.

이 시기에 쓰인 그의 편지에는 막 깨어나고 있는 영혼의 열정적인 흔적은 사라지고, 대신 학교생활과 새로 사귄 친구들에 대한 자세한 묘사가 등장했다.

이 와중에 그 자신은, 꽃을 피웠지만 열매를 맺지 못하고 첫 겨울을 나고 있는 어린 나무처럼 빈곤하고 황량한 느낌을 가졌다.

하지만 부모는 만족하고 있었다. 그들은 아무 생각 없이 동물적이고 강렬한 애정으로 그를 사랑했다. 아들이 학교에서 방학을 맞아 집에 다녀간 후면, 궁중고문관 부인에겐 집이 텅 비고 황량해 보였고, 그렇게 다녀간 지 며칠이 지나서도 그녀는 눈물을 글썽이며 아들의 눈이 머물렀거나 손이 닿았던 물건을 여기저기 사랑스럽게 만지작거리며 이 방 저 방 돌아다녔다. 두 사람 모두 아들을 위해서라면 몸이 산산이 부서져도 마다않을 사람들이었다.

아들의 편지에서 읽히는 어쩔 줄 몰라 하는 감정과 격하고도 완고한 슬픔은 그들에게 고통을 안겨주었고, 극도로 예민한 감상적 상태에 빠지게 했다. 하지만 뒤따르는 명랑하고도 만족스러워하는 철없는 모습은, 부모들 역시 다시 기쁜 마음을 갖게 했다. 그리고 이를 통해 한번의 위기가 극복되었다고 느끼며 힘에 닿는 한 아들을 응원해주었다.

그들은 어떤 편지에서도 특별한 정신적 발전의 징후를 알아차리지 못했고, 고통이든 안정이든 주어진 상황의 자연스러운 결과로 받아들였다. 그들은 그것이 제 스스로의 힘에 내맡겨진 청소년이 내면의 힘을 펼쳐나가는 데 실패한 최초의 시도였다는 사실을 몰랐다.

퇴를레스는 이제 매우 불만족스러운 느낌이 들었고, 자신에게 버팀목이 되어줄 만한 새로운 것을 찾아 여기저기 탐색해보았지만 아무 성과도 없었다.

이 무렵의 한 일화는 그가 앞으로 발전해 나아가는 데 있어 그의 내면에서 무엇이 준비되고 있었는지 특징지어준다.

그러니까 어느날 제국에서 가장 오래되고 영향력이 막강하며 아주 보수적인 귀족가문 출신인 H. 제후의 아들이 학교에 입학했다.

다른 아이들은 그의 부드러운 눈이 맥없고 부자연스럽다고 여겼다. 아이들은 그가 서 있을 때 엉덩이 한쪽을 내밀고 있거나 말할 때 손가락을 천천히 놀리는 모습을 보고 여자 같다고 비웃었다. 특히 놀려댔던 것은, 그가 부모와 함께 학교로 온 것이 아니라 교단성직자이자 신학박사로서 지금까지 그의 가정교사였던 사람을 대동하고 왔다는 사실이었다.

하지만 퇴를레스는 처음 본 순간부터 강한 인상을 받았다. 그가 궁정의 대소사에 참여할 수 있는 공자라는 사실이 작용했기 때문일 수도 있었다. 어쨌거나 퇴를레스가 그때 알게 된 것은 어떤 다른 종류의 인간이었다.

그의 몸에는 어쩐지 지방귀족의 오래된 성에 깃든 침묵과 경건한 훈련에 의한 침묵이 아직 배어 있는 것 같았다. 그가 걸어갈 때면, 똑바로 선 채 부드럽고 유연한 움직임으로 습관에 따라 약간 수줍게 몸을 움츠린 채 텅 빈 홀의 어떤 경로, 즉 누군가 그 빈 공간의 보이지 않는 구석에서 달려들기 힘들어 보이는 그러한 도주로로 걷곤 했다.

공자와의 교제는 퇴를레스에게 일종의 섬세한 심리적 즐거움의 원천이 되었다. 그 교제는 그에게 일종의 인간 이해, 그러니까 다른 사람을 목소리의 억양에 따라서나 그가 무언가를 손에 쥐는 방식에 따라, 심지어 침묵의 음색과 어떤 공간에 적응하는 몸짓의 표현에 따라, 요컨대 유동적이며 손에 잡히진 않지만 그래도 영혼을 지닌 인간이게 하는 근원적이고 충만한 방식, 즉 마치 단순한 뼈대를 에워싸듯 알맹이 주위와 손에 잡히거나 논할 수 있는 것 주위를 둘러싼 방식에 따라 인식하고 즐김으로써, 그의 정신적인 개성을 미리 알아차리도록 가르쳐주는 그러한 인간 이해에 눈뜨게 해주었다.

퇴를레스는 이 짧은 기간 동안 전원에서 지내는 것 같은 삶을 살았다. 시민적이고 자유주의적인 집안에서 자란 그에게 새로운 친구의 경건함은 아주 낯선 것이긴 해도 충돌을 빚지는 않았다. 그는 오히려 경건함을 별 생각 없이 받아들였다. 아니 퇴를레스의 눈엔 공자의 특별한 장점으로 보이기까지 했다. 왜냐하면 그 경건함은 자신과는 완전히 다르며 비교할 수조차 없는 그 친구의 본질을 드높여주었기 때문이다.

그는 공자와 함께 있으면 길에서 멀리 떨어진 예배당 안에 있는 것 같은 느낌이 들었는데, 교회창문을 통해 대낮의 햇빛을 바라보는 즐거움이나 친구의 영혼 속에 쌓여 있는 별 쓸모없는 금빛 장식을 오래 훑어보는 즐거움 덕에, 자신이 원래 그런 곳에 속한 사람이 아니라는 생각은 완전히 사라져버렸다. 그러다가 결국은, 아름답지만 기이한 법칙에 따라 서로 얽혀 있는 아라베스크 장식을 아무 생각 없이 손가락으로 따라가듯 이 친구의 영혼으로부터 그 스스로 어떤 불분명한 상像을 받아들이게 되었다.

그러다가 갑자기 둘 사이가 깨져버렸다.

퇴를레스가 나중에 고백할 수밖에 없었듯이 어리석음 때문이었다.

둘은 언젠가 종교적인 문제에 관해 논쟁을 벌이게 되었다. 그리고 그 순간 사실상 모든 것이 끝장난 것이나 다름없었다. 퇴를레스 자신과는 무관한 것처럼 오성으로 여린 공자를 사정없이 공격하기 시작했던 것이다. 그는 이성적인 인간으로서 할 수 있는 조소를 공자에게 퍼부었고, 공자의 영혼이 깃들어 있는 섬세한 건물을 야만적으로 파괴했다. 그리고 둘은 분노에 사로잡힌 채 갈라섰다.

그후로 두 사람은 다시는 한마디 말도 나누지 않았다. 퇴를레스에겐 자신이 뭔가 생각 없는 짓을 했다는 사실이 어렴풋이 느껴지는 것 같았다. 불분명하지만 느낌상, 오성이라는 이 융통성 없는 잣대가 아주 부적절한 시기에 뭔가 섬세한 것, 뭔가 즐거움에 가득한 것을 파괴했다는 것을 깨달았다. 하지만 이것은 전적으로 자신의 능력 밖에 있는 일이었다. 지나간 것에 대한 일종의 그리움이 영원히 마음속에 남을 테지만, 그는 자신을 여기서 점점 멀어지게 만드는 다른 물결에 휩쓸린 것처럼 보였다.

그리고 얼마 지나지 않아 학교에 잘 적응하지 못하던 공자 역시 그곳을 떠났다.

이제 퇴를레스의 주변은 아주 공허하고 지루해졌다. 하지만 그는 그사이 나이를 더 먹었고, 이제 막 내면에서 사춘기가 어렴풋이 서서히 고개를 들기 시작했다. 그는 성장단계에 걸맞은 몇몇 새로운 친교관계를 맺게 되었는데, 이 관계는 나중에 그에게 아주 커다란 중요성을 띠게 되었다. 그렇게 해서 바이네베르크와 라이팅, 모테, 호프마이어와 사귀게 되었고, 이들이 바로 퇴를레스가 부모를 역까지 배웅하기 위해 동행한 친구들이었다.

특이하게도 이들은 하필이면 그의 학년에서 가장 문제아들이었다. 재능도 있고 당연히 좋은 집안 출신이기도 했지만, 간혹 야비할 정도로 거칠고 제멋대로였다. 그리고 바로 이 그룹이 그때 퇴를레스를 사로잡은 것은, 아마도 공자와 멀어진 후로 아주 심각해진 그의 자립심 부족 탓이었을 것이다. 게다가 일이 이렇게 진행된 것은 사이가 멀어진 사건의 직접적 연장선상에 있었는데, 왜냐하면 그것은 절교와 마찬가지로 너무 여린 감상적 태도에 대한 일종의 두려움을 의미했고, 다른 친구들의 존재는 이런 예민함과 현격히 대조될 정도로 건강하고 힘에 넘치며 낙천적이었기 때문이다.

퇴를레스는 이들의 영향력에 완전히 자신을 내맡겼는데 정신적 상황이 거의 다음과 같았기 때문이다. 그의 나이 또래는 김나지움에서 괴테와 쉴러, 셰익스피어를 읽거나 현대작가들의 작품까지 읽는 경우도 있었다. 그러고 나면 그것들은 제대로 소화도 되지 않은 채 손가락 끝에서 글이 되어 나온다. 로마비극이 만들어지거나, 작은 구멍이 있는 레이스 세공품처럼 몇 페이지에 걸쳐 잔뜩 문장부호로 치장한 채 나긋나긋 걸어 들어오는 지독히 감상적인 서정시가 만들어지는 것이다. 이것들은 그 자체로는 우스꽝스럽지만, 성장의 확실성을 위해서는 비할 데 없는 가치를 지닌다. 왜냐하면 외부에서 온 연상들과 빌려온 감정들은, 스스로에게 뭔가 의미를 부여해야 하지만 정말 그러기에는 아직 너무 미숙한 이 시기의 위험스럽도록 연약한 정신적 지반을 청소년들로 하여금 뛰어넘게 해주기 때문이다. 나중에 누군가에게 그중 어떤 것이 남아 있고, 누군가에겐 그렇지 않다고 하는 것은 아무 상관이 없는 일이다. 그때가 되면 이미 모두들 자기 자신과 타협에 이르게 되므로, 위험은 과도기적인 나이 때에만 존재하는 것이다. 만약 누군가 그 또래의 청소년에게 우스꽝스러운 자신의 모습에 눈뜨게 해준다면 그의 발아래 있는 지반은 꺼져버리거나, 갑자기 깨어나 발밑에 허공을 보게 된 몽유병자처럼 추락하게 될 것이다.

성장을 위해 필요한 이런 환상과 요령이 이 학교에는 없었다. 이곳의 장서에는 고전작가들이 포함돼 있긴 했지만 지루하다고 여겨졌으며, 그외에는 감상적인 소설집이나 위트라고는 찾아볼 수 없는 군대식 유머집이 고작이었기 때문이다.

어린 퇴를레스는 책에 대한 갈망으로 그 모든 책들을 형식적으로는 통독한 것 같았으며, 이런저런 소설에 나와 있는 통속적으로 달콤한 상상이 때때로 잠시 동안 여운을 남기기는 했다. 다만 이것이 그의 성격에 실질적인 영향을 끼치지는 못했다.

그는 당시에 도무지 아무런 성격도 가지고 있지 않은 듯 보였다. 예를 들어 그는 독서의 영향으로 때때로 단편소설을 쓰거나, 낭만적인 서사시를 쓰기 시작했다. 그럴 때면 자신이 만든 주인공들의 사랑의 고통에 흥분해 뺨은 빨개졌고, 맥박은 빨라졌으며 두 눈은 반짝거렸다.

하지만 손에서 펜을 놓자마자 모든 것이 지나가버렸다. 말하자면 그의 정신은 그러한 움직임 속에서만 살아 있었던 것이다. 그런 탓에 누가 요구하기만 하면 언제든지 한편의 시나 소설을 쓰는 일도 가능했다. 그럴 때면 마음이 설렜지만, 그럼에도 그것을 아주 진지하게 생각한 적은 없었고, 그런 일을 하는 것을 중요하게 여기지도 않았다. 그러한 행위 가운데 어떤 것도 그의 됨됨이에 영향을 끼치지 못했고, 그러한 행위가 그의 됨됨이에서 나온 것도 아니었다. 퇴를레스는 배우가 감정을 느끼기 위해 역할의 강제를 필요로 하듯, 오직 어떤 외적인 강요가 있을 때만 무덤덤함을 넘어서는 감정을 느꼈다.

그것은 뇌의 반응이었다. 반면 우리가 성격이나 영혼, 어떤 사람의 윤곽 혹은 그 사람의 색깔로 느끼는 것, 이런 것들과 비교하면 정신이나 결심, 행동이란 이렇다 할 특색도 없고 우연적이어서 다른 것으로 대체가능한 것으로 보이게 하는 것, 예를 들어 오성적 판단 너머에서 퇴를레스를 공자와 맺어주었던 것, 바로 이처럼 확고부동한 최종적 배경이라고 할 수 있는 것이 이 시기의 퇴를레스에게는 완전히 사라지고 없는 상태였다.

김나지움에서는 문학과의 유희가 이처럼 본질적인 것의 필요를 못 느끼게 해주는 법인데, 그의 친구들의 경우에는 스포츠에 대한 즐거움, 즉 동물적인 것이 그런 역할을 했다.

하지만 퇴를레스는 스포츠에 몰두하기에는 정신적인 성향이 너무 강했고, 문학의 경우에는 항상 다툼과 주먹다짐을 할 준비가 되어 있어야만 하는 이 기숙사 생활이 갖게 하는 날카로운 예민함을, 위에 언급된 빌려온 감상성의 우스꽝스러움에 바쳤다. 그렇게 해서 그라는 존재는 뭔가 불분명한 양상, 그가 스스로를 발견하지 못하게 하는 내적인 무기력한 양상을 띠게 되었다.

퇴를레스가 새로운 친구들과 사귀게 된 것은 그들의 거친 성향이 그에게 대단한 인상을 주었기 때문이다. 공명심이 있던 그는, 때때로 그들보다 자신이 더 거칠다는 것을 보여주려고 노력까지 했다. 하지만 그의 시도는 언제나 중도에 멈춰졌고 적잖이 비웃음을 샀다. 그리고 이것이 다시금 그를 위축시켰다. 이 위태로운 시기에 사실상 그의 전체 삶은, 오직 거칠고 더 남성적인 친구들에게 뒤지지 않으려고 거듭해서 노력하는 한편, 다른 편으로는 이러한 노력에 대한 깊은 내적 무관심을 보이는 것으로 이루어져 있었다.

부모가 방문해 가족들끼리만 있게 되면 그는 조용했으며 수줍어했다. 어머니가 그를 부드럽게 어루만질 때마다 그는 다른 핑계를 대며 몸을 빼냈다. 사실 그 다정한 손길에 기꺼이 몸을 맡기고 싶었지만 친구들의 시선이 자신을 향해 있는 듯해 창피했던 것이다.

부모는 이런 태도를 사춘기의 경직성이라고 생각했다.

그러다가 오후가 되면 떠들썩한 한 무리가 찾아왔다. 그들은 카드놀이를 하고 먹고 마셨으며 교사들에 대한 일화를 늘어놓았고 궁중고문관이 수도에서 가져온 담배를 피웠다.

이런 쾌활함이 부부를 기쁘게 했고 안심시켜주었다.

그들은 퇴를레스에게 종종 다른 순간들이 찾아오기도 한다는 사실을 몰랐다. 게다가 최근 들어 그런 순간들이 점점 더 잦아지고 있었다. 그에게는 학교생활이 전적으로 무관심해지는 순간들이 있었다. 그럴 때면 매일의 근심을 묶고 있던 것이 느슨해졌고, 삶의 시간들이 내적 연관성을 상실한 채 흩어져버렸다.

그는 자주 ─ 어두운 상념에 잠긴 채 ─ 몸을 앞으로 숙이고는 오랫동안 앉아 있었다.

이번에도 방문일정은 이틀간이었다. 그들은 식사를 하고, 담배를 피웠으며, 마차를 타고 야외로 돌아다녔다. 그리고 이제 준급행 열차가 이 부부를 싣고 다시 수도로 돌아갈 참이었다.

선로에서 바퀴 구르는 소리가 나지막하게 나면서 기차가 다가오고 있다는 사실을 알렸고, 역사 지붕에 있는 신호대의 종소리가 부인의 귓전에 야속하게 들려왔다.

"그러니까 상냥한 바이네베르크 군, 우리 애한테 신경 써줄 거지요?" 궁중고문관 퇴를레스 씨는 유별나게 쫑긋 선 귀를 가졌지만 표정이 풍부하고 영리한 눈을 가진, 키가 크고 골격이 도드라져 보이는 어린 남작 바이네베르크를 향해 말했다.

어린 퇴를레스는 이렇게 자신을 부탁한다는 말에 못마땅하다는 표정을 지었는데, 바이네베르크는 약간은 고소하다는 듯 득의만면하게 히죽였다.

"어쨌거나." ─ 궁중고문관은 나머지 친구들을 향해 말했다 ─ "여러분 모두에게 부탁해요. 우리 애한테 무슨 일이 생기면 곧장 내게 알려줘요."

헤어질 때마다 이런 식으로 자기를 지나치게 걱정해주는 것에 이미 익숙했지만, 아버지의 말을 듣자 어린 퇴를레스는 한없이 지겹다는 투로 말했다. "하지만 아빠, 대체 저에게 무슨 일이 일어난다는 거예요?!"

그사이에 다른 아이들은 멋진 칼을 옆구리에 바짝 붙인 채 구두 뒤축을 부딪치며 차렷 자세를 취했고 궁중고문관은 다시 한마디를 덧붙였다. "사람 일은 어찌 될지 모르는 거야. 그러니 무슨 일이든 즉시 알게 될 거라는 생각만으로도 내겐 아주 큰 위안이 된단다. 게다가 네가 편지를 쓰지 못할 사정이 생길지도 모르고 말이다."

그때 기차가 들어왔다. 궁중고문관 퇴를레스는 아들을 얼싸안았고 퇴를레스 부인은 눈물을 감추기 위해 베일을 얼굴 쪽으로 바짝 당겼다. 친구들은 차례로 감사인사를 했고 이어서 차장이 열차문을 닫았다.

부부는 다시 한번 높고 휑한 학교건물의 뒷면을 ── 그리고 공원을 에워싸고 길게 뻗은 거대한 담장을 바라보았다. 그 좌우로는 회갈색의 밭들과 드문드문 서 있는 과일나무들이 있을 뿐이었다.

소년들은 그사이 역을 떠나 두줄로 나란히 길 양쪽에 서서 ── 쉽사리 사라지지 않는 자욱한 연기를 적어도 그런 식으로 피하면서 ── 서로 별 말도 주고받지 않은 채 시내 쪽으로 걸어갔다.

5시가 넘었고, 들판 위로는 저녁의 전령이라도 찾아온 듯 심상치 않은 차가운 기운이 맴돌았다.

퇴를레스는 무척 슬퍼졌다.

부모가 떠나버린 탓일 수도 있지만, 단지 지금 주위의 모든 자연 위에 내려앉아 몇걸음만 벗어나도 무겁고 광택 없는 색깔로 사물들의 형태를 지워버리는, 무감각하며 거부하는 듯한 우울한 분위기 때문일 수도 있었다.

이와 마찬가지의 끔찍하고 냉담한 기운이 이미 오후 내내 도처에 깔려 있었는데, 이것이 이제 대지 위로 기어왔고, 갈아엎은 밭들과 납빛이 도는 순무밭 위에 엉겨 있는 안개가 끈적거리는 발자국처럼 그 뒤를 따라왔다.

퇴를레스는 좌우로 시선을 돌리지 않았지만 그것을 느꼈다. 그는 앞서 걷는 친구가 흙먼지 위에 방금 새겨놓은 발자국의 흔적을 한걸음 한걸음 밟아나갔다──꼭 그래야만 할 것 같은 느낌이 들었다. 마치 전 생애를 이 같은 하나의 선, 먼지 속에 그어지고 있는 가느다란 한줄기 선 위의 이러한 움직임──한걸음 한걸음──속에 사로잡아 압착시키는 돌덩이 같은 강제로서 말이다.

이렇게 걷던 길이 어떤 잘 다져진 둥근 지점에서 다른 길과 만나 교차로를 이루는 곳에서 그들이 멈춰 섰을 때, 그리고 다 썩은 이정표 하나가 비스듬히 공중을 향해 솟아 있는 것을 보았을 때, 주위와 모순된 모습을 보이고 있는 이 선은 절망적인 외침처럼 퇴를레스에게 다가왔다.

그들은 다시 걷기 시작했다. 퇴를레스는 부모님과 아는 사람들 그리고 삶에 대해 생각했다. 이 시간쯤이면 사람들은 사교모임을 위해 옷을 차려입거나 연극을 보러 가려고 마음먹을 터였다. 그런 다음 레스또랑에 가거나 악단의 연주를 듣거나 까페에 간다. 사람들은 흥미로운 교제를 한다. 기대에 가득 찬 채 사랑의 모험이 아침까지 계속된다. 삶은 마법의 바퀴처럼 돌면서 항상 새로운 것, 기대하지 않았던 것을 쏟아낸다……

퇴를레스는 이런 생각을 하며 한숨을 쉬었고, 그가 학교의 좁은 틀로 한걸음씩 다가갈 때마다 무언가가 내면에서 점점 단단히 옥죄어갔다.

그때 그의 귀에 벌써 저녁종 소리가 들려왔다. 잔인하게 칼로 자르듯 돌이킬 수 없이 하루의 끝을 결정짓는 이 종소리만큼 퇴를레스가 두려워하는 것은 없었다.

실상 그는 아무것도 체험한 것이 없었고 그의 삶은 지속적인 무관심 속에서 저물어갔지만, 이 종소리는 여기에 조소까지 덧붙였고, 그로 하여금 자신과 자신의 운명 그리고 묻혀버린 하루에 대한 무기력한 분노 속에서 몸을 떨게 만들었다.

이제 너는 아무것도 체험할 수 없어. 열두시간 동안 너는 더 이상 아무것도 체험할 수 없어. 열두시간 동안 너는 죽은 거야…… 이것이 바로 종소리의 뜻이었다.

소년 일행이 오두막 같은 나지막한 집들이 처음으로 나타나는 곳에 이르렀을 때 이런 우중충한 생각은 퇴를레스에게서 사라졌다. 갑작스러운 관심에 사로잡힌 듯 그는 고개를 들어 자신들이 지나고 있는 작고 지저분한 건물들의 자욱한 내부를 유심히 들여다보았다.

대부분의 문 앞에는 헐렁한 가운과 조야한 셔츠를 입은 여인들이 넓적하고 더러운 발과 그을린 팔을 드러낸 채 서 있었다.

소년들은 젊고 풍만한 여자들에게 노골적인 슬라브어 농담을 건넸다. 여자들은 서로 쿡쿡 찌르며 "젊은 도련님들"에 대해 킥킥거렸다. 지나가던 소년이 젖가슴을 너무 심하게 건드리면 때로 어떤 여자는 큰 소리를 지르기도 했고, 웃으면서 욕지거리를 해대며 상대의 허벅지를 때리는 식으로 응수했다. 어떤 여자들은 서둘러

지나가는 그들의 뒤를 그냥 화난 표정으로 진지하게 바라보기만 했다. 우연히 그곳을 지나가던 농부는 ─ 반은 자신이 없는 듯 반은 호인처럼 ─ 당혹스러운 미소를 지었다.

퇴를레스는 친구들이 대담하고 조숙하게 남성성을 드러내는 일에 가담하지 않았다.

부분적으로 그 이유는, 대부분의 외아들이 원래 그렇듯 성적인 문제에 대해 느끼는 일종의 수줍음 때문이었을 것이다. 하지만 가장 큰 이유는 친구들의 경우보다 더 은밀하고 더 강력하며 더 어두운 빛을 띠어 한층 어렵게 드러나는, 그의 특이한 관능적 성향 때문이었다.

다른 친구들이 욕망에서라기보다는 '멋져' 보이기 위해 창피한 줄 모르고 여자들과 수작을 부린 반면, 어리고 과묵한 퇴를레스의 영혼은 소용돌이쳤고 정말로 수치심을 모르는 뻔뻔한 태도를 보였다.

그는 타는 듯한 시선으로 작은 창문과 모퉁이의 좁은 문을 통해 집들의 내부를 들여다보았고, 그의 눈앞에는 계속해서 코가 촘촘한 그물이 너울거리는 것 같았다.

벌거벗은 것이나 다름없는 아이들이 마당의 오물 속에서 뒹굴었고, 여기저기서 일하는 여인네들의 치맛자락이 올라가 오금을 드러내고 있거나, 풍만한 가슴이 아마포로 된 조임옷의 주름을 터질 듯 팽팽하게 만들었다. 게다가 이 모든 것이 아주 다른, 동물적이고 짓누르는 듯한 분위기에서 연출되기라도 하는 듯이 집들의 복도에서는 무겁고 나른한 공기가 흘러나왔는데, 퇴를레스는 이것을 탐욕스럽게 들이마셨다.

그는 제대로 이해하지도 못하면서 박물관에서 보았던 옛날 그림들을 떠올렸다. 그는 그림들 앞에서 항상 무언가를 기다렸던 것처럼, 결코 일어나지 않은 무언가를 기다렸다. 그게 뭘까……? ……뭔가 놀라운 것, 지금까지 본 적이 없던 것. 그가 상상도 할 수 없던 무시무시한 광경. 발톱으로 그를 움켜쥐고 눈부터 찢어발기는 어떤 끔찍하고 동물적인 관능성. 아직 매우 불분명하긴 하지만 여인들의 지저분하고 헐렁한 가운이나 그들의 거친 손 그리고 그들의 보잘것없는 방들, 그러니까…… 마당의 지저분한 오물과…… 관련이 있음에 틀림없는 어떤 체험. 아니, 아니다…… 그는 이제 눈앞에 이글거리는 그물만을 더 강렬하게 느꼈다. 말로는 그것을 표현할 수 없었다. 그것은 말이란 것이 하는 것처럼 그렇게 조야하지 않다. 그것은 뭔가 완전히 침묵하는 무엇이다 — 목에 걸리는 것, 거의 알아챌 수 없는 어떤 생각인 것이다. 그것도 그것을 표현하려고 할 때에야 비로소 그런 식으로 나오는 게 고작일 것이다. 하지만 그 경우에도 단지 거리가 아주 먼 유사성일 뿐이다. 마치 거대한 확대경에서 모든 것을 더 분명하게 볼 뿐만 아니라 그곳에 없는 것들까지 보게 되는 것처럼 말이다…… 그럼에도 그것은 부끄러워해야 할 일이었다.

"우리 애기가 집이 그리운 모양이구나?" 키가 크고 퇴를레스보다 두살이 많은 폰 라이팅이 갑자기 비웃듯 물었다. 퇴를레스의 침묵과 어두워진 두 눈이 그의 눈에 띄었던 것이다. 퇴를레스는 당황하며 억지로 웃었다. 심술궂은 라이팅이 자기 마음속에서 일어난 일들을 엿본 것 같다는 생각이 들었다.

퇴를레스는 대꾸하지 않았다. 하지만 그들은 그사이에 그 소도시의 교회광장에 도착했다. 광장은 장방형 모양에 잡석으로 포장

되어 있었다. 그들은 여기서 흩어졌다.

퇴를레스와 바이네베르크는 아직 학교로 돌아가고 싶지 않았다. 반면 장시간 외출 허가를 받지 않은 다른 아이들은 귀갓길에 올랐다.

둘은 다과점으로 들어갔다.

거기서 그들은 창문 옆에 있는 작고 동그란 테이블에 앉았는데, 창문은 정원 쪽으로 나 있었고 머리 위로는 샹들리에 모양의 가스등 불꽃이 둥그런 우윳빛 유리 안에서 나지막이 웅웅거렸다.

그들은 편하게 자리를 잡고는, 이런저런 슈납스[1]로 번갈아 잔을 채우게 하고 담배를 피우며 간간이 과자를 먹었고, 다른 손님이 아무도 없는 상황을 쾌적하게 즐겼다. 기껏해야 뒤쪽에 있는 방에서 손님 하나가 와인 잔을 앞에 놓고 앉아 있었고, 앞쪽은 조용했기 때문이다. 게다가 뚱뚱하고 나이 많은 여주인은 계산대 뒤에서 자고 있는 것 같았다.

퇴를레스는 ─ 그냥 아무 생각 없이 ─ 창문을 통해 점점 어두

---

1 독일식 독주.

워지는 텅 빈 정원을 내다보았다.

바이네베르크가 얘기했다. 인도에 관해. 여느 때처럼. 왜냐하면 장군이던 그의 아버지가 젊은 시절 영국군 장교로 거기서 복무했기 때문이다. 그는 보통의 유럽인들처럼 목각이나 직물류, 공장에서 생산된 작은 우상을 가지고 돌아왔을 뿐 아니라 비의적인 불교의 비밀스럽고 야릇한 분위기에 얼마간 이끌려 그것을 마음속에 간직했다. 그는 그 무렵부터 알던 것과 나중에 독서를 통해 더해진 것을 아들이 어릴 때부터 전해주었다.

그밖에도 그의 독서 방식은 아주 독특했다. 그는 기병장교였고 책을 대체로 좋아하지 않았다. 소설과 철학은 똑같은 경멸의 대상이었다. 그는 책을 읽을 때 견해나 논점을 깊이 생각하려 하지 않았고, 책을 펼치자마자 비밀의 문을 통과하듯 정선된 인식의 중심으로 들어서고자 했다. 그에게 책이란 소유하는 것만으로 이미 비밀스러운 교단의 표식이자, 초월적인 계시를 보증해주는 것이어야 했다. 그는 그러한 것을 오로지 인도의 철학책에서만 발견했는데, 그 책들은 그에게 단순한 책이 아니라 계시이자 실재하는 것 ── 마치 중세의 연금술에 관한 책이나 마법책과 같은 비밀스러운 책처럼 보였다.

자신이 할 일에 엄격할 뿐 아니라 세마리 말을 거의 매일 타는 이 건강하고 활동적인 사람은, 저녁이면 대개 그런 책들과 함께 틀어박혀 있곤 했다.

그는 닥치는 대로 한 대목을 골라서는 비밀스러운 의미가 오늘 나타나지 않을까 깊이 생각에 빠지곤 했다. 그리고 자신이 아직 성스러운 사원의 앞마당까지밖에 이르지 못했다는 사실을 깨달아야만 했음에도 결코 실망하지 않았다.

밖으로 나다니길 좋아하는 이 힘이 넘치고 갈색으로 그을린 남자 주위에는 신성한 비밀스러움 같은 것이 감돌았다. 자신이 매일, 압도할 만큼 위대한 어떤 계시의 전야에 서 있다는 확신은 그로 하여금 남에게 터놓지 않는 일종의 우월감을 가지게 했다. 그의 두 눈은 몽상적이진 않았고, 고요한 가운데 단호했다. 한 단어라도 제자리에서 옮기면 비밀스러운 의미가 훼손되는 그런 책들을 읽는 습관, 문장 하나하나의 의미와 이중적 의미를 존중하는 마음으로 조심스럽게 재보는 태도가 그런 식으로 나타난 것이다.

다만 그의 사고는 가끔씩 기분 좋은 멜랑콜리의 몽롱함 속으로 빠져들었다. 그런 일은 그가 앞에 놓인 문서들의 원전과 결부된 은밀한 숭배 의식을 떠올릴 때, 그 원전에서 나와 수많은 사람들을 사로잡았던 기적을 떠올릴 때면 일어났다. 그 수많은 사람들이 자신과 그들 사이를 떼어놓는 먼 거리 때문에 그에게 형제처럼 보인 반면, 그가 세세한 부분까지 다 아는 주변 사람들은 경멸의 대상이었다. 그는 그럴 때면 기분이 언짢아졌다. 자신의 삶이 성스러운 힘들의 원천에서 멀리 떨어진 채 흘러가버리도록 운명 지어져 있다는 생각, 자신의 노력이 이처럼 불리한 상황으로 인해 마비될 운명에 처해 있다는 생각은 그를 낙담하게 만들었다. 하지만 우울하게 자신의 책들 앞에 잠시 앉아 있노라면 묘한 기분이 들었다. 그의 멜랑콜리가 가진 무거움이 사라지지 않고 반대로 그것이 가진 비애가 한층 고양되긴 했지만, 멜랑콜리가 더 이상 그를 짓누르지는 않았다. 그는 어느 때보다 고독하고 가망 없는 시도를 하고 있다고 느꼈지만, 이런 우수에는 미묘한 만족감이, 뭔가 낯선 것을 행하고 있으며 이해할 수 없는 신성에 봉사하고 있다는 자부심이 있었다. 그러고 나면 잠깐이긴 하지만 종교적인 황홀경의 광기를 떠올리게 하는 무언가가 두 눈에 반짝이는 일마저 있었다.

바이네베르크는 지겨울 정도로 떠들었다. 그의 내면에는 자기 아버지의 남다른 모습이 왜곡된 형태로 확대된 채 살아 있었다. 하나하나의 특징이 잘 보존되어 있긴 했지만, 아버지에게 원래 일시적 기분이었음에도 그 희한함 때문에 보존되고 고양된 것이, 그의 내면에서는 환상적 희망으로 자라났다. 아버지의 경우 사실은, 다른 사람들과 달라 보이게 하는 무엇을 가지기 위해서 — 비록 그것이 옷을 고르는 일이라 하더라도 — 누구나 스스로 만들어내야만 하는 개성의 마지막 피난처였을 법한 저 독특함이, 그의 내면에서는 비상한 영혼의 힘으로 지배력을 확보할 수 있다는 확고한 믿음으로 변했다.

퇴를레스는 이런 대화 내용을 익히 잘 알고 있었다. 그것은 퇴를레스의 귀를 스쳐 지나갔고 거의 마음에 와 닿지 않았다.

그는 이제 창문에서 반쯤 몸을 돌려 담배를 마는 바이네베르크를 지켜보았다. 그러자 가끔씩 내면에서 솟아오르던 이 친구에 대한 묘한 반감이 다시 느껴졌다. 하지만 지금 능숙하게 담배를 종이에 마는 이 가늘고 거뭇한 손은 아름다웠다. 마른 손가락과 아름답게 굴곡진 타원형의 손톱. 거기엔 일종의 기품이 서려 있었다. 진갈색의 눈 역시 그랬다. 몸 전체가 늘씬하게 뻗어 있는 모습에도 그런 기품이 있었다. 물론 — 귀는 심할 정도로 쫑긋했고, 얼굴은 작고 균형이 잡히지 않았으며, 머리의 전체적 인상은 박쥐를 연상시켰다. 그럼에도 — 그가 하나하나 서로 비교하면서 아주 분명하게 느낀 것이지만 — 사실상 그를 불안하게 한 것은 흉한 부분이 아니라 바로 빼어난 점들이었다.

그의 마른 몸은 ─ 바이네베르크 자신은 호메로스의 서사시에 묘사된 달리기선수의 강철같이 늘씬한 다리가 이상이라고 찬양하곤 했지만 ─ 퇴를레스에게는 전혀 그렇게 보이지 않았다. 퇴를레스는 이에 대해 지금까지 스스로에게 납득할 만한 설명을 한 적이 없었고, 지금 이 순간에도 만족할 만한 절충점이 떠오르지 않았다. 그는 바이네베르크의 눈을 날카롭게 쳐다봤으면 했지만 그럴 경우 그가 알아차릴 것이고, 그러면 새로운 대화를 시작할 것임에 틀림없었다. 하지만 바로 그런 상태에서 ─ 퇴를레스가 그를 반쯤 바라보며 반쯤은 상상 속에서 나머지 모습을 그려보고 있을 때 ─ 차이점이 떠올랐다. 그의 몸에서 옷을 제거하고 생각하자 편안하고 날씬한 모습을 상상하기란 완전히 불가능했다. 오히려 사람들이 순교를 묘사한 그림이나 큰 장터에서 곡예사들이 펼치는 그로테스크한 쑈에서 볼 수 있는 것처럼, 몸을 비트는 불안한 몸동작, 사지를 뒤틀고 척추를 꺾는 모습이 눈앞에 순간적으로 나타났다.

그가 고상한 어떤 제스처라는 인상을 갖고 틀림없이 좋게 바라볼 수도 있었을 손조차, 단지 손가락을 놀리는 어떤 움직임과 관련된 것으로밖에는 생각되지 않았다. 그리고 바이네베르크에게서 사실 가장 아름다운 부분이라고 할 수 있는 바로 이 손에 가장 큰 반감이 집중되었다. 그 손은 그 자체로 뭔가 음탕한 점을 지니고 있었다. 그것은 아마 정확한 비유였을 것이다. 그리고 그의 몸이 만들어 내는 관절이 어긋나는 듯한 움직임이 주는 인상 속에도 역시 어떤 음탕함이 깃들어 있었다. 그것은 어느정도 손에 모여 있다가 마치 만질 것 같은 예감처럼 손에서 발산되는 것 같았는데, 이 느낌은 퇴를레스에게 그 피부에 대한 구역질 나는 전율을 불러일으켰다. 그는 자신에게 떠오른 생각에 스스로 의아해했고, 약간은 경악했다. 왜냐하면 오늘 벌써 두번씩이나 어떤 성적인 것이 예기치 않게 아무 연관성도 없이 그의 생각 속에 틈입해왔기 때문이다.

바이네베르크가 신문을 집어 들었고, 퇴를레스는 이제 그를 정확히 관찰할 수 있게 되었다.

갑자기 왜 그런 것이 연상되었는지 조금이라도 해명해줄 만한 것은 사실 거의 찾을 수가 없었다.

그런데 아무 근거를 찾을 수 없음에도 불쾌감은 점점 생생해져 갔다. 두 사람 사이에 침묵의 시간이 채 십분도 지나지 않았는데, 퇴를레스는 자신의 거부감이 이미 극에 달했다는 것을 느꼈다. 바이네바르크와의 기본적 정서와 관계가 여기서 처음으로 드러나는 것 같았고, 이미 늘 잠재되어 있던 불신이 갑자기 의식적인 느낌으로 솟아오른 것 같았다.

둘 사이의 분위기가 점점 날카로워졌다. 뭐라고 표현해야 할지 알 수 없는 모욕감이 퇴를레스의 내면에서 치밀어 올랐다. 그와 바이네바르크 사이에 정말로 뭔가 일어나기라도 한 것처럼, 일종의 수치심이 그를 불안하게 만들었다. 그는 손가락으로 탁자 위를 불안하게 두드리기 시작했다.

그는 묘한 상황에서 벗어나기 위해 마침내 다시 창밖을 내다보았다.

바이네베르크가 이제 신문에서 눈을 뗐다. 그러더니 다시 어느 한곳을 소리 내어 읽다가 신문을 치우고 하품을 했다.

침묵이 깨지면서 퇴를레스를 짓누르던 강박감 역시 사라졌다. 이제 별 의미 없는 말들이 이 순간을 완전히 덮어버렸고 결국은 지워버렸다. 갑자기 귀를 기울이는 순간이 왔다가 이전의 무관심이 다시 뒤를 이었다……

"시간이 얼마나 남았니?" 퇴를레스가 물었다.

"두시간 반."

그 말을 듣자 퇴를레스는 오한이 든 듯 어깨를 곤추세웠다. 다가오고 있는 답답한 세계의 그 마비시키는 듯한 힘을 다시 느꼈던 것이다. 수업 시간표 그리고 친구들과 매일 부딪쳐야 하는 일. 갑자기 새로운 상황을 만들어내는 것처럼 보이던 바이네베르크에 대한 저 거부감조차도 더 이상 존재하지 않을 터였다.

"……오늘 저녁 메뉴가 뭐지?"

"모르겠는데."

"내일 무슨 수업이 있지?"

"수학."

"아 그래? 숙제가 있었나?"

"응, 새로운 삼각함수 공식 몇개. 하지만 넌 다 풀 수 있을 거야. 별로 어려운 게 아니거든."

"그리고 또?"

"종교."

"종교라구? 아하. 또 재밌어지겠는걸…… 내 생각이 맞는다면 말이야, 2 곱하기 2가 5라는 사실을 근사하게 증명할 수 있을 것 같아. 하나의 신만이 존재할 수 있다는 사실처럼 말이지……"

바이네베르크는 비웃듯 퇴를레스를 쳐다보았다. "도대체 넌 그 문제만 나오면 이상해지더라. 내 눈엔 그게 너한테 어떤 즐거움이라도 되는 것처럼 보일 정도야. 적어도 눈에서 그런 열정이 반짝이거든……"

"그게 어때서? 재밌지 않아? 거기엔 말이지, 자기가 거짓말을 하는지 혹은 자기가 꾸며낸 것이 자기 자신보다 더 진실된 것인지를 알 수 없게 되는 그런 지점이 언제나 있기 마련이야."

"어째서?"

"그러니까 말이야, 내 말을 곧이곧대로 받아들이진 마. 사람들은 자신이 거짓말을 하는지 언제나 분명히 알고 있기는 하지. 하지만 그럼에도 때때로 어떤 일이 스스로에게 너무 그럴듯해 보여서 자기 생각에 사로잡힌 채 얼마간 멈춰 서 있는 거야."

"좋아, 하지만 그게 너한테 무슨 만족을 주는 거지?"

"바로 이런 거지. 그럴 때면 머릿속으로 현기증이나 놀라움 같은 게 휙 지나가는 거야……"

"아 그만 좀 해. 그건 다 쓸데없는 장난이야."

"나도 그렇지 않다는 건 아니야. 하지만 어쨌거나 이게 내겐 학교에서 가장 재미있는 일이야."

"그건 일종의 머리로 하는 체조 같은 거지. 하지만 제대로 된 어떤 목적이 있는 건 아니야."

"그렇지." 퇴를레스는 이렇게 말하면서 다시 정원을 내다보았다. 그의 등 뒤쪽 ─ 멀리서 ─ 가스등이 웅웅거리는 소리가 들렸다. 그는 내면에서 안개처럼 멜랑콜리하게 솟아오르는 어떤 감정을 좇고 있었다.

"그건 아무런 목적이 없어. 네 말이 맞아. 하지만 우리는 그렇게 말해선 안돼. 우리가 학교에서 하루 종일 하는 일 가운데 말이야 ─ 그중에 도대체 목적을 가진 게 뭐가 있어? 뭔가 얻는 일이 뭐가 있냐구? 내 말은 그 자체로 말이야 ─ 내 말 이해하지? 우린 저녁이 되면 우리가 다시 하루를 살았다는 사실, 이것저것 많이 배웠다는 사실을 알게 돼. 우리는 시간표를 만족시킨 거야. 하지만 남는 건 공허함이야 — 내면적으로 말이야. 말하자면 철저히 내적인 허기를 느끼게 되는 거지……"

바이네베르크는 연습이니 정신적 준비니 — 아직 아무것도 시작할 수 없다느니 — 나중에라느니 같은 말을 중얼거렸다……

"준비라고? 연습이라고? 대체 뭘 위해서? 넌 뭔가 분명한 걸 알고 있니? 너는 어떤 소망을 갖고 있을지도 모르지만 너한테도 그건 아주 불분명하잖아. 말하자면 이런 거야. 어떤 것을 기다리지만, 기다린다는 사실 외에는 아는 것이 아무것도 없는 어떤 것에 대한 영원한 기다림 같은 거 말이야…… 그건 참 지루한 일이지……"

"지루하지……" 바이네베르크는 말을 길게 끌며 머리를 흔들었다.

퇴를레스는 여전히 정원을 바라보고 있었다. 그에겐 바람이 모아놓은 마른 잎사귀들이 바스락거리는 소리가 들리는 것 같았다. 그러다가 언제나 캄캄한 어둠이 오기 직전에 잠시 나타나는 저 깊은 적막의 순간이 찾아왔다. 점점 깊이 어스름 속으로 잠겨가던 형태들과 빛을 잃어가던 색깔들이 잠시 정지한 채 숨을 멈춘 것 같았다……

"들어봐, 바이네베르크." 퇴를레스는 몸을 돌리지 않은 채 말했다. "날이 저무는 동안에는 언제나 아주 독특한 순간들이 있어. 그걸 바라볼 때면 항상 같은 기억이 떠올라. 내가 아주 어렸을 때 이런 시간에 숲에서 논 적이 있어. 하녀는 어디로 가버렸었어. 나는 그런 줄도 모르고 하녀가 근처에 있다고 생각했지. 갑자기 뭔가가 나로 하여금 위를 올려다보게 했어. 나는 내가 혼자라는 걸 느꼈지. 갑자기 정적이 찾아왔어. 그리고 주위를 둘러보았을 때 나무들이 말없이 빙 둘러서서 나를 쳐다보는 것 같은 생각이 들었어. 나는 울었지. 어른들한테 버림받고 생명이 없는 피조물들에게 내맡겨진 것처럼 느껴졌어…… 그게 뭘까? 난 지금도 이따금 그걸 느낄 때가 있어. 우리가 듣지 못하는 언어 같은, 그런 느닷없는 고요는 도대체 뭘까?"

"난 네가 무슨 말을 하는지 모르겠다. 하지만 사물이 언어를 갖지 말라는 법은 없잖아? 그것들이 영혼을 가지고 있지 않다고 잘라 말할 수도 없는 노릇이지!"

퇴를레스는 아무 대답도 하지 않았다. 바이네베르크의 근거 없는 견해가 마음에 들지 않았던 것이다.

그러자 잠시 후 바이네베르크가 말문을 열었다. "넌 왜 계속해서 창밖을 내다보고 있는 거니? 대체 거기 뭐가 보여?" "난 그게 뭘까 계속 생각하고 있어." 하지만 그는 사실 털어놓고 싶지 않은 다른 뭔가를 이미 생각하고 있었다. 고도의 긴장, 어떤 진지한 비밀에 귀 기울이는 것, 그리고 아직 쓰이지 않은 삶의 연관들을 들여다봐야 할 의무, 그는 이런 것들을 잠깐 동안만 견뎌낼 수 있었다. 그러고 나서 너무 수준 높은 이런 요구 뒤에 항상 따라오는 저 느낌, 혼자 내버려져 있다는 느낌이 엄습했다. 여기엔 그로선 무언가 아직 너무 감당하기 힘든 뭔가가 있다고 느껴졌다. 그리고 그의 생각들은, 그 안에 있긴 하지만 어느정도는 단지 배경이라거나 숨어 있다고 할 수 있는 무엇으로 옮겨갔다. 그것은 외로움이었다.

쓸쓸한 정원에서는 이따금씩 나뭇잎 하나가 불이 밝은 창으로 춤추며 날아와 빛을 등에 업은 채 어둠속에 한줄기 밝은 흔적을 남겼다. 어둠이 이를 피해 물러나는 듯 보였지만 곧바로 다시 밀려와서는 마치 벽처럼 견고하게 창문 앞에 서 있었다. 이 어둠은 그 자체로 하나의 세계였다. 그것은 검은 적들의 무리처럼 대지 위로 내려와 인간들을 가격하거나 몰아내거나 혹은 인간의 모든 흔적을 지워버리는 일을 되풀이했다.

그런데 퇴를레스는 자신이 그것을 기뻐하고 있는 것 같다는 생각이 들었다. 그런 순간이면 사람들, 어른들이 싫었다. 어두울 때면 그들이 늘 싫었다. 그럴 때면 그는 사람들을 생각에서 지워버리는 버릇이 있었다. 그러고 나면 세상은 텅 빈 캄캄한 집처럼 보였고, 이제 이 방 저 방을 ─ 구석에 무엇이 숨어 있을지 모르는 어두운 방들을 ─ 찾아다녀야 할 듯한 전율이 느껴졌다 ─ 자신 외에는 아무도 넘어서는 안될 문지방을 더듬거리며 건너다가, 마침내 어떤 방에서 그의 앞뒤에 있는 문이 갑자기 닫히고 검은 무리들의 여왕과 맞대면하게 될 것 같은 느낌이었다. 그리고 그 순간, 자신이 통과해온 다른 모든 문의 자물쇠들도 덜컥 내려와 잠길 것 같았고, 담장 앞 멀찌감치 어둠의 그림자가 검은 환관들처럼 경비를 서며 사람들의 접근을 막을 것 같았다.

이것이 당시 어려움에 처했을 무렵 ─ 숲 속에서 그토록 울던 때 ─ 이후 그가 가지게 된 고독의 양상이었다. 그 고독은 어떤 여인의 매혹이자 일종의 비인간적인 매혹이었다. 퇴를레스는 고독을 여인처럼 느꼈지만 그녀의 숨결은 그의 가슴을 옥죌 뿐이었고, 그녀의 얼굴은 소용돌이치며 모든 사람의 얼굴을 잊게 만들었으며, 그녀의 손놀림은 그의 육체를 훑고 지나가는 전율이었다……

그는 이런 상상을 두려워했다. 왜냐하면 그 상상이 은밀하게 정상 궤도를 벗어난다는 것을 알고 있었으며 자신을 점점 더 지배하게 될지도 모른다는 생각이 들어 불안했기 때문이다. 하지만 그가 자신이 가장 진지하고 순수하다고 믿던 바로 그때 그런 상상들이

그를 덮쳐왔다. 그의 내면에서 이미 준비되고 있긴 했지만 나이에
는 아직 걸맞지 않은 감상적 인식은 그가 예감하는 이러한 순간에
대한 일종의 반작용이라고 할 수 있을 것이다. 왜냐하면 모든 섬세
한 도덕적 힘이 발달하는 과정에는, 그 힘이 영혼을 약화시키지만
언젠가는 영혼의 가장 대담한 경험이 될지도 모르는 이른 시기가
있기 때문이다──그건 마치 그 힘의 뿌리가 먼저 더듬거리며 밑으
로 내려가, 나중에 자신이 딛고 설 바닥을 파헤쳐야 하는 것과 같
다──이 때문에 창대한 미래를 가진 젊은이들은 대개 치욕스러운
과거의 경험을 많이 갖게 되는 법이다.

　퇴를레스가 어떤 분위기를 특별히 좋아한 것은 정신적 발전을
처음으로 암시하는 일이었는데, 나중에 그것은 놀라운 재능으로
나타났다. 말하자면 어떤 독특한 능력의 지배를 받게 된 것이다. 그
는 사건이나 사람들, 사물들, 심지어 자신을 대할 때조차, 그가 풀
수 없는 어떤 불가해한 감정뿐만 아니라 설명할 수 없으며 결코 완
전히 정당화될 수 없는 친근함의 감정을 가진다는 느낌을 어쩔 수
없이 자주 갖게 되었다. 그에게 그것들은 손에 잡힐 정도로 분명하
게 이해되는 듯 보였지만 결코 말과 생각으로 남김없이 풀어지지
는 않는 것 같았다. 사건들과 그의 자아 사이, 아니 그보다는 자기
자신의 감정들과 그 감정들을 이해하려고 애쓰는 어떤 내적 자아
사이에는 항상 일종의 경계선이 남아 있었는데, 이 경계선은 다가
갈수록 그의 요구 앞에서 지평선처럼 뒤로 물러났다. 그렇다. 그가
느낌을 생각을 통해 더 정확히 파악하려 할수록, 그리고 그 느낌들
이 그에게 더 친숙한 것이 될수록, 그것들은 동시에 더 낯설고 이
해할 수 없게 되는 것처럼 보였다. 그런 탓에 그것들이 자기에게서
물러나는 것처럼 보였다기보다는, 자기 자신이 그 느낌들로부터

멀어지는 듯했다. 하지만 그러면서도 그것들에게 다가가고 있다는 망상은 떨쳐버릴 수 없는 것 같았다.

이처럼 익숙해지기 어려운 기이한 모순이 퇴를레스가 나중에 정신적으로 발전해가는 긴 노정을 채워나갔고 그의 영혼을 갈기갈기 찢어버리려는 듯 보였으며 오랫동안 영혼을 위협하는 가장 큰 문제가 되었다.

하지만 이런 갈등들의 무게는 당장은 갑작스럽게 종종 찾아오는 피로감의 형태로밖에는 예고되지 않았고, 그에 대한 예감이 어떤 미심쩍은 기이한 분위기로부터 ── 조금 전처럼 ── 퇴를레스에게 생기자마자, 이 무게감은 이미 멀리서부터 그를 위협하는 것 같았다. 그러면 그는 체포된 자나 버려진 자, 자기 자신이나 다른 사람에게서 따돌림을 받은 자처럼 무기력감이 들었다. 그는 공허와 절망감 때문에 절규하고 싶었지만, 그러는 대신 내면의 진지하고 기대감에 가득 찬, 그리고 고통당하고 지친 인간에게서 얼마간 몸을 돌려 ── 이처럼 갑작스럽게 포기하는 것에 아직 놀라면서도 고독의 따스하고 사악한 숨결에 벌써 매료되어 ── 고독이 속삭이는 목소리에 귀 기울였다.

퇴를레스는 갑자기 계산을 하자고 제안했다. 바이네베르크는 이해한다는 눈빛을 보였다. 이런 분위기를 알고 있던 것이다. 퇴를레스는 그의 동의하는 태도가 싫었다. 바이네베르크에 대한 거부감이 다시 살아났고 함께 있는 것이 수치스럽게 느껴졌다.

하지만 그것도 으레 있는 일이었다. 수치스러움은 고독을 하나 더하는 것이며 새로운 어둠의 벽인 것이다.

서로 아무 말도 주고받지 않은 채 둘은 정해진 길을 걸었다.

지난 몇분간 비가 약간 내린 것이 분명했다 ─ 대기가 촉촉했고 무거웠으며 가로등 주위로는 다채로운 색의 안개가 떨고 있었고 보도는 군데군데 반짝였다.

퇴를레스는 포석에 부딪치는 칼을 몸 쪽으로 바짝 당겼는데, 구두 뒤축이 딱딱거리는 소리마저도 묘하게 서늘한 기운을 느끼게 했다.

잠시 후 그들은 부드러운 지면을 걸었다. 그들은 도심에서 멀어져가며 넓은 마을길을 지나 강 쪽으로 걷고 있었던 것이다.

시커먼 강은 나무로 된 다리 밑에서 저음으로 딸꾹질하는 소리를 내며 느긋하게 물결치고 있었다. 먼지가 잔뜩 낀 깨진 가로등 하나가 거기 서 있었다. 돌풍이 불 때마다 불안하게 몸을 움츠리는 불빛이 흘러가는 물결 위에 이따금씩 내리비치고는 물결의 등 위에서 산산이 부서졌다. 다리 상판으로 깔아놓은 둥근 통나무가 발

걸음을 옮길 때마다 밀려…… 앞으로 굴러갔다가 다시 뒤로 굴러
갔다……

바이네베르크가 멈춰 섰다. 도로가 직각으로 굽어져 강을 따라
나 있었기 때문에 건너편 강가의 빽빽한 나무들은 뚫고 지나갈 수
없는 검은 벽처럼 위협적이었다. 조심스럽게 살펴본 후에야 비로
소 안으로 똑바로 통하는 숨겨진 좁은 길이 나타났다. 무성하고 빽
빽이 자란 관목을 옷이 스치고 지나갈 때마다 물방울이 쏟아져 내
렸다. 얼마 지나지 않아 그들은 다시 멈춰 서서 성냥불을 켜야 했
다. 사방이 적막했고 강물이 흐르는 소리조차 들리지 않았다. 갑자
기 분명하지 않은 소리가 멀리서 끊긴 채 들려왔다. 소리는 절규
혹은 경고처럼 들렸다. 풀숲을 헤치고 어디선가 금방 그들에게 나
타날 정체 모를 생명체가 단순히 내는 소리 같기도 했다. 둘은 소
리가 나는 쪽으로 걷다가 멈춰 섰고, 다시 걸어갔다. 그렇게 십오분
쯤 지났을 때 그들은 큰 목소리와 아코디언 소리를 구별할 수 있게
됐고 안도의 한숨을 내쉬었다.

나무들 사이는 이제 점점 듬성듬성해졌다. 몇걸음 후에 그들은
어느 공터 가장자리에 서 있게 되었는데, 그 중앙에는 정사각형 모
양의 이층짜리 높은 건물이 육중하게 자리하고 있었다.

그 건물은 오래된 온천장이었다. 한때는 소도시의 시민과 주변
농부 들의 요양지로 사용되었지만 지금은 벌써 몇년째 거의 비어
있었다. 평판이 좋지 않은 술집만이 일층에 들어서 있었다.

둘은 잠시 멈춰 서서 건너편에 귀를 기울였다.

퇴를레스가 관목 숲에서 나오려고 막 발걸음을 떼려던 순간, 맞
은편에서 묵직한 장화가 복도 마루 위에서 삐걱거리는 소리를 내
더니 술 취한 남자가 비틀거리며 밖으로 나왔다. 남자 뒤로 복도

의 그늘진 곳에는 한 여자가 서서 그에게 뭔가를 요구하는 듯 화난 음성으로 재촉하듯 속삭였다. 남자는 다리를 비틀거리며 웃음으로 응수했다. 이어서 사정하는 듯한 소리가 들려왔다. 하지만 그 소리도 잘 알아들을 수는 없었다. 아양을 떨며 설득하고 있다는 것을 목소리에서 느낄 수 있을 뿐이었다. 이제 여자는 밖으로 걸어 나와서는 남자의 어깨에 손을 얹었다. 달빛이 그녀를, ─그녀의 속치마와 재킷, 애원하는 듯한 미소를 비췄다. 남자는 앞만 보며 고개를 저었고 손은 주머니에 단단히 넣고 있었다. 그러고 나서 침을 뱉고 여자를 밀쳐냈다. 여자가 어떤 말을 한 모양이었다. 이제 좀더 커진 그들의 목소리를 알아들을 수 있게 되었다.

"……그러니까 한푼도 못 주겠다는 거야? 이런……!"

"올라가지 못하겠어, 이 걸레야!"

"뭐라고? 이 촌놈아!"

대답 대신 이 취객은 둔한 몸짓으로 돌멩이를 집어 들었다. "이 멍청한 년아, 당장 꺼지지 않으면 네 등짝을 부숴놓겠어!" 그는 이렇게 말하며 돌을 던지려는 듯 팔을 치켜들었다. 퇴를레스는 여자가 마지막으로 욕을 내뱉으며 좁은 나무계단으로 도망쳐 올라가는 소리를 들었다.

남자는 잠시 조용히 서서 어쩔 줄 모른 채 손에 돌을 쥐고 있었다. 그는 웃으며, 검은 구름 사이로 와인 색을 띤 노란 달이 헤엄치고 있는 하늘을 쳐다보았다. 그러고 나서 관목으로 된 짙은 울타리 쪽으로 돌진하려는 듯 그쪽을 뚫어지게 바라보았다. 퇴를레스는 조심스럽게 발을 뒤로 뺐다. 심장이 목구멍까지 고동치는 것처럼 느껴졌다. 마침내 그 취객이 정신을 차린 것 같았다. 그는 손에 든 돌을 떨궜다. 승리감에 차 거칠게 웃으며 위쪽 창문을 향해 조야한 상소리를 질러대고는 모퉁이를 돌아 사라졌다.

두 사람은 여전히 꼼짝도 하지 않고 서 있었다. "너 저 여자가 누군지 알겠어?" 바이네베르크가 속삭였다. "보체나였어." 퇴를레스는 대꾸하지 않았다. 그는 취객이 다시 돌아오지나 않을까 귀 기울이고 있었다. 바이네베르크가 그러고 있는 그를 앞으로 떠밀었다. 조심스럽고도 재빠른 발놀림으로 그들은 — 일층 창문을 통해 쐐기모양으로 비추고 있는 불빛을 지나 — 어두운 현관으로 들어갔다. 좁은 나선형태의 나무계단이 이층으로 나 있었다. 삐걱대는 계단에서 나는 이들의 발소리를 누가 들었음에 틀림없었다. 아니면 차고 있는 칼이 나무에 부딪쳐 소리를 냈을 수도 있다 — 술집 문이 열리고, 누가 들어왔는지 확인하려고 누군가가 나왔다. 동시에 아코디언 소리가 갑자기 그쳤고 웅성대던 소리도 뭔가를 기대하는 듯 한순간 들리지 않았다.

퇴를레스는 놀라서 계단이 휘어 돌아가는 곳에 몸을 바짝 붙였다. 하지만 어두움에도 그의 모습이 보인 모양이었다. 문이 다시 닫히면서 여종업원이 비웃는 듯한 목소리로 뭔가 말하는 것이 들렸고 이어서 폭소가 터져 나왔기 때문이다.

이층으로 올라가는 층계참은 무척 어두웠다. 퇴를레스나 바이네베르크는 뭔가를 넘어뜨려 요란한 소리를 내지나 않을까 불안해서 어느 누구 할 것 없이 한걸음도 나아갈 엄두를 내지 못했다. 흥분에 쫓긴 이들은 조바심을 내며 손가락을 더듬어 문손잡이를 찾았다.

농촌 처녀였던 보체나는 대도시로 와서 일을 하다가 시녀가 되었다.

그녀의 상황은 처음에는 아주 좋았다. 다부지게 성큼성큼 걷는 걸음걸이처럼 아직 벗지 못한 시골티와 외양간 냄새는 그녀의 소박함을 좋아했던 여주인들에게 신뢰감을 주었고, 그 냄새를 향수라고 여긴 남자 주인들에게는 사랑을 느끼게 해줬던 것이다. 그런데 단순히 변덕 때문이었는지 아니면 불만이나 열정에 대한 막연한 동경 때문이었는지 그녀는 이 편안한 생활을 내팽겨쳤다. 그녀는 술집 종업원이 되었고 병이 들었다가 고급 사창가에 자리를 잡았고 방탕한 생활로 피폐해지며 조금씩 — 그리고 점점 멀리 — 변경으로 흘러들었다.

결국 그녀는 몇년 전부터 고향마을에서 멀지 않은 이곳에 살면서 낮에는 식당일을 거들고, 저녁이면 삼류소설을 읽거나 담배를 피우며, 때때로 남자의 방문을 받았다.

그녀는 아직 그렇게 추하다고 할 수는 없었지만, 얼굴에서는 눈에 띌 정도로 우아함이 사라져버렸는데, 그녀는 이런 모습을 자신의 태도를 통해 더 가치 있게 만들려고 무던히 애를 썼다. 요컨대 자신이 상류층 세계의 고상함이나 돌아가는 방식을 아주 잘 알지만 이미 그런 것은 초월했노라고 내비치는 것을 즐겼던 것이다. 그녀는 자기 자신에 대해서만큼이나 그런 것들에 대해, 아니 매사를 우습게 본다는 사실을 즐겨 말하곤 했다. 그렇게 막 대하는 그녀의 태도에도 불구하고, 바로 그 때문에 그녀는 주변의 농촌총각들 사이에서 인기를 누리고 있었다. 그들은 그녀 얘기가 나오면 침을 뱉으면서 다른 아가씨들을 대할 때보다 더 거칠게 대해야 할 것처럼 느끼긴 했지만, 실상 그들은 자신들과 같은 출신이면서 세상의 이면을 들여다본 이 "잡것"을 대단히 뿌듯하게 여겼다. 혼자 몰래 찾아오긴 했으나 그들은 뻔질나게 드나들면서 그녀와 즐거운 시간을 가졌다. 이를 통해 보체나는 자신의 삶에서 일말의 자부심과 정당성을 찾았다. 하지만 그녀에게 이보다 더 큰 만족감을 준 것은 기숙학교의 어린 도련님들이었을 것이다. 그녀는 이 젊은이들에게 의도적으로 자신의 가장 거칠고 추한 면을 드러내 보였다. 왜냐하면 그럼에도 이들은 ― 그녀가 입버릇처럼 말하듯이 ― 바로 그 때문에 그녀에게 기어들었기 때문이다.

두 친구가 방에 들어섰을 때 그녀는 평소처럼 침대에 누워 담배를 피우며 책을 읽고 있었다.

퇴를레스는 아직 문에 선 채 갈망하는 눈빛으로 그녀의 모습을 내면으로 빨아들였다.

"맙소사, 웬 귀여운 도련님들이 납시셨나?" 그녀는 들어서는 그들을 향해 조롱조로 외치며 약간은 얕보듯 그들을 뜯어보았다. "어마나, 남작님? 엄마가 이걸 보면 뭐라 하실까?!"―이것이 바로 그녀가 시작하는 방식이었다.

"그 입 좀⋯⋯!" 바이네베르크는 으르렁대며 침대로 가 그녀 옆에 앉았다. 퇴를레스는 떨어져 앉았다. 그는 화가 났다. 보체나가 자기한테는 신경도 안 쓰고 마치 자신을 모르는 것처럼 행동했기 때문이다.

이 여인을 방문하는 일이 최근 그에겐 단 하나의 은밀한 즐거움이었다. 주말이 다가오면 벌써부터 안절부절못했고, 그녀에게 몰래 갈 수 있는 일요일 저녁을 기다리기가 힘들 지경이었다. 그를 사로잡은 것은 무엇보다 몰래 숨어들어가야만 한다는 사실이었다. 예를 들어 조금 전 술집 안에 있던 취객들이 그에게 달려들기로 마음먹었다면 무슨 일이 벌어졌을까? 그저 재미로 품행이 단정치 못한 양갓집 도련님을 한바탕 골탕 먹이기로 작정했다면 말이다. 퇴를레스는 겁쟁이는 아니었지만 여기서는 속수무책이라는 것을 잘 알고 있었다. 귀엽다고 할 수 있는 칼은 이 거친 주먹들에 비하면 조롱거리나 될 것 같은 생각이 들었다. 게다가 각오해야 할 수치나 처벌은 또 어떻고! 그에게 남은 방법이란 도망치거나 애걸하는 수밖엔 없을 터였다. 아니면 보체나에게 지켜달라고 할 수밖에. 이런 생각을 하니 온몸에 전율이 흘렀다. 하지만 바로 그 생각이었다! 오로지 그 생각! 다른 그 무엇도 아니었다! 이런 두려움, 이처럼 스스로를 포기하는 것이 항상 새롭게 그를 유혹했다. 자신의 특권적 위치에서 벗어나 천한 사람들 아래에 위치하는 것, 그녀 아래에 ─ 그녀보다 더 아래쪽에 처하는 것 말이다!

퇴를레스는 방탕한 부류는 아니었다. 막상 실행에 옮기고자 하면 시작하는 것에 대한 거부감과 있을 법한 결과에 대한 두려움이 항상 앞섰다. 그는 불건전한 방향에 대해 오로지 상상만 할 따름이었다. 주중의 날들이 매일매일 그의 삶을 납덩이처럼 무겁게 짓누를 때면, 자극적인 매혹이 유혹하기 시작했다. 그녀를 방문했던 기억들은 독특한 유혹의 형태를 띠어갔다. 보체나는 엄청나게 천박한 존재로 생각되었으며, 그녀와 맺고 있는 관계나 그가 이 관계에서 겪어내야만 했던 감정들은 자기희생이라는 일종의 끔찍한 의식처럼 여겨졌다. 평소 그를 둘러싸고 있던 모든 것, 즉 특권적 지위, 사람들이 주입한 생각과 감정들, 주는 것도 없이 짓누르던 모든 것을 남겨 두고 가야만 한다는 사실이 그를 자극했다. 모든 것을 포기하고 벌거벗은 채 미친 듯이 달려 이 여인 곁으로 도피하는 것이 그를 자극한 것이다.

이는 대부분의 젊은이들이 보여주는 모습과 그다지 다르지 않았다. 만약 보체나가 순수하고 아름다웠다면, 그리고 당시에 그가 사랑할 능력이 있었다면, 그는 아마도 그녀를 덥석 물었을 것이고 그녀와 자신의 욕정을 고통에 이르기까지 고양시켰을 것이다. 왜냐하면 성장해가는 인간의 최초의 열정은 어떤 한 여인에 대한 사랑이 아니라, 모든 여자에 대한 증오에서 시작되기 때문이다. 자신이 이해받지 못한다고 느끼는 것과 세상을 이해하지 못하는 태도는 이 최초의 열정에 수반되는 요소가 아니라, 이 열정의 유일하면서도 우연이라고 할 수 없는 원인이다. 그런데 그 열정조차도 일종의 도피여서, 이 도피상황에서 둘이 함께 있다는 것은 단지 두배의 고독을 의미할 따름이다.

최초의 열정은 대개 오래 지속되지 않으며 쓰디쓴 뒷맛을 남긴다. 그것은 오류이며 실망인 것이다. 그 시기가 지나면 우리는 스스로를 이해하지 못하며 무엇을 탓해야 할지 모른다. 이런 일이 벌어지는 것은 사람들이 이 드라마 속에서 대부분 서로에게 우연적인 존재, 즉 같은 도주로에 있는 우연한 동반자이기 때문이다. 안정을 찾고 나면 그들은 서로를 더 이상 알아보지 못한다. 그들은 공통적인 것을 더 이상 알아보지 못하기 때문에 서로에게서 대립되는 것들을 발견하게 된다.

퇴를레스의 경우가 달랐던 것은 단지 그가 혼자였다는 사실 때문이었다. 나이가 들어가고 있는 저 천한 창녀는 그의 내면에 있는 모든 것을 발현시킬 수는 없었다. 하지만 그녀 역시 여자였던지라 그의 내면에서 마치 무르익어가는 배아처럼 아직 수정될 순간을 기다리던 부분들을 얼마간 일찍이 표면으로 끌어냈다.

그러고 나자 그의 기이한 상상들과 환상 속의 유혹들이 작동하기 시작했다. 하지만 이에 못지 않게 그는 이따금 바닥에 몸을 던지고 절망에 차 소리치고 싶은 생각이 들기도 했다.

보체나는 여전히 퇴를레스를 아랑곳하지 않았다. 그저 그를 골려주기 위해 짓궂게 그러는 것 같았다. 갑자기 그녀가 수다를 그치더니 말했다. "얘들아, 돈 좀 줘봐. 차랑 슈납스를 가져올 테니."

오후에 퇴를레스는 어머니에게서 받은 은화 가운데 하나를 그녀에게 건네주었다.

그녀는 창문턱에서 찌그러진 냄비를 들고 와 알코올에 불을 붙였다. 그러고 나서 신발을 끌며 천천히 계단을 내려갔다.

바이네베르크가 퇴를레스를 쿡 찔렀다. "넌 도대체 왜 그렇게 가만히 있니? 저 여자는 네가 겁먹은 줄 알 거 아냐."

"난 신경 쓰지 마." 퇴를레스가 부탁했다. "그럴 기분 아니야. 너나 저 여자랑 계속 떠들어. 그건 그렇고 저 여자는 왜 계속 너희 엄마 얘기를 하는 거야?"

"내 이름이 뭔지 안 다음부터 자기가 우리 숙모 집에서 일한 적이 있고 우리 엄마를 안다고 하는 거야. 어떻게 보면 맞는 것 같기도 하고, 어떻게 보면 거짓말하는 게 분명해 — 그냥 재미 삼아 말이지. 뭐가 그리 재미있는지는 나도 모르겠지만 말이야."

퇴를레스는 얼굴을 붉혔다. 야릇한 생각이 떠올랐던 것이다 — 하지만 그때 보체나가 슈납스를 가지고 돌아와서는 침대에 걸터앉은 바이네베르크 옆에 다시 앉았다. 그녀는 조금 전에 하던 대화를 곧 다시 이어갔다.

"……그래, 너희 엄마는 예쁜 아가씨였지. 두 귀가 쫑긋한 넌, 네 엄마와 전혀 닮지 않았어. 게다가 그녀는 재미있는 사람이었어. 그녀를 마음에 둔 남자가 한둘이 아니었을 거야. 그럴 만한 여자였지."

잠시 말을 멈춘 보체나에게 뭔가 특별히 재미난 생각이 떠오른 것 같았다. "기병장교였던 네 삼촌 알지? 내 기억으론 이름이 카를이었던 것 같은데, 그 사람은 네 엄마와 사촌관계였지. 당시에 그 사람이 네 엄마의 환심을 사려고 했어! 하지만 귀부인들이 교회에 가는 일요일이면 그 사람은 내 뒤꽁무니를 쫓아다녔단다. 난 끊임없이 그 사람 방에 매번 다른 뭔가를 가져다줘야 했어. 멋진 남자였지. 지금 생각해도 그래. 하지만 조신한 편은 아니었어⋯⋯" 그녀는 이렇게 말하면서 의미심장하게 웃었다. 그러고는 그녀에게 특별한 만족감을 주는 것이 분명한 이 주제를 계속 이어나갔다. 그녀의 말은 거리낌이 없었고, 말할 때마다 그 모든 대상들을 먹칠하려는 것 같은 표현을 썼다. "⋯⋯내가 보기엔, 그 사람은 네 엄마의 마음에도 들었어. 그런데 만약 네 숙모가 그 사실을 알았더라면! 내 생각엔 네 숙모가 나랑 그 남자를 집에서 쫓아냈을 거야. 귀부인들은 대개 그렇지, 아직 결혼을 하지 않은 경우는 더하고 말이야. 사랑하는 보체나 이것 좀, 사랑하는 보체나 저것 좀 ─ 하루 종일 그런 식이었어. 그런데 부엌데기가 임신을 한 거야, 무슨 일이 있었는지 너도 들었어야 했는데! 귀부인들은 우리 같은 사람들은 일년에 한번만 발을 씻는다고 생각했던 것 같아. 그들은 차마 부엌데기에게 무슨 말을 하진 않았지만, 내가 방에서 시중을 들 때 그들이 마침 그 얘기를 할 때면 난 들을 수 있었지. 네 엄마는 차라리 쾰른 향수를 마시고 말지 하는 표정을 지었어. 그런데 그 일이 있고 얼마 안 있어 네 숙모 배가 남산만 해진 거야⋯⋯"

보체나가 이야기하는 동안 퇴를레스는 그녀가 천박하게 비꼬는 말에 자신이 거의 무방비상태로 내던져져 있다고 느꼈다.

그녀가 묘사하는 광경이 눈앞에 생생하게 그려졌다. 바이네베르크의 엄마는 자신의 엄마로 바뀌었다. 그는 부모님 집의 환한 방들을 떠올렸다. 집에서 만찬 때마다 그에게 일종의 경외심을 불러일으키곤 했던, 단정하며 깨끗하고 접근하기 힘든 얼굴들이 떠올랐다. 식사 때조차 한치의 실수도 용납하지 않을 것 같은 고상하고 차가운 손들이 기억났다. 그처럼 수많은 개별적인 것들이 머리에 떠올랐고, 자신이 여기 악취 나는 작은 방에 있다는 사실과 한 창녀의 모욕적인 말에 떨면서 대답하고 있다는 사실에 수치심을 느꼈다. 이처럼 격식을 차리는 계층의 완벽한 예의범절에 대한 기억이, 그 어떤 도덕적인 생각보다 그에게 더 큰 영향력을 발휘했다. 자신의 어두운 열정이 설치고 있는 것이 우습게 생각되었다. 사람들이 냉정하게 거부하는 손짓과 당황한 미소를 지으며 자신을 작고 불결한 짐승처럼 밀쳐내고자 하는 모습이 생생하고 강렬하게 눈앞에 떠올랐다. 그럼에도 그는 마치 묶인 듯 그 자리에 앉아 있었다.

왜냐하면 그에게 모든 세부적인 요소들이 기억에 떠오를수록, 수치심과 더불어 내면에서 일련의 추잡한 생각들이 점점 커져갔기 때문이다. 그것은 바이네베르크가 보체나의 얘기에 설명을 덧붙이고 이어서 퇴를레스가 얼굴을 붉혔을 때 시작되었다.

그는 그때 문득 어머니를 생각하지 않을 수 없었는데, 이제 이 생각이 단단히 자리를 잡아 떨쳐낼 수 없게 되었다. 그것은 단지 의식의 경계를 번쩍하고 스치는 것 같았는데 ─번개처럼 빠르게 혹은 까마득하게 멀리 ─변방에서 ─단지 날아가면서 본 듯했고 ─생각이라고 부를 만한 것도 아니었다. 그러고는 그 생각을 덮어버릴 만한 질문들이 급하게 뒤를 이었다. "이 보체나란 천한 신분의 여자가 어머니의 존재 옆자리를 차지하는 것이 도대체 어떻게 가능한 것일까? 같은 생각의 좁은 틀 안에서 저 여자가 어머니의 모습과 결부되다니? 저 여자가 어머니를 입에 담을 때 왜 이마를 땅에 조아리지 않는 것일까? 둘 사이에 아무런 공통점이 없다는 사실이 왜 그사이에 어떤 심연이 존재하는 식으로 표현되지 않는 것일까? 도대체 왜 그런 거지? 이 여자는 내겐 모든 성적 욕망이 실타래처럼 뭉쳐 있는 존재야. 반면 어머니로 말하자면 이제까지 구름 한점 없는 저 멀리서 나락이라곤 모른 채 맑은 모습으로, 모든 욕망 저편에서 별이 내 삶 속을 운행하는 것과 같았던 존재지……"

하지만 이 모든 질문은 본질적인 것이 아니었다. 본질적인 것을 제대로 건드리지도 못하고 있었다. 질문들은 나중에야 떠오른 부차적인 것이었다. 이 질문들은 단지 제대로 된 것을 지칭하지 못한 탓에 다양한 형태를 띠었을 뿐이다. 그것들은, 의식되기 전에 본능적으로 갑자기 일종의 정신적 연관성이 주어져 있었다는 사실, 그리고 그 연관성이 이 질문들이 생겨나기 전에 이미 악의적으로 질문에 답하고 있었다는 사실에 대한 핑곗거리거나, 그러한 사실이 단지 돌려 표현된 것이었다. 퇴를레스는 질리도록 보체나를 눈에 담고 있으면서도 자신의 어머니를 잊을 수 없었다. 그의 내면을 관류하며 두 존재는 하나의 연관성으로 사슬처럼 묶여 있었다. 다른 모든 것은 이런 관념의 뒤얽힘 아래 있는 일종의 꿈틀거림에 불과했다. 이 뒤얽힘만이 유일한 사실이었다. 하지만 그것의 강제로부터 벗어나려는 노력이 허사가 된 탓에, 뒤얽힘은 불분명하지만 끔찍한 의미를 갖게 되었으며, 음험한 미소처럼 그가 하는 일마다 따라다녔다.

퇴를레스는 이런 생각을 떨쳐버리기 위해 방 안을 둘러보았다.

하지만 이미 모든 것이 생각과 결부되어버린 뒤였다. 뚜껑에 녹 자국이 있는 작은 철제난로, 다리는 흔들리고 틀에는 여기저기 칠이 벗겨진 침대, 닳아 헤진 침대보 구멍 사이로 보이는 지저분한 침구. 보체나와 한쪽 어깨에서 흘러내린 그녀의 셔츠, 속치마의 저속하고 점잖지 못한 빨강, 그녀의 세련되지 못한 수다스러운 웃음. 그리고 마지막으로, 평소와 비교할 때 광기에 사로잡혀 모호한 말을 진지한 기도의 형식으로 꿰맞추고 있는 음탕한 사제처럼 행동하는 바이네베르크…… 모든 것이 한 방향으로 밀려 나와 그를 향해 달려들었고 생각을 계속해서 강제로 다시 뒤로 돌려놓았다. 놀라서 이리저리 도망치던 그의 시선은 오로지 한곳에서 안정을 찾았다. 그것은 작은 커튼의 위쪽 부분이었다. 그곳을 통해 하늘에서 구름이 들여다보고 있고, 달이 꼼짝 않고 떠 있는 것이 보였다.

그는 갑자기 신선하고 고요한 밤공기 속으로 빠져나온 듯했다. 잠시 모든 생각이 완전히 멈췄다. 그러자 유쾌한 기억이 떠올랐다. 작년 여름 가족이 함께 보냈던 시골 별장. 조용한 공원에서의 밤들. 별들이 떨고 있는, 검은 벨벳 같은 창공. 희미하게 반짝이는 자갈길 위에서 아버지와 산책을 하던 정원 깊숙한 곳에서 들려오던 어머니의 목소리. 어머니가 나지막하게 부르던 노래들. 하지만 그때, ……온몸에 차가운 전율이 일었다. ……다시금 조금 전의 고통스러운 비교가 떠올랐다. 당시에 두 분은 무엇을 느꼈을까? 사랑? 아니, 그것은 그에게 지금 처음으로 떠오른 생각이었다. 사랑은 전혀 다른 어떤 것이었다. 사랑이란 다 큰 어른들, 하물며 자기 부모에게 해당되는 것은 아니었다. 밤이면 열린 창가에 앉아 고독을 느끼는 것, 어른들과 다르다고 느끼는 것, 비웃음이나 조롱을 당하며 오해받은 채 자신이 어떤 사람인지 아무에게도 설명하지 못하는 것,

그리고 그것을 이해하는 누군가를 그리워하는 것, ……그게 사랑이지! 하지만 그러려면 젊어야 하고 외로워야 해. 부모님의 경우엔 뭔가 다른 것이었음에 틀림없어. 뭔가 평안하고 담담한 것이었지. 엄마는 어두운 정원에서 저녁에 그냥 노래를 부른 것이고 즐거운 기분이었던 거야……

하지만 퇴를레스가 이해하지 못한 것이 바로 그것이었다. 어른들이 스스로 인지하지는 못하면서도 하루하루를 한달, 일년 등으로 엮어나가는 참을성 있는 계획들이 그에겐 아직 낯설었다. 하루가 끝나갈 때에도 그런 사실을 질문거리로조차 여기지 않는 저 무신경함 역시 그랬다. 그의 삶은 하루하루를 향해 있는 삶이었다. 모든 밤은 그에게 무無이자 무덤이며 소멸됨을 의미했다. 매일 죽기 위해 자리에 누우면서도 그에 대해 생각하지 않는 능력을 아직 배우지 못한 것이다.

그런 탓에 퇴를레스는 사람들이 자신에게 숨기는 무엇인가가 뒤에 있다고 생각했다. 밤은 마치 비밀 가득한 즐거움으로 들어가는 문처럼 보였는데, 사람들이 이 즐거움을 그가 모르게 감춰놓은 탓에 삶이 공허하고 불행하다고 생각했다.

그는 어머니의 독특한 웃음과 그가 어느날 저녁 목격한 것처럼 남편의 팔에 장난처럼 몸을 꼭 밀착시키던 어머니의 모습을 기억에 떠올렸다. 의심할 여지가 없는 것처럼 보였다. 저 접근하기 어렵고 평온한 사람들의 세계로부터도 역시 하나의 문이 그쪽으로 나 있음에 틀림없던 것이다. 그리고 그렇다는 사실을 잘 알고 있는 지금, 그는 그저 확신에 찬 웃음을 지으며 그런 생각을 할 수 있었는데, 그 웃음에 담긴 짓궂은 불신감을 떨쳐보려 했지만 소용없는 일이었다……

보체나는 그러는 동안 계속 이야기를 이어나갔다. 퇴를레스는 반쯤만 주의를 기울인 채 듣고 있었다. 그녀는 거의 매주 일요일마다 찾아오는 누군가에 대해 얘기했다…… "걔 이름이 뭐더라? 너희랑 같은 학년인데."

"라이팅?"

"아니."

"어떻게 생겼는데?"

"키가 저기 있는 애 정도." 보체나가 퇴를레스를 가리켰다. "하지만 머리가 약간 커."

"아, 바지니?"

"그래, 그래, 자기 입으로 그렇게 말했어. 아주 웃긴 애야. 그런 주제에 고상해. 걔는 포도주만 마시지. 하지만 멍청해. 돈을 엄청 쓰면서도 나한테 수다나 떨지 아무 짓도 안하거든. 고향에서 있었다는 연애 얘기 가지고 잔뜩 허풍을 떨지. 그래서 뭘 얻겠다는 건지? 딱 봐도 여자 옆에 생전 처음 와봤다는 걸 알겠는데. 너도 아직 어린아이긴 하지만 뻔뻔하잖아. 반대로 걔는 서툴고 그런 짓에 겁먹고 있지. 그래서 걔는 향락주의자로서 ─ 이 말은 걔가 쓴 거야 ─ 여자를 어떻게 다뤄야 하는지 장황하고 길게 늘어놓는 거야. 그애 말에 따르면 여자란 다른 데는 쓸모가 없다는군. 도대체 너희들은 어디서 그런 걸 주위들은 거야?!"

바이네베르크는 조롱하듯 씩 웃는 것으로 대답을 대신했다.

"그래 실컷 웃으렴!" 보체나가 신나게 그에게 엄포를 놓았다. "내가 그애한테 언젠가 물어봤어, 엄마한테 부끄럽지 않느냐고. 그랬더니 이렇게 말하더군. '엄마? ……엄마라구? 그게 뭐지? 그런 건 이제 존재하지 않아. 그런 건 집에 두고 왔어, 당신한테 오기 전에 말이야……' 그래 잘 들어둬, 너희들은 그런 애들이야! 착한 아들들이지, 너희 고상한 어린 도련님들은. 너희들의 어머니가 내겐 안쓰러울 지경이야……!"

이 말에 퇴를레스는 조금 전에 자신에 대해 했던 생각을 다시 떠올리게 되었다. 자신이 어떻게 모든 것과 결별했으며 부모님의 이미지를 기만했는지를. 그리고 이제 그는, 그렇게 함으로써 자신이 뭔가 굉장한 혼자만의 것을 한 것이 아니라 단지 아주 평범한 일을 했다는 사실을 깨닫지 않을 수 없었다. 그는 부끄러웠다. 하지만 다른 생각들도 다시 떠올랐다. 부모님도 그렇게 하는 거야! 그들이 너를 기만한 거지! 너는 남모르는 공범이 있는 셈이야! 아마도 부모님의 경우엔 약간 다를 수도 있겠지만, 결국 똑같은 것임에 틀림없어. 비밀스러운 굉장한 즐거움이란 점에서 말이야. 하루하루의 단조로움에 대한 온갖 두려움을 지닌 채 그 속에 탐닉할 수 있는 그런 것…… 아마도 그분들은 더 많은 걸 알고 있지 않을까……?! ……전혀 평범하지 않은 뭔가를? 왜냐하면 그들은 낮에는 너무나도 평온하니까. ……그러면 어머니의 그 웃음은? ……마치 모든 문을 닫으려고 침착한 걸음걸이로 걷는 것 같은……

이런 갈등을 하고 있는 사이에, 퇴를레스가 스스로 포기한 채 답답한 가슴으로 폭풍에 자신을 내맡기는 순간이 찾아왔다.

바로 그 순간 보체나가 일어서더니 다가왔다.

"이 꼬마는 왜 아무 말도 안하는 거지? 걱정이라도 있나?"

바이네베르크가 뭔가를 속삭이고는 짓궂게 웃었다.

"뭐, 향수병이라구? 엄마가 떠나버렸나보구나? 그런데 이 버릇없는 아이는 곧장 나 같은 여자한테로 달려온단 말이군!"

보체나는 쫙 편 손가락을 퇴를레스의 머리카락 사이로 집어넣었다. "이리 와, 바보같이 굴지 말고. 나한테 입 맞춰봐. 고상하신 양반들이라고 설탕처럼 바스라지진 않는 법이니까." 그러면서 그녀는 그의 머리를 뒤로 젖혔다.

퇴를레스는 무슨 말인가 하려 했고 대담하게 거친 농담을 해보려 했다. 그는 지금 상황에선 아무 말이나 상관없이 한마디 하는 것에 모든 것이 달려 있다고 생각했다. 하지만 끽소리도 내지 못했다. 그는 돌처럼 굳은 미소를 지으며 자신의 얼굴 위에 있는 음탕한 얼굴과 뜻 모를 두 눈을 응시했다. 그러자 바깥 세계가 작아지며…… 점점 뒤로 물러나기 시작했다…… 한순간 돌멩이를 집어들던 저 농사꾼 총각의 모습이 떠올랐고, 그를 비웃는 듯했다…… 그리고 그는 완전히 혼자가 되었다……

"야, 내가 그놈을 잡았어." 라이팅이 속삭였다.

"누굴?"

"사물함 도둑 말이야."

퇴를레스는 방금 바이네베르크와 돌아왔다. 저녁식사 시간 직전
이었고 당직사감은 이미 퇴근한 상태였다. 초록색 테이블 사이에
여럿이 무리를 지어 잡담을 하고 있었고, 홀 안에는 웅웅거리는 따
뜻한 생명력이 느껴졌다.

그곳은 하얀 회벽과 큰 검은 십자가 그리고 칠판 옆으로 황제 내
외²의 그림들이 걸려 있는 평범한 교실이었다. 쇠로 만든 아직 불
을 지피지 않은 커다란 난로 옆으로, 오후에 퇴를레스 부부를 역까
지 배웅하는 데 동행했던 아이들이 일부는 교단 위에 일부는 자리

<hr />

2 프란츠 요제프 황제(1830~1916)와 엘리자베트 황후 시씨(1837~98).

를 옮긴 의자 위에 앉아 있었다. 라이팅 외에 키가 큰 호프마이어와 주슈라는 별명을 가진 폴란드 백작 자제가 그들이었다.

퇴를레스는 약간 호기심이 생겼다.

교실 뒤쪽에 있는 잠글 수 있는 서랍들이 달린 긴 함 모양의 사물함에는 학생들이 편지나 책, 돈, 그밖에 이런저런 잡동사니들이 보관되어 있었다.

그런데 이미 오래전부터 딱히 누가 그런다고 말은 못해도 소액의 돈이 사라진다고 불평하는 아이들이 있었다.

그리고 — 지난주에 — 처음으로 비교적 큰 액수의 돈을 누가 훔쳐갔다고 확실하게 말할 수 있는 일이 바이네베르크에게 일어났다. 하지만 그 사실을 아는 것은 라이팅과 퇴를레스뿐이었다.

이들은 급사들에게 혐의를 두었다.

"그러지 말고 얘기 좀 해봐!" 퇴를레스가 졸랐다. 하지만 라이팅은 재빨리 신호를 보냈다. "쉿! 나중에. 아직 아무도 몰라."

"급사야?" 퇴를레스가 속삭였다.

"아니."

"그럼 하다못해 힌트라도 줘봐, 누군데?"

라이팅은 다른 아이들에게서 몸을 돌리고는 나직이 말했다. "B." 퇴를레스 빼고는 아무도 이런 식으로 조심스럽게 이루어진 대화를 이해하지 못했다. 하지만 그에게 이 소식은 불의의 일격처럼 작용했다. B. 라고? — 그것은 바지니일 수밖에 없었다. 그의 어머니는 부유한 귀부인이었고 그의 후견인은 고위관리였다. 퇴를레스는 믿을 수가 없었다. 그때 보체나가 해준 얘기가 불현듯 떠올랐다.

퇴를레스는 다른 아이들이 식사를 하러 가는 순간을 기다릴 수 없을 지경이었다. 바이네베르크와 라이팅은 오후에 배부르게 먹었다는 핑계를 대고 뒤에 남았다.

라이팅은 우선 '위로' 가는 게 낫겠다는 제안을 했다.

그들은 교실 앞으로 끝없이 이어져 있는 복도로 나섰다. 깜박거리는 가스등이 복도의 짧은 구간을 군데군데 밝히고 있었고, 아무리 조용히 걸으려 해도 발소리가 벽감壁龕에서 벽감으로 울려 퍼졌다⋯⋯

문에서 50미터쯤 떨어진 곳에서 계단이 삼층으로 나 있었는데, 여기엔 박물표본실과 다른 학습자료 보관실, 그리고 비어 있는 많은 방들이 있었다.

이곳에서부터 계단은 좁아졌고 직각으로 서로 연결되는 짧은 층계참을 이루며 다락방까지 나 있었다. 그리고 — 오래된 건물들이 자주 그렇듯 쓸데없는 구석과 불필요한 계단들로 비합리적으로 지어져 있었는데 — 그 계단은 바닥에 도달하고도 상당한 높이로 더 오르도록 만들어져 있어서, 계단을 막고 있는 무거운 철제 문 건너편 바닥에 내려서기 위해서는 나무계단이 필요할 정도였다.

하지만 이렇게 해서 이쪽 편에는 대들보 높이까지 수 미터 높이에 달하는 불필요한 공간이 생겨났다. 누구도 발을 들인 적이 없었을 것 같은 이 공간에는, 언제인지도 알 수 없는 아주 오래전의 연극공연에서 나온 낡은 무대장치들이 보관돼 있었다.

밝은 대낮에도 오래된 먼지로 가득한 계단의 어스름 속에서 햇빛은 생기를 잃었다. 왜냐하면 거대한 건물의 날개 쪽으로 나 있는 이 다락창고 계단은 거의 사용되지 않았기 때문이다.

계단의 마지막 층계참에서 바이네베르크는 난간을 뛰어넘었고, 난간창살을 꼭 붙잡은 채 무대장치 사이로 내려섰는데, 라이팅과 퇴를레스는 그걸 그대로 따라 했다. 거기서 그들은 오로지 그 목적으로 놓아둔 상자 위에 단단히 발을 디딜 수 있었고, 다시 상자에서 바닥으로 뛰어내렸다.

계단 위에 서 있는 사람의 눈이 제 아무리 어둠에 익숙해졌다 하더라도, 거기서 여러 겹의 톱니모양으로 겹쳐진 무대장치가 제멋대로 뒤섞여 있는 것 이상을 구별하는 것은 불가능했다.

하지만 바이네베르크가 그 가운데 하나를 약간 옆으로 밀치자, 아래 서 있는 사람들이 들어갈 수 있는 튜브모양의 좁은 통로가 열렸다.

그들은 내려올 때 도움을 주었던 상자를 숨기고는 무대장치들 사이로 비집고 들어갔다.

내부는 칠흑같이 캄캄했기 때문에 계속 나아가기 위해서는 그곳에 대해 아주 정확히 알 필요가 있었다. 그들이 스쳐 지나갈 때마다 여기저기서 아마포로 된 커다란 벽이 부스럭댔고, 쫓기는 쥐들 때문인 듯 뭔가가 부슬부슬 바닥으로 떨어져 내렸으며, 오래된 궤짝의 곰팡이 냄새가 솟아올랐다.

이 길을 잘 알고 있는 세 사람은 올가미와 경고용으로 바닥에 팽팽하게 매인 끈들 가운데 하나를 건드리지 않기 위해, 한없이 조심스럽게 더듬으며 한발 한발 신중하게 나아갔다.

한참이 지나서야 그들은 작은 문에 도착했는데, 그 문은 바닥을 나눈 벽에 도달하기 직전 오른쪽에 만들어져 있었다.

바이네베르크가 문을 열자 그들은 맨 위 층계참 아래의 좁은 공간에 당도했다. 그 공간은 바이네베르크가 불을 붙인 작은 기름램프의 깜박이는 불빛이 비추자 아주 으스스해 보였다.

천장은 층계참 바로 아랫부분만 수평을 이루고 있었고, 여기도 사람이 간신히 똑바로 설 수 있을 정도의 높이였다. 천장은 뒤쪽으로 갈수록 계단의 경사를 따라 낮아지다가 끝에서 바닥과 예각을 이루고 있었다. 구석과 마주 보는 전면부 쪽에서 이 작은 공간은 얇은 칸막이로 경계 지어져 있었는데, 이 칸막이는 다락방과 층계참을 나눠놓고 있었다. 그리고 이 작은 공간은 두터운 벽으로 길고 자연스럽게 경계를 이뤘고, 이 벽에 붙어 계단이 위로 나 있었다. 다만 문이 달린 두번째 옆벽은 특별한 목적으로 나중에야 덧붙여진 듯했다. 아마도 이 벽이 생겨난 것은 여기에 도구들을 넣어둘 작은 방을 만들려는 의도 때문일 수 있었다. 어두침침한 구석을 보면서 이 공간을 은신처로 막아놓자는 중세적인 착상을 떠올린 건축가의 기분 탓이었을지도 몰랐다.

어쨌거나 이 공간을 어떤 식으로든 사용해보려는 생각은 고사하고, 이곳의 존재라도 알고 있는 사람은 학교 전체에서 이 세명 외에 거의 없었다.

이렇게 해서 그들은 이 공간을 오로지 자신들의 모험심에 따라 꾸밀 수 있었다.

모든 벽은 라이팅과 바이네베르크가 다락방 중 한곳에서 슬쩍해온, 핏빛처럼 붉은 깃발 제조용 천으로 덮였고, 바닥에는 겨울에 침실 막사에서 보조 이불로 쓰이는 두터운 모직 담요가 두 겹으로 깔렸다. 방 앞쪽에는 천으로 덮인 의자로 사용되는 작은 상자들이 있었다. 바닥과 천장이 예각을 이루는 뒤쪽에는 잠자리가 마련됐다. 그 자리는 서너명이 누울 만한 넓이였는데, 커튼으로 가려져 있어 빛이 차단되었고 방의 앞부분과 구분되어 있었다.

문 옆의 벽에는 장전된 권총이 한자루 걸려 있었다.

퇴를레스는 이 방을 좋아하지 않았다. 좁다는 점과 자기들끼리 있다는 점은 그의 마음에 들었는지 모른다. 산속 깊숙한 곳에 있는 것 같았으며, 어떤 느낌이라고 정확히 말할 순 없지만 낡고 먼지 낀 무대장치들의 냄새가 내면을 훑고 지나갔다. 하지만 이런 은밀함이나 경보용 끈, 반항이나 비밀스러움에 대한 극도의 환상을 자극하는 권총은 우스꽝스럽게 생각되었다. 그것은 도둑 같은 삶을 살겠다고 다짐하는 것 같아 보였다.

퇴를레스가 이들과 행동을 같이한 것은 단지 다른 두 친구에게 뒤지지 않겠다는 생각 때문이었다. 하지만 바이네베르크와 라이팅은 이 일을 매우 진지하게 생각했고 퇴를레스도 그것을 잘 알고 있었다. 그는 바이네베르크가 학교의 모든 지하실과 다락방의 여벌 열쇠를 가지고 있다는 사실을 알았다. 또한 그가 몇시간씩 자주 교실에서 사라져 어딘가에 — 저 위쪽 서까래나 지하에 여러 갈래로 나뉜 퇴락한 지하실 중 한곳에 — 자리를 잡고는, 항상 가지고 다니는 작은 랜턴의 불빛에 의지해 모험소설을 읽거나 초자연적인 것들에 대한 생각에 빠져든다는 사실도 알았다.

라이팅에 관해서도 그는 비슷한 것을 알고 있었다. 라이팅 역시 자신만의 은신처를 갖고 있었는데, 그는 그곳에 비밀 일기장을 숨겨놓았다. 다만 이 일기장엔 미래에 대한 무모한 계획들과 그가 동료들 사이에 조장한 수많은 음모의 동기와 실행 그리고 진행과정에 대한 상세한 기록들이 가득했다. 왜냐하면 라이팅이 가장 즐겼던 것은 사람들을 서로 반목하게 만들고, 누군가를 다른 사람의 도움을 받아 짓누르고, 다른 친구들이 속으로는 증오하면서도 마지못해 마음에 드는 체하는 것과 아첨하는 모습을 바라보며 만족해하는 것이었기 때문이다.

"난 이런 식으로 연습을 하고 있는 거야." 그것이 그가 내건 유일한 구실이었고, 그는 그러면서 애교 있게 웃곤 했다. 그가 하는 연습 중에는 팔의 근력을 키우거나 주먹에 못이 박혀 단단해지도록 하기 위해 어딘가 외진 곳에서 거의 매일 벽이나 나무, 혹은 책상을 치는 것도 해당되었다.

퇴를레스는 이 모든 것을 알았지만 어느 선까지만 그러한 것을 이해했다. 그는 라이팅이나 바이네베르크의 독특한 방식을 몇차례 따라 해보았다. 그 평범하지 않은 것이 마음에 들었던 것이다. 그런데 그는 그런 연후에 내면과 눈과 귀에 고독의 흥분과 어둠의 도취가 아직 진동하는 것을 느끼면서, 한낮의 밝음 속으로, 즉 다른 모든 동료들 사이와 명랑한 분위기로 들어서는 것 역시 좋아했다. 하지만 바이네베르크나 라이팅이 자신들에 관한 얘기를 털어놓을 수 있는 누군가를 필요로 할 때마다 그를 붙잡고 무엇이 그 모든 경우에 있어 자신들을 움직이게 하는지 설명해줄 때면, 그는 도저히 이해할 수 없었다. 그는 심지어 라이팅이 엉뚱하다고까지 생각했다. 예를 들면 라이팅은 자기 아버지가 이상하게도 한곳에 오래 눌러 앉아 있지 못하는 사람이었으며 결국에는 실종되었다고 즐겨 말하곤 했다. 그는 자신의 이름이 아주 고위층 집안의 이름을 감추기 위한 가명일 뿐이라고 말하기도 했다. 그리고 어머니로부터 다시 한번 상당한 권한을 부여받게 될 거라 생각하고 있었고, 꾸데따나 큰 정치를 염두에 두고 있었기 때문에 장교가 되고자 했다.

퇴를레스는 그런 계획들을 전혀 진지하게 받아들일 수 없었다. 그에게 혁명의 시대는 영원히 지나간 것처럼 생각되었던 것이다. 그럼에도 라이팅은 진지하게 실행에 옮길 생각을 하고 있었다. 물론 우선은 작은 일에서 말이다. 그는 폭군이고, 자기 말에 거역하는 애를 봐주는 법이 없었다. 그의 추종자들은 매일 바뀌었지만 항상 다수가 그의 편에 섰다. 그는 그런 재능이 있었다 — 일이년 전에 그가 바이네베르크와 대판 싸운 적이 있었는데, 이 싸움은 바이네베르크의 패배로 끝났다. 사람들의 평가, 그리고 자기 마음에 들지 않는 사람에 대한 반감을 부추기는 능력과 냉혈함에서 바이네베르크가 경쟁자보다 결코 뒤지지 않았음에도, 마지막에 그는 철저히 고립된 입장에 서게 되었다. 그에겐 라이팅이 가진 매력과 사람의 마음을 끄는 요소가 부족했던 것이다. 그의 태연함과 거드름 피우는 철학적 태도는 대부분의 학생들에게 불신감을 심어주었다. 사람들은 그의 존재 밑바탕에 버릇없는 방자함 같은 것이 있다고 생각했다. 그럼에도 그는 라이팅에게 커다란 어려움을 안겨주었고, 라이팅의 승리는 거의 우연의 산물이라고 해도 과언이 아니었다. 그후 둘은 공동의 이해관계로 손을 잡았다.

반대로 퇴를레스는 이런 것들에 별 관심이 없었다. 그런 탓에 그는 이런 경우 할 줄 아는 게 없었다. 그럼에도 그는 이들의 세계에 속해 있었고, 한 나라에서 — 왜냐하면 이런 학교에서 각 학급은 그 자체로 하나의 국가나 다름없었다 — 일인자의 위치에 있다는 것이 무엇을 의미하는지 매일 눈앞에서 목격할 수 있었다. 그래서 그는 두 친구에 대해 일종의 소심한 존경심 같은 것을 가지고 있었다. 그가 그들과 비슷해져보려고 몇번 해봤던 돌발행동들은 아마 추어적인 시도에 그치고 말았다. 가뜩이나 그들보다 어린 그는, 이 때문에 그들의 제자나 조수 같은 관계에 빠지게 되었다. 퇴를레스는 그들의 보호를 즐겼고 그들 역시 그의 충고를 기꺼이 귀담아들었다. 왜냐하면 퇴를레스의 머리가 가장 비상했기 때문이다. 그는 한번 방향을 잡으면, 빈틈없는 조합을 고안해내는 데 대단히 유능했다. 게다가 어떤 주어진 상황에서 한 인간의 행위로부터 기대되는 다양한 가능성을 아무도 그처럼 정확하게 예견하지 못했다. 다만 그는 어떤 결정을 내리거나, 주어진 심리적 가능성들 가운데 어느 하나를 스스로의 위험을 무릅쓰면서 확고히 받아들여 그에 따라 행동하는 일을 잘하지 못했고, 흥미를 잃어버렸으며, 그렇게 할 에너지도 없었다. 하지만 비밀 참모장 역할이 그에게는 재미있었다. 그 역할이 내면 깊은 곳의 권태에 얼마간 활기를 불어넣어주는 유일한 것이었기에 더욱 그러했다.

하지만 그에겐 이 내적인 의존관계로 인해 무엇을 잃고 있는지에 대한 생각도 때때로 떠올랐다. 그는 자신이 하는 모든 것이 단지 놀이라고 느꼈다. 학교에서 애벌레로 살아가고 있는 이 시간을 벗어나게 도와줄 그 어떤 것이라고 말이다. 얼마가 될지 모르지만 그것은 이 시기가 지나고 나서야 오게 될 자기 본연의 존재와는 아무 상관이 없는 것이었다.

그러니까 그는 어떤 경우에 두 친구가 이 일을 얼마나 진지하게 여기는지 볼 때마다, 자신의 이해력이 작동하지 않는 것처럼 느꼈다. 그는 그들을 놀려주고 싶은 생각이 들었지만, 한편으론 그들의 몽상 뒤에 자기가 파악할 수 있는 것 이상의 진리가 숨어 있을지도 모른다는 두려움을 갖기도 했다. 말하자면 그는 두 세계 사이에서 찢겨져 있다고 느낀 것이다. 한 세계는 그가 집에서부터 익숙한 것처럼, 결국에는 모든 것이 정돈되고 이성적으로 행해지는 견고한 시민적 세계였고, 다른 세계는 어둠과 비밀, 피와 예기치 못한 놀라움으로 가득한 모험의 세계였다. 한 세계는 다른 세계를 배제하고 있는 것처럼 보였다. 그가 기꺼이 자신의 입술에 붙들어두고 싶던 조소, 그리고 등줄기를 흘러내리는 전율이 교차했다. 여러 생각이 아른거렸다……

이제 그는 마침내 뭔가 확고한 것을 내면에 느꼈으면 하고 바랐다. 좋은 것과 나쁜 것, 쓸모 있는 것과 쓸데없는 것을 가르는 확실한 욕구들, 잘못된 것이라 하더라도 스스로 선택할 줄 아는 욕구들을 말이다 ─ 그것은 모든 것을 지나치게 예민하게 자신 안에 받아들이는 것보다는 나을 터였다⋯⋯

퇴를레스가 창고 안에 들어섰을 때, 이곳에 오면 항상 그랬듯이 이 내적인 갈등이 다시 그를 사로잡았다.

그러는 사이에 라이팅이 이야기를 하기 시작했다.

바지니는 라이팅에게 빚을 지고 있었는데, 매번 갚겠다고 맹세하면서 차일피일 미루어왔다. "지금까지야 나도 반대할 이유가 없었지." 라이팅이 말했다. "시간이 길어질수록 개는 그만큼 내 말을 잘 들어야 했으니까. 하지만 서너번이나 맹세를 어기는 건 사소한 일이 아니잖아? 게다가 나도 돈이 필요한 일이 생겼어. 그 사실을 개한테 알렸더니 하늘에 두고 맹세하는 거야. 당연히 또 약속을 안 지켰지. 그래서 내가 일러바치겠다고 선언했어. 그랬더니 후견인이 송금한 걸 기다리고 있다며 이틀만 기다려달라고 하더군. 그런데 내가 그사이에 그애의 상황이 어떤지 좀 알아봤지. 또 누구한테 신세를 지고 있지는 않은지 알고 싶었거든 ─ 사람이란 그런 것도 계산할 줄 알아야 한단 말이야.

내가 알아본 바에 따르면 나한테 그렇게 호의적인 상황은 아니었어. 녀석은 주슈랑 그밖의 다른 친구들한테도 빚을 지고 있었지. 그중 얼마를 이미 갚긴 했는데 물론 내게서 빌린 돈으로였어. 다른 애들이 아주 들들 볶았던 거야. 그 점이 나를 화나게 했어. 얘가 나를 호구로 생각하나? 그렇다면 내 기분이 좋을 리 없잖아. 하지만 생각했지. '기다리자. 녀석의 그런 잘못된 생각을 고쳐줄 기회가

올 거야.' 언젠가 얘기를 나누다가 걔가 나를 안심시키려고, 송금받을 돈이 나한테 진 빚보다 많다며 금액을 말한 적이 있어. 그래서 내가 이리저리 수소문해서 정확히 알아봤더니, 전체 빚에 비하면 그 금액이 터무니없이 모자라는 거야. 난 생각했지. '아하, 이번에도 요 녀석이 또 한번 같은 방식을 쓰겠지.'

그리고 정말로 걔가 아주 친근하게 나한테 다가와서, 다른 애들이 너무 들볶으니 조금만 봐달라고 부탁했어. 하지만 난 이번엔 아주 차가운 태도를 취했지. 녀석에게 이렇게 말한 거야. '다른 애들한테 구걸해봐. 난 걔들 뒤로 밀리는 데엔 익숙지 않아.' 그랬더니 '다른 애들보다 내가 너랑 더 친하고, 너를 더 믿으니까'라며 설득하려고 하더군. '마지막으로 말하겠는데, 내일 돈을 가져오든가 아니면 조건을 걸지.' '어떤 조건인데?'라고 걔가 묻더군. 그 말투를 너희가 들었어야 했는데! 마치 영혼이라도 팔 준비가 되어 있다는 투였어. '어떤 조건이냐고? 좋아! 넌 내가 하는 일이라면 뭐든 내 말대로 해야 돼.' '그게 다야? 꼭 그렇게 할게, 안 그래도 난 기꺼이 네 편이니까.' '오, 네 마음이 내킬 때만 그렇게 하라는 게 아니야. 내가 뭘 하려 하든 넌 그걸 해내야 해 — 맹종하란 말이지!' 그러자 걔가 반쯤은 히죽거리고, 반쯤은 당황해서 나를 흘겨보더군. 녀석은 자기가 어디까지 말려들지, 어디까지가 내 진심인지 몰랐던 거지. 녀석은 기꺼이 나한테 모든 걸 약속할 수도 있었을 거야. 하지만 내가 자기를 그냥 시험해보는 건 아닌지 두려워했음에 틀림없어. 그래서 걔는 얼굴이 빨개지며 마침내 이렇게 말했지. '돈 가져다줄게.' 걔가 내 흥미를 끌었어. 걔는 오십명의 다른 아이들 사이에서 지금까지 내가 전혀 관심을 보이지 않던 아이였는데 말이야. 걔는 우리 관심 밖이었잖아, 그렇지? 그런데 이제 내가 그 아이를 속속들이 들여다볼 수 있을 만큼 갑자기 가까이 다가온 거야. 나는 개가 자신을 팔아넘길 준비가 되어 있다는 걸 분명히 알고 있었어. 아무도 모르기만 한다면 큰 소란 떨지 않고 말이지. 그건 정말 놀라운 일이었어. 게다가 그런 식으로 어떤 사람이 누군가에게 갑자기 드러나는 것보다 더 멋진 일은 없어. 나무가 두갈래로 쪼개지면서 벌레의 움직임이 드러나듯이, 그가 이제까지 주목하지 않던 삶의 방식이 누군가의 앞에 갑자기 놓여지는 것보다 더 멋진 일은 말이야……

다음날 그 아이는 정말로 내게 돈을 가져왔어. 아니 그뿐만이 아니라, 뭘 좀 마시자며 학생식당으로 초대했지. 그애는 포도주와 케이크, 담배를 주문한 후에 그것들을 내게 권했어 ─ 내가 오래 기다려준 데 대한 '고마움' 때문이라는 거야. 하지만 그러면서 개가 너무 천연덕스럽게 행동하는 것이 내겐 언짢기만 했어. 마치 우리 사이에 상처를 주는 말이 오간 적 없다는 식이었지. 내가 그 점을 언급하자 더 다정하게 구는 거야. 녀석이 내 손아귀에서 벗어나 다시 나와 맞먹겠다고 마음을 먹은 것 같았지. 아무 일도 없었다는 듯 행동했고, 말끝마다 나에 대한 우정의 맹세를 갖다 붙였어. 하지만 그애의 눈엔 나한테 매달리는 듯한 뭔가가 있었지. 꼭 억지로 얻어낸 친근감을 다시 잃어버리지나 않을까 두려워하는 것 같았어. 결국 나는 녀석이 역겹게 느껴졌지. 그리고 생각했어. '녀석은 대체 내가 이런 걸 틀림없이 기뻐하리라고 믿는 걸까?' 그러고는 어떻게 하면 녀석이 알아듣도록 따끔하게 가르쳐줄 수 있을까 곰곰이 생각했지. 뭔가 제대로 한방 먹일 수 있는 걸 찾았어. 그때 바이네베르크가 돈을 도둑맞았다고 아침에 한 얘기가 떠올랐지. 아주 우연히 떠오른 생각이었는데, 자꾸 다시 생각나는 거야. 그 생각이 글자 그대로 내 목을 조였어. '마침 잘됐는걸.' 나는 이렇게 생각하면서 돈이 얼마나 더 있느냐고 슬쩍 물었지. 그걸 근거로 계산해보니 딱 맞더군. '대체 어떤 바보가 아직도 너한테 돈을 빌려주는 거야?' 내가 웃으며 물어봤어. '호프마이어야.'

생각해보니 기뻐서 몸이 떨렸던 것 같아. 왜냐하면 호프마이어는 두시간 전에 나랑 같이 있었거든. 나한테 돈을 빌리려고 말이야. 몇분 전 내 머릿속을 스쳐간 것이 갑자기 현실이 되어버렸어. 네가 우연히 농담 삼아 '이 집은 당장 불타버려야 해'라고 생각했는데 곧바로 불길이 높게 솟아오르는 것과 다름없던 거지……

나는 다시 한번 재빠르게 모든 가능성을 대충 계산해봤어. 물론 확실한 증거를 잡을 순 없었지만, 느낌으로 충분했지. 그래서 나는 그애 쪽으로 몸을 기울이고는 정말 다정하게 말했어. 가느다랗고 뾰족한 꼬챙이를 머리 속으로 아주 부드럽게 밀어 넣듯이 말이야. '이것 봐, 친애하는 바지니, 왜 날 속이려 드는 거야?' 내가 이렇게 말하자 겁에 질린 녀석의 두 눈이 얼굴 위에서 헤엄이라도 치는 것 같더군. 하지만 난 계속했지. '넌 다른 사람이라면 아마도 쉽게 속일 수 있을지도 몰라. 하지만 상대를 잘못 골랐어. 너도 알지, 바이네베르크가……' 바지니의 얼굴은 빨개지지도, 그렇다고 창백해지지도 않았어. 녀석은 오해가 풀리길 기다리는 눈치였지. 그때 내가 말했어. '자, 거두절미하고, 네가 오늘 빚을 갚은 그 돈, 어젯밤에 바이네베르크의 서랍에서 꺼낸 거지?'

나는 표정을 보기 위해 몸을 뒤로 젖혔어. 녀석의 얼굴이 새빨개지더군. 말문이 막혀 입술에 침만 바르더라구. 마침내 말을 할 수 있게 되자 내게 비난을 쏟아부었지. 어떻게 네가 감히 그런 말을 할 수 있느냐는 둥, 그런 치욕적인 추측을 눈곱만큼이라도 정당화

해주는 게 무엇이냐는 둥, 자기가 나보다 약하기 때문에 내가 자기에게 싸움을 건다는 둥, 자기가 빚을 갚고 나에게서 풀려나자 내가 그냥 화가 나서 그런다는 둥, 반 아이들한테…… 주임이나…… 교장한테까지 이르겠다는 둥, 신이 자기의 결백을 증명해줄 거라는 둥, 한도 끝도 없었어. 녀석에게 내가 부당한 일을 한 건 아닌지, 불필요하게 상처를 준 건 아닌지 정말로 겁이 날 만큼, 녀석의 얼굴은 예쁘게 발그레해져 있었어. ……꼭 무방비로 괴롭힘을 당하는 작은 동물처럼 보였지. 하지만 그렇다고 순순히 물러날 생각이 들 정도는 아니었어. 그래서 난—사실은 그냥 당황스러워서—조롱하는 듯한 웃음을 띠며 녀석의 얘기에 귀 기울였지. 그리고 가끔 고개를 끄덕이며 태연하게 말했어. '하지만 난 다 알고 있어.'

조금 지나니 녀석도 잠잠해졌어. 나는 계속 미소를 짓고 있었지. 설령 녀석이 도둑이 아니라고 하더라도, 이렇게 웃는 것만으로 녀석을 도둑으로 만들 수 있을 것 같다는 느낌이 들었어. 난 이렇게 생각했지. '그리고 되돌릴 시간은 나중에 얼마든지 있으니까.'

다시 시간이 조금 흘렀는데, 그동안 이따금씩 나를 훔쳐보던 녀석의 얼굴이 갑자기 창백해졌어. 표정이 묘하게 변하고 있었지. 조금 전에 녀석의 얼굴을 아름답게 보이게 했던, 말 그대로 순수한 우아함이 사라진 거야. 빨간색과 더불어 말이지. 이제 얼굴이 새파랗게 창백해졌고, 부어오른 것 같았어. 전에 그런 걸 딱 한번 본 적이 있어. 거리에서였는데, 어떤 살인범이 붙잡힐 때였지. 그 사람은 다른 사람들이 조금도 눈치채지 못하는 가운데 그들 사이를 돌아다니고 있었어. 하지만 경찰이 어깨에 손을 얹자 그는 갑자기 다른 사람이 되었지. 표정이 갑자기 변했고, 깜짝 놀란 두 눈은 빠져나갈 구멍을 찾으면서 정말 흉악한 범죄자의 인상을 지으며 쏘아봤어.

바지니의 표정이 변하는 것을 보면서 나는 이 기억을 떠올리게 됐어. 이제 모든 걸 알게 됐고, 남은 건 기다리는 일뿐이었어……

그리고 실제로도 그대로 되어갔지. 내가 아무 말도 하지 않았는데, 바지니는 ─ 침묵에 지쳐서 ─ 울기 시작했고, 나한테 용서해달라고 애원했어. 정말 곤란해서 가져갔을 뿐이라는 거야. 내가 알아채지 못했다면, 아무도 모르게 그 돈을 다시 가져다놓으려 했다고 하더군. 자기가 훔쳤다는 얘긴 하지 말아달래. 그냥 몰래 빌렸을 뿐이라나…… 눈물을 흘리느라고 더 이상은 말을 잇지 못했지.

그러더니 다시 나한테 애걸했지. 내 말에 복종하고, 내가 원하는 건 뭐든지 할 테니, 아무한테도 말하지 말아달라는 거였어. 그 대가로 녀석은 말 그대로 내 노예가 되겠다고 한 거야. 그런데 그때 그의 두 눈에 교활함과 탐욕스러운 두려움이 섞여 꿈틀대던 모습이 내게 역겨움을 줬어. 그래서 나는 어떻게 해야 할지 좀더 생각해보겠다고 짧게 약속했지. 하지만 이 일은 일차적으로 바이네베르크의 문제라고 말해줬어. 자, 이제 너희들 생각엔 녀석을 어떻게 하면 좋을 것 같니?"

라이팅이 설명하는 동안 퇴를레스는 말없이 눈을 감고 듣고 있었다. 때때로 손가락 끝까지 오싹해졌고, 머릿속에서는 여러 생각이 끓는 물속의 거품처럼 무질서하고 사납게 솟구쳐 올랐다. 사람들 얘기로는, 한 남자가 자신을 파괴적 열정으로 옭아매도록 운명지어진 여인을 처음 본 순간 그런 일이 일어난다고 한다. 이들의 주장에 따르면 두 사람 사이에는 서로 몸을 기울이고, 힘을 모으고, 숨을 멈추는 그런 순간, 극도의 내적 긴장을 감추고 있는 표면적 침묵의 순간이 존재한다. 이런 순간에 어떤 일이 일어나는지는 아무도 말할 수 없다. 그 순간은 정열이 미리 던져놓는 그림자 같은 것이다. 그것은 일종의 유기적 그림자이자, 이전의 모든 긴장이 풀어짐과 동시에 이미 그 안에 모든 미래가 들어 있는, 갑작스럽고 새로운 결합상태, 날카로운 바늘 끝에 몰려 있는 잠복기와도 같다…… 그런데 다른 한편으로 그 순간은 무無이자, 어슴푸레하며 불분명한 느낌, 일종의 허약함이자 두려움인 것이다……

퇴를레스는 바로 그렇게 느꼈다. 곰곰 생각해보니 라이팅이 자신과 바지니에 관해 얘기한 것은 그로선 별로 중요하지 않은 것처럼 보였다. 바지니 편에서 보면 경솔한 범죄 행위이자 비겁한 나쁜 짓으로, 여기에 이제 라이팅의 무자비한 변덕이 분명 뒤따를 어떤 것이었다. 하지만 한편으로 그는 두려운 예감 속에서, 이 사건이 자신을 향해 아주 개인적인 방향 전환을 한 것처럼 느꼈다. 그리고 이 우발적인 사건에는 날카로운 칼끝처럼 그를 위협하는 무언가가 숨어 있었다.

퇴를레스는 보체나 곁에 있는 바지니를 상상하지 않을 수 없었다. 그는 창고 안을 둘러보았다. 사방의 벽이 피 흘리는 손으로 붙잡으려는 듯 그를 향해 덮쳐오는 것처럼 보였고, 권총은 걸린 자리에서 이리저리 움직였다……

그때 처음으로 그의 몽상이 지닌, 뭐라 말할 수 없는 고독감 속으로 무언가가 돌멩이처럼 떨어졌다. 그것은 존재했다. 그 점에 있어서는 아무것도 바뀔 수 없었다. 현실이었던 것이다. 어제까지만 해도 바지니는 그와 똑같은 존재였다. 그런데 바닥을 들어 올리는 문이 열리고, 바지니는 추락한 것이다. 라이팅이 묘사한 것처럼 갑작스러운 변화였고 사람 자체가 완전히 달라졌다……

그런데 어찌된 영문인지 그것이 다시금 보체나와 연결되었다. 불경스러운 생각들이 떠올랐다. 그 생각들로부터 피어오르는 부패한 달콤한 냄새는 그를 혼란스럽게 했다. 그런데 이 심각한·굴욕, 이런 자포자기, 마치 실체 없는 먼 환영처럼 그의 꿈속을 지나갔던, 무겁고 창백하며 독이 있는 치욕의 잎사귀들에 의해 이렇게 파묻혀버리는 일이, 지금 갑자기 바지니에게 — 일어난 것이다.

그것은 그러니까 우리가 정말로 계산에 넣고 있어야만 하는 어떤 것, 조심해야 하는 어떤 것, 생각의 고요한 수면으로부터 갑자기 솟아오를 수 있는 것이 아니었을까……?

그렇다면 다른 모든 것도 가능하지 말란 법이 없었다. 그렇다면 라이팅과 바이네베르크도 가능한 존재였다. 이 방도 가능했다…… 그렇다면 그가 이제까지 혼자 알던 밝은 낮의 세계에서, 희미하고, 미친 듯이 날뛰며, 정열적이고, 적나라하며, 파괴적인 세계로 가는 문이 존재한다는 것도 가능한 일이었다. 마치 유리와 쇠로 지어진 투명하고 견고한 구조물 안에서처럼 사무실과 가족 사이를 규칙적으로 오가는 삶을 사는 저 사람들과 추방된 자들, 피 흘리는 자들, 엄청나게 지저분한 자들, 으르렁거리는 고함소리로 가득한 어지러운 통로를 헤매는 자들과 같은 다른 사람들 사이에는, 둘 사이를 연결하는 길뿐만 아니라, 언제라도 넘어갈 수 있도록 그 경계가 은밀하고도 가깝게 붙어 있을 법도 했던 것이다……

다만 의문점은 남아 있었다. 그것이 어떻게 가능하단 말인가? 그런 순간에는 무슨 일이 벌어지는가? 그 순간에 무엇이 소리치며 솟아오르고 무엇이 갑자기 소멸하는가……? 바로 그런 것들이, 이 사건과 더불어 퇴를레스에게 든 의문들이었다. 그것들은 입술을 다문 채 흐릿하고 불분명한 감정과…… 나약함, 두려움으로 둘러싸여 모호하게 솟아올랐다.

하지만 그래도 멀리서 떨어져 나온 듯 띄엄띄엄, 그 질문 가운데 몇 개가 퇴를레스의 내면에서 울리기 시작했고 두려운 기대로 그를 가득 채웠다.

바로 그 순간 라이팅이 질문을 했다.

퇴를레스는 곧바로 말하기 시작했다. 그의 말은 갑작스러운 충동과 당황스러움에서 나온 것이었다. 그에겐 뭔가 결정적인 것이 앞에 있는 것처럼 생각되었고, 그것이 다가오는 것에 놀라 피하려 했으며 시간을 벌려고 했다…… 그는 말을 하고 있었지만 그 순간에도 자신이 말할 수 있는 거라곤 본질에서 벗어난 것뿐이며, 자신의 말엔 내면적 뒷받침이 없는 데다가 자신의 진짜 생각이 전혀 아니라고 느끼고 있었다……

그는 말했다. "바지니는 도둑이야." 그리고 이 말이 주는 분명하고 강한 울림이 마음에 들어 다시 한번 되풀이했다. "……도둑이지. 그리고 도둑은 벌을 받아야 마땅해 ― 온 세상 어디서나 그건 마찬가지야. 녀석은 고발돼서 학교에서 쫓겨나야 해! 밖에 나가서 좋은 사람이 될지는 몰라도, 우리한텐 더 이상 어울리지 않아!"

라이팅은 당황한 듯 마땅찮은 투로 말했다. "아니야, 뭐 하러 일을 그렇게 당장 극단으로 몰고 가?"

"뭐 하러? 아니 넌 대체 그게 당연하지 않다는 거야?"

"전혀 그렇지 않아. 넌 우리가 바지니를 조금 더 오래 붙잡아놓고 있으면, 우리 모두를 몰살시킬 유황비가 당장이라도 문 앞에 쏟아져 내릴 것처럼 말하는구나. 하지만 그 일은 그 정도로 끔찍한 건 아니야."

"어떻게 그런 말을 할 수가 있어! 그러니까 넌, 도둑질을 해놓고 네 하녀나 노예가 되겠다는 사람이랑 매일 마주 앉아 계속해서 밥을 같이 먹고 같이 자겠다는 거구나?! 도저히 이해할 수가 없네. 우리는 같은 계층에 속해 있기 때문에 함께 교육을 받고 있는 거야. 네가 나중에 혹시라도 군대에서 걔와 같은 연대에서 근무하거나 같은 관공서에서 일한다고 해봐. 아니면 네가 교제하는 가문과 걔도 똑같이 교제한다거나 — 혹시라도 네 친누이한테 알랑방귀를 뀌어도 넌 괜찮겠어……?"

"글쎄, 생각 좀 해봐, 너 좀 과장하고 있는 것 같지 않니?!" 라이팅이 웃으며 말했다. "너는 우리가 평생 무슨 의형제라도 맺은 것 같이 구는구나! 넌 우리가 W. 기숙학교 출신으로서 특권과 특별한 의무를 지고 있다는 딱지를 영원히 달고 다닐 거라고 생각해? 우리 모두는 나중에 각자 자신의 길을 가게 될 테고, 각자 자신에게 어울리는 사람이 될 거야. 왜냐하면 사회가 하나밖에 없는 건 아니니까. 그러니까 내 말은, 우리가 미래에 대해 골머리를 썩일 필요가 없다는 거야. 그리고 지금 닥친 문제 말인데, 우리가 바지니와 친구 관계를 유지해야 한다고 말한 건 아니야. 찾아보면 거리를 유지하는 방법이 얼마든지 있을 거야. 바지니는 우리 손 안에 있고 걔한테 우리는 원하는 건 뭐든 할 수 있어. 말하자면 넌 걔한테 매일 두 번 침을 뱉을 수도 있어. 걔가 그런 걸 감수하는 한 우리랑 어울릴 수 있겠어? 그리고 녀석이 그걸 거부하면 언제라도 본때를 보여주는 거야…… 너는 바지니와 우리 사이에, 그의 비열함이 우리에게 즐거움을 준다는 점 외에는 일절 공통분모가 없다는 점만 생각하면 되는 거야!"

퇴를레스는 자신의 생각에 확신이 전혀 없었음에도 계속 열을 내며 말했다. "들어봐, 라이팅, 넌 대체 바지니를 왜 그렇게 싸고도는 거야?"

"녀석을 싸고돈다고? 그런 적 없는데. 내가 이러는 건 무슨 특별한 이유가 있어서가 아냐. 나한텐 이 모든 일이 아무 상관도 없어. 나를 화나게 하는 건 단지 네가 과장하고 있기 때문이지. 네 머릿속엔 대체 뭐가 들어 있는 거야? 일종의 도덕적 이상주의, 뭐 그런 거겠지. 학교나 정의에 대한 성스러운 열광 같은 거 말이야. 너는 그게 얼마나 김빠지고 고루하게 들리는지 모를 거야. 아니면 너 혹시." 그러면서 라이팅은 수상하다는 듯 실눈을 뜨고 퇴를레스 쪽을 건너다보았다. "바지니가 쫓겨나야 할 다른 이유가 있는데 솔직히 털어놓지 않는 거 아냐? 일종의 오래된 원한 같은 거? 그렇다면 말을 해! 그럴 만한 일이라면, 우리가 정말 좋은 기회로 삼을 수 있을 테니까."

퇴를레스는 바이네베르크 쪽으로 몸을 돌렸다. 하지만 그는 히죽거릴 뿐이었다. 그는 대화 사이사이에 긴 담뱃대를 빨았는데, 쫑긋한 귀를 가지고 동양식 가부좌 자세로 앉아 있는 모습이, 야릇한 조명을 받아 기괴한 우상처럼 보였다. "나로선 너희들이 원하는 대로 해도 상관없을 것 같아. 돈은 아무래도 좋고, 정의도 나랑은 상관없어. 인도에서라면 뾰족한 대나무를 창자에 찔러 넣을 거야. 그건 최소한 재미있기라도 하겠지. 그 녀석은 멍청하고 비겁해. 그러니까 앞으로도 녀석 때문에 애석할 일은 없을 거야. 그리고 그런 종류의 인간들에게 무슨 일이 벌어지든 이제까지 정말 나에겐 아무 관심도 없었어. 그런 인간들은 아무것도 아닌 존재고, 그들의 영혼이 앞으로 뭐가 되든 우리는 알 바 아니지. 너희들의 판결에 알라신의 가호가 있기를!"

퇴를레스는 대꾸하지 않았다. 라이팅이 자신의 말을 반박했고, 바이네베르크가 라이팅과 자신의 결정에 개입하지 않는 판국에 더 이상 할 말이 없었다. 그는 더 이상 저항할 힘이 없었다. 그는 불확실한 것, 다가오는 것을 막고자 하는 어떤 욕구도 자신이 가지고 있지 않다는 것을 느꼈다.

결국 라이팅이 내놓은 제안이 받아들여졌다. 그는 당분간 바지니를 감독하기로, 말하자면 피후견인 상태로 두고 그가 거기에서 다시 벗어날 기회를 주기로 결정했다. 이제부터 그의 수입 지출 내역은 엄격하게 관리되어야 하며 다른 친구들과의 교제는 세 사람의 허락을 받게 될 터였다.

이런 결정은 겉으로 보기에는 매우 올바른 것이었고 호의에서 나온 것이었다. 라이팅은 이번엔 그런 말을 하지 않았지만, "김빠지고 고루"한 것이었다. 왜냐하면, 이들이 입 밖에 내진 않았지만 이것은 일종의 과도기적 상태가 만들어진 것에 불과하다는 것을 모두 느꼈기 때문이다. 라이팅은 이 일이 즐거움을 주는 마당에 어떻게든 그것을 계속 이어나가는 것을 포기할 생각이 없을 터이지만, 다른 한편으로 이 일을 어떤 방향으로 끌고 나가야 할지 아직 분명한 생각이 없었다. 그런데 퇴를레스는 이제 매일 바지니와 얽히게 될 것이라는 생각만으로도 뭔가 마비되는 듯했다.

자신이 조금 전에 '도둑'이라는 말을 입 밖에 냈을 때는, 한순간 마음이 가벼워졌다. 마치 내면에서 요동치는 것들을 밖으로 내보내거나, 자신에게서 멀리 보내버리는 것 같았다.

하지만 이 한마디 말은, 바로 다음에 등장한 질문들을 해결할 수는 없었다. 질문들은 이제 더욱 분명해졌고, 그것들을 피해 가는 것은 더 이상 불가능했다.

퇴를레스는 라이팅에게서 바이네베르크 쪽으로 시선을 옮겼다가 눈을 감았고, 내려진 결정을 곱씹어보았으며, 다시 위를 올려다보았다…… 그는 이것이 어떤 거대한 요술거울처럼 사물들 위에 놓인 자신의 환상에 불과할 따름인지, 아니면 모든 것이 사실로서 그의 앞에 섬뜩한 모습으로 어렴풋이 나타난 것은 아닌지 알 수 없었다. 그런데 바이네베르크와 라이팅만 이런 문제들에 관해 아무 것도 모르고 있는 것일까? 자신에게는 이제야 처음으로 낯설게 등장한 이 세계 속에서, 그들이야말로 처음부터 친숙하게 움직이고 있었는데도?

퇴를레스는 그들에 대한 두려움을 느꼈다. 하지만 그가 느낀 두려움은 눈멀고 어리석은 거인 앞에서 느끼는 두려움에 불과했다······

하지만 한가지는 분명했다. 그는 십오분 전에 비해 아주 멀리 와 있었다. 돌아갈 수 있는 길은 없었다. 자신의 의지와 상관없이 붙잡혀버린 마당인지라 이제 어떻게 될 것인지 하는 가벼운 호기심이 생겼다. 그의 내면에서 움직이는 모든 것은 아직 어둠속에 있었다. 하지만 그럼에도 그는 다른 친구들이 알아채지 못하는 이 어렴풋한 형상을 똑바로 응시하고 싶은 욕망을 이미 느끼고 있었다. 가벼운 오한이 욕망과 뒤섞였다. 그의 삶 위로 이제 계속해서 회색 하늘이 덮여 있게 될 것 같았다 ─ 커다란 구름, 모습을 바꿔가는 엄청나게 큰 형상들과 더불어, 항상 새로운 질문들, 즉 '그것은 괴물들인가? 구름에 불과한가?' 하는 질문들로 뒤덮인 하늘이.

그런데 이 질문은 오직 그를 위한 것이었다! 비밀스러우며 다른 친구들에겐 낯설고 금지된 질문이었다······

그렇게 바지니는 퇴를레스의 삶에서 나중에 그가 차지하게 될 어떤 의미에 처음으로 다가서기 시작했다.

다음날 바지니는 후견을 받는 처지에 놓이게 되었다.

이를 위한 의식儀式이 전혀 없던 것은 아니었다. 아침에 공원의 넓은 잔디밭에서 행해지는 체조를 빼먹고는 그 시간을 이용했다.

라이팅이 일종의 개회사를 했다. 짧다고 할 수는 없었다. 그는 바지니가 스스로의 존재를 경솔하게 취급했으며, 원래는 학교에 알려야 하지만 벌로 퇴학처분을 당하는 수모를 일단은 면하게 해주었으니, 특별한 은혜의 덕으로 생각해야 한다는 점을 주지시켰다.

그러고 나서 바지니에게 특별한 조건들이 전달되었다. 그 조건들이 지켜지는지 감시하는 일은 라이팅이 맡았다.

바지니는 이런 장면이 연출되는 동안 얼굴이 아주 창백해졌지만 아무 대꾸도 하지 않았다. 그동안 그의 내면에서 무슨 일이 벌어지고 있는지 그의 얼굴에서 읽어낼 수는 없었다.

이 장면은 퇴를레스에게 때로는 아주 몰취미한 것으로, 때로는 매우 의미 있는 것으로 생각됐다.

바이네베르크는 바지니 쪽보다는 라이팅 쪽에 더 주의를 기울이고 있었다.

그다음 며칠은 이 일이 거의 잊힌 듯했다. 라이팅은 수업시간과 식사시간 외에는 거의 보이지 않았고, 바이네베르크는 그 어느 때보다 말이 없었으며, 퇴를레스는 이 사건에 대해 곰곰이 생각해보는 것을 계속 미뤘다.

바지니는 아무 일도 없던 것처럼 동료들 사이를 돌아다녔다.

그는 퇴를레스보다 약간 컸지만 아주 가냘픈 체격을 가지고 있었고, 부드러우면서 느린 몸놀림과 여자 같은 얼굴 생김새를 하고 있었다. 머리가 좋은 편은 아니었으며 펜싱과 체조 과목에서는 거의 꼴등이나 다름없었지만, 사람을 기분 좋게 만드는 상냥한 애교 섞인 태도가 몸에 배어 있었다.

전에 보체나에게 갔던 것은 단지 남자인 척해보고 싶어서였을 따름이었다. 발육이 늦은 그에게 진짜 성적 욕구는 아직 전적으로 낯선 것이었을 터였다. 그는 오히려 단지 사람들이 자신에게서 연애경험의 냄새를 맡게 하는 것이 필요하거나 적절하다고, 혹은 그래야만 한다고 느꼈을 뿐이다. 그에게 가장 아름다웠던 순간은 보체나의 곁을 떠나 그 모든 것을 뒤로 했을 때였다. 그에게 중요한 것은 단지 추억을 간직하는 것뿐이었기 때문이다.

그는 때때로 허세를 부리기 위해 거짓말까지 했다. 그런 식으로 휴가가 끝날 때마다 사소한 연애를 기념하는 물건들, 리본이나 곱슬머리 뭉치, 짧은 편지 등을 가지고 돌아왔다. 하지만 언젠가 트렁크에 예쁘고 향기 나는 하늘색의 작은 스타킹 밴드를 넣어가지고 왔다가, 그것이 다름 아닌 열두살 난 여동생의 것이라는 사실이 나중에 밝혀졌을 때, 그는 이 우스꽝스러운 허세 때문에 많은 조롱을 받았다.

그에게서 드러난 도덕적 저열함과 우둔함은 한 뿌리에서 나온 것이었다. 그는 우발적인 생각을 그대로 행동에 옮겼으며 항상 그 결과에 당황하곤 했다. 그는 그 점에 있어서 이마 위로 예쁘게 말아 올린 머리를 하고는 식사 때마다 남편에게 독을 타 먹이다가 나중에 검사의 생소하고도 준엄한 설명과 사형선고에 화들짝 놀라는 여자들 같았다.

퇴를레스는 그를 피해 다녔다. 이렇게 함으로써 처음 얼마간은 생각을 붙잡고 뿌리까지 흔들던 내면 깊은 곳의 충격도 점차 사라져갔다. 퇴를레스의 주변은 다시 평온을 찾았다. 낯선 느낌은 사라졌고, 날로 현실이 아니었던 것처럼 생각되었다. 마치 태양이 비치는 견고한 현실세계에서는 버텨낼 수 없는 꿈의 흔적처럼 말이다.

이런 상황에 좀더 확신을 갖기 위해 그는 이 모든 사실을 부모에

게 편지로 알렸다. 다만 자신이 그 문제를 어떻게 느꼈는지에 대해
선 함구했다.

그는 여기서 다시, 다음번 기회에는 바지니의 퇴학을 관철시키
는 것이 최선이라는 입장을 취했다. 부모가 이 일을 달리 생각할
수도 있다는 것은 상상도 할 수 없었다. 그는 부모가 바지니에게
혐오감을 느껴 엄하게 판단해줄 것을 기대했던 것이다. 말하자면
그런 애를 자기 아들 가까이에 둘 수 없는 불결한 벌레처럼 손가락
끝으로 재빨리 털어내버리는 식으로 말이다.

퇴를레스가 받은 답장에는 그가 기대한 내용은 전혀 없었다. 퇴
를레스가 급하게 쓴 편지에 담긴 지리멸렬하고 빈틈이 많은 이야
기를 읽은 부모는, 공정하기 위해 애를 쓰며 이성적인 사람들답게
모든 정황을 상상할 수 있는 한에서 깊이 고려했다. 그것은 그들이
사려 깊고 신중한 판단을 우선시하기 때문에 나온 결과였고, 아들
의 묘사에 애들 같은 흥분에 기인한 여러 과장이 있다는 것을 가능
한 한 고려해야 했기 때문에 더더욱 그러했다. 그 결과 그들은 바
지니에게 개선의 기회를 주기로 한 결정에 동의했고, 사소한 실수
때문에 곧장 한 사람의 운명을 궤도에서 벗어나게 해서는 안된다
는 견해를 표했다. 게다가 — 그의 부모는 이런 점이 타당한 듯 아
주 특별히 강조했는데 — 이 경우 문제가 되는 것은 완성된 인간이
아니라 성장단계에 있는 나약한 존재이기 때문에 더더욱 그러하
다는 것이었다. 바지니에게는 어떠한 경우에도 진지함과 엄격함을
보여주어야 마땅하지만, 언제나 호의를 가지고 대해 그를 개선시
키려 노력해야 한다는 말도 덧붙였다.

그의 부모는 이런 견해를, 퇴를레스도 잘 아는 여러 예를 들어
뒷받침했다. 왜냐하면 학교 당국이 엄격한 예의범절을 주지시키려

하고 용돈에 엄격한 제한을 두는 입학 초의 몇년간, 어릴 때 누구나 그렇듯 먹성 좋은 아이들 가운데 운 좋게 햄이 든 빵이나 혹은 그 비슷한 것을 가진 아이에게 조금만 달라고 애원하는 일을 참지 못하던 아이들이 많았다는 것을 퇴를레스가 잘 알고 있었기 때문이다. 퇴를레스도 그런 일에서 언제나 자유로웠던 것은 아니었다. 비록 그가 짓궂고 악의적인 학교 당국의 처사를 비난함으로써 자신의 수치심을 숨기려 하긴 했지만 말이다. 그가 자존심을 가지고 유약함을 피하는 법을 차츰 배워나간 것은, 단지 세월 덕분만이 아니라 부모의 진지하고도 호의적인 훈계 덕이었다.

하지만 그 모든 것이 지금은 아무런 효과가 없었다.

그는 자기 부모가 많은 점에서 옳다는 점을 수긍해야 했고, 그처럼 멀리서 백퍼센트 정확하게 판단하기란 거의 불가능하다는 점 역시 알고 있었다. 하지만 부모님의 편지에는 훨씬 더 중요한 뭔가가 빠져 있는 것처럼 보였다.

그것은 바로, 이 상황에서 뭔가 돌이킬 수 없는 것, 어떤 특정한 부류의 인간들 사이에서 절대 일어나서는 안될 무언가가 일어났다는 사실에 대한 이해였다. 바로 놀라움과 당혹감이 빠져 있던 것이다. 부모님은 그것이 늘상 있는 일, 법석을 떨지 않고 재치 있게 처리해야 하는 일인 것처럼 말했다. 별로 아름답진 않지만 매일 배설을 해야 하는 것처럼 불가피한 흥으로 말이다. 바이네베르크와 라이팅에게서와 마찬가지로, 좀더 개인적이고 당황스러워하는 모습은 거의 찾아볼 수 없었다.

퇴를레스는 편지에서 얘기된 것을 그냥 그러려니 넘길 수도 있었을 것이다. 하지만 그는 그렇게 하는 대신 편지를 갈기갈기 찢어 태워버렸다. 그의 일생에서 그렇게 부모에게 대드는 태도를 보인 것은 처음이었다.

그의 내면에서는 부모가 의도했던 것과는 반대의 효과가 나타났다. 그들이 그에게 일러준 단순한 관점과 반대로, 그에게는 바지니가 저지른 과오의 문제점과 의문점이 갑자기 떠올랐다. 그는 머리를 저으며 이 문제를 좀더 잘 생각해봐야 한다고 혼잣말을 했다. 왜 그래야 하는지에 대해 정확한 이유를 대지도 못하면서 말이다……

가장 이상스러웠던 것은 그가 그 일을 이성적으로 생각할 때가 아니라 꿈을 꿀 때였다. 그럴 때면 바지니의 행동이 이해가 되었고, 그의 부모와 친구가 바지니를 바라보는 모습과 똑같이 선명한 윤곽을 가진 일상적인 모습으로 나타났다. 그리고 다음 순간 그는 사라졌다가 다시 나타났고, 사라졌다가 또 나타났다. 그때 그는 저 멀리 아득한 배경 앞에서 때때로 반짝이는 아주 작은 모습을 하고 있었다……

그러던 어느날 밤 — 아주 늦은 시간이었고 이미 모두 자고 있었는데 — 누군가 퇴를레스를 흔들어 깨웠다.

침대 곁에는 바이네베르크가 앉아 있었다. 평소엔 이런 적이 없었기 때문에, 퇴를레스는 뭔가 특별한 일이 있음에 틀림없다는 사실을 직감했다.

"일어나. 소리는 내지 말고, 아무도 눈치채지 못하게. 위로 올라가자, 너한테 할 얘기가 있어."

퇴를레스는 부랴부랴 옷을 입고 외투를 걸친 후, 실내화를 신었다……

바이네베르크는 위로 올라가서 아주 꼼꼼하게 모든 장애물을 다시 설치하고는 차를 준비했다.

아직 잠이 덜 깬 퇴를레스의 몸속으로 향기로운 황금빛 차의 온기가 기분 좋게 흘러들었다. 그는 구석에 몸을 기대고는 몸을 웅크렸다. 그리고 뭔가 놀랄 만한 이야기를 기대했다.

마침내 바이네베르크가 입을 열었다. "라이팅이 우리를 속이고 있어."

퇴를레스는 전혀 놀라운 느낌이 들지 않았다. 사건이 뭔가 이런 식으로 진행될 것임에 틀림없다고 받아들이고 있었기 때문이다. 그러기만을 바라던 것은 아닌지 하는 생각이 들 정도였다. 그는 자기도 모르게 이렇게 말했다. "난 그럴 줄 알고 있었어!"

"그래? 알고 있었다고? 하지만 눈치채긴 어려운 일이었을 텐데? 그랬다 하더라도 그건 전혀 너답지 않은 일이기도 하고."

"물론 내 눈에 띈 건 없었지. 난 그 일에 더 이상 신경을 쓰지도 않고 있었어."

"하지만 난 잘 지켜보고 있었어. 처음부터 라이팅을 믿지 않았거든. 너도 알다시피 바지니는 내 돈을 돌려줬어. 그런데 그 돈이 어디서 나왔다고 생각해? 자기 돈? ─ 천만에."

"그러면 넌 라이팅이 거기에 얽혀 있다는 거야?"

"물론이지."

처음에 퇴를레스는 이제 라이팅도 비슷한 일에 말려들었다고 생각할 수밖에 없었다.

"그러니까 네 생각엔 라이팅도 바지니처럼……?"

"무슨 생각을 하는 거야! 라이팅은 그저 자기 돈으로 필요한 만큼을 준 거야, 바지니가 내게 진 빚을 갚을 수 있도록 말이야."

"하지만 대체 그렇게 할 만한 이유가 뭔지 전혀 모르겠는데."

"나도 오랫동안 그 이유를 몰랐지. 하지만 어쨌거나 라이팅이 처음부터 너무나도 강하게 바지니를 두둔했던 건 네 눈에도 띄었잖아. 그러니까 당시에 네 생각이 전적으로 옳았던 거야. 그 녀석이 퇴학당하는 것이 정말로 가장 자연스러운 일이었던 셈이지. 하지만 당시에 난 일부러 네 편을 들지 않았어. 왜냐하면 도대체 무슨 꿍꿍이속이 있는지 봐야겠다고 생각했거든. 당시에 라이팅이 이미 아주 분명한 의도를 가지고 있었는지, 아니면 바지니를 확실히 손아귀에 넣을 때까지 기다리는 거였는지 정확히 모르는 상황이긴 했지만 말이야. 어쨌거나 지금은 상황이 어떤지 난 알고 있어."

"어떤데?"

"기다려봐, 그렇게 단박에 얘기할 수 있는 문제는 아니야. 사년 전에 학교에서 일어났던 사건 너도 알지?"

"어떤 사건?"

"왜 그 사건 있잖아!"

"그냥 대충. 내가 아는 건, 당시에 어떤 추잡한 일로 대단한 스캔들이 있었고, 그 일로 여러명이 퇴학처분을 받았다는 사실 정도야."

"그래, 그 사건을 말하는 거야. 언젠가 휴가 때 같은 반이던 애한테서 자세한 얘길 들은 적이 있어. 그 반에 어떤 예쁘장한 애가 있었는데, 여러명이 걔한테 반했다는 거야. 그런 일이라면 너도 알거야, 매년 일어나는 일이니까. 하지만 당시에 걔들은 도가 지나쳤지."

"어째서?"

"그러니까…… 마치……?! 그런 멍청한 질문은 하지 마! 그런데 똑같은 짓을 라이팅이 바지니와 하고 있는 거야!"

퇴를레스는 둘 사이에 무슨 일이 벌어지고 있다는 것인지 이해했다. 그러자 모래가 목에 걸린 것처럼 답답하게 느껴졌다.

"설마 라이팅이 그럴 줄은 몰랐는데." 그는 더 적절한 말이 떠오르지 않았다. 바이네베르크가 어깨를 으쓱했다.

"녀석은 우리를 속일 수 있다고 믿고 있는 거야."

"걔가 사랑에 빠진 거야?"

"그런 낌새는 전혀 없어. 녀석은 그 정도로 바보는 아니야. 그냥 재미있는 거지. 기껏해야 성적 자극을 얻는 정도랄까."

"그러면 바지니는?"

"걔? ……최근에 녀석이 얼마나 건방져졌는지 눈치 못 챘어? 더이상 내 말은 들으려고 하지 않아. 언제나 라이팅, 라이팅 타령이지 — 라이팅이 자기 수호성인이라도 된다는 듯 말이야. 아마도 녀석의 계산은, 여러 사람의 마음에 조금씩 드느니 한 사람한테만 완전히 호감을 얻는 게 낫다는 생각인 것 같아. 그리고 라이팅은 바지니가 자기 말만 잘 들으면 보호해주겠다고 약속했을 거야. 하지만 녀석들은 착각하고 있는 거야. 바지니의 그런 착각을 내가 고쳐놓고 말겠어."

"어떻게 그런 생각을 하게 된 거야?"

"한번은 내가 녀석들 뒤를 밟았지."

"어디로?"

"저기 옆에 있는 다락방으로. 라이팅은 내게서 다른 쪽 입구 열쇠를 받아 갔어. 나는 여기로 와서 조심스럽게 개구멍을 열고 녀석들에게 살금살금 다가갔지."

이 방을 다락방과 나눠놓고 있는 얇은 가벽에는 일종의 통로 같은 것이 나 있는데, 한 사람이 간신히 통과할 수 있는 정도의 넓이였다. 통로는 예상 밖의 일이 발생했을 때 비상구 역할을 하도록되어 있었고, 평상시에는 벽돌로 막혀 있었다.

긴 침묵이 흘렀고 담배 불빛만이 깜박였다.

퇴를레스는 아무 생각도 할 수 없었다. 그는 보았다…… 감고 있는 두 눈 뒤에서 돌연 사건들이 미친 듯이 소용돌이치는 것을 보았고, ……사람들을, 과장된 조명을 받으며, 움직이는 그림자가 짙게 드리운 채 환한 등불을 들고 있는 사람들을, 얼굴들을, ……어떤 얼굴을, 어떤 웃음을, ……위를 쳐다보는 눈을, ……피부가 떨리는 것을 보았다. 그는 이제까지 한번도 보거나 느껴보지 못한 방식으로 사람들을 보았다. 하지만 보았다고는 해도, 눈으로 보거나 상상하거나 이미지를 떠올린 것은 아니었다. 그것은 오직 자신의 영혼만이 보는 것 같았다. 그들의 모습이 너무도 선명해서, 그 강렬함이 퇴를레스의 마음에 한없이 사무쳤다. 하지만 그들은 퇴를레스가 자신들을 붙잡기 위한 말을 찾으려 하자, 넘을 수 없는 문턱에 멈춰 서서 뒤로 물러나는 것 같았다.

그는 계속해서 묻지 않을 수 없었다. 목소리는 떨고 있었다. "그러면…… 넌 봤니?"

"응."

"그래서…… 바지니는 어땠어?"

하지만 바이네베르크는 입을 다물었고, 들리는 것이라곤 또다시 담배가 불안하게 타들어가는 소리뿐이었다. 한참 후에야 바이네베르크는 다시 말을 하기 시작했다.

"나는 그 일에 대해 이리저리 생각해봤어. 너도 알다시피 내겐 이런 일을 바라보는 특별한 방식이 있지. 우선 바지니에 대해서 말하자면, 녀석은 어떻게 되든 상관없다고 생각해. 우리가 녀석을 당장 학교에 일러바치든 때리든 아니면 순전히 재미 삼아 죽도록 고문하든 말이지. 왜냐하면 그런 인간이 이 세계의 놀라운 메커니즘 속에서 어떤 의미를 가진다는 건 나로선 상상할 수도 없기 때문이야. 내가 볼 때 녀석은 질서에서 벗어나 우연히 창조된 존재인 것 같아. 무슨 얘기냐 하면 ── 녀석도 무슨 의미를 갖고 있기는 하겠지만, 어떤 벌레나 길가의 돌멩이처럼, 우리가 그걸 그냥 지나가야 할지 아니면 밟고 가야 할지 모르겠는 그저 모호한 존재임이 분명하다는 거야. 그러니 있어도 그만 없어도 그만인 거지. 왜냐하면 세계영혼이 자신의 일부가 보존되길 원한다면, 좀더 분명하게 자신의 뜻을 밝힐 테니까. 보존되길 원할 경우 세계영혼은 '아니'라고 말하고, 일종의 저항이 생겨나도록 해서 우리로 하여금 벌레를 그냥 지나가게 하거나, 돌멩이를 아주 단단하게 만들어서 우리가 어떤 도구 없이는 깨뜨릴 수 없도록 하는 거야. 왜냐하면 우리가 그런 도구를 갖고 오기도 전에 세계영혼은 이미 작고 끈질긴 수많은 의구심이라는 저항을 심어놓기 때문이지. 우리가 이런 의구심을 극복한다면 상황은 처음부터 다른 의미를 가지게 되는 거야.

인간의 경우 세계영혼은 이런 견고함을 그의 성격과 인간으로서의 의식 속에, 세계영혼의 일부분이라는 그의 책임감 속에 넣어두지. 그러니 어떤 인간이 만약 이런 의식을 잃어버리게 된다면 그는 자기 자신을 잃어버리는 셈이야. 그런데 한 인간이 자기 자신을 잃어버리고 스스로를 포기한다면, 그는 자연이 그를 인간으로 창조한 특별함과 고유성을 잃어버리는 것과 마찬가지야. 이 경우 그 어느 때보다 분명한 것은, 우리가 어떤 불필요한 것, 일종의 알맹이 없는 형식, 세계영혼이 이미 오래전에 떠나버린 어떤 것과 상대하고 있다는 사실이야."

퇴를레스는 반박할 마음이 생기지 않았다. 사실 전혀 귀담아듣고 있지도 않았다. 그는 지금까지 이런 형이상학적인 사변을 해보고 싶은 마음을 가져본 적이 전혀 없었고, 어떻게 해서 바이네베르크처럼 지적 능력을 가진 사람이 그런 착상을 할 수 있게 되는지에 대해서도 깊이 생각해본 적이 없었다. 그 모든 질문은 그의 삶의 지평에 아직 나타난 적이 없는 것이었다.

그런 탓에 퇴를레스는 바이네베르크가 늘어놓는 이야기가 맞는 말인지 확인하기 위한 노력도 전혀 하지 않았다. 그는 그저 건성으로 듣고 있었던 것이다.

퇴를레스는 사람이 어떻게 그렇게 장황하게 이야기할 수 있는지 도무지 이해하지 못했다. 내면에서는 모든 것이 경련을 일으키고 있었고, 바이네베르크가 출처가 어디인지도 모르는 생각을 그처럼 신중하게 말하는 태도가 우스꽝스럽고 부적절한 것으로 생각되었으며, 그를 초조하게 만들었다. 하지만 바이네베르크는 태연하게 말을 이어나갔다. "그렇지만 라이팅의 경우는 사정이 완전히 달라. 녀석도 자신이 한 일 때문에 내 손안에 있긴 하지만, 걔의 운명은 바지니의 운명처럼 나와 아무 상관이 없진 않아. 너도 알다시피 걔네 엄마는 재산이 그렇게 많지 않아. 그러니 녀석이 학교에서 쫓겨나게 되면 모든 인생계획이 허사가 되는 거지. 걔는 이 학교를 나와야 뭐가 돼도 될 수 있는 셈이고, 그렇지 않으면 잘될 기회가 없다고 봐야 해. 그런데 라이팅은 나한테 호의를 가진 적이 없어, ……알겠어? ……녀석은 나를 증오했지…… 전에 녀석은 기회만 있으면 나한테 해코지를 하려고 했어…… 내 생각에 녀석은 나에게서 벗어날 수 있다면 지금도 여전히 좋아할 거야. 내가 이 비밀을 가지고 뭘 할 수 있는지 너도 이제 알겠니……?"

퇴를레스는 경악했다. 하지만 그건 라이팅의 운명이 자신에게 해당되는 것 같은 기이한 놀라움 때문이었다. 그는 경악한 채 바이네베르크를 쳐다보았다. 바이네베르크는 실눈을 뜨고 있었는데,

그 모습이 퇴를레스에게는 거미줄에 조용히 숨어 있는 커다랗고 무시무시한 거미처럼 보였다. 그의 마지막 말은 퇴를레스의 귀에는 받아쓰기할 때의 문장들처럼 차갑고 또렷하게 들렸다.

그는 앞선 얘기들을 귀담아듣지 않았다. 다만 바이네베르크가 실제 일어난 일과 전혀 관계가 없는 자신의 생각에 관해 또 이야기한다는 것은 알고 있었다. ⋯⋯그런데 이제 갑자기, 사태가 왜 이렇게 됐는지 알 수 없게 됐다.

그의 기억에 따르면, 저 바깥 어딘가에 추상적으로 연결되어 있던 그물망이 믿을 수 없는 속도로 갑자기 조여졌음에 틀림없었다. 왜냐하면 그것이 지금 갑자기 구체적이고 현실적이며 생생해졌기 때문이고, 머리 하나가 그 안에서 버둥거리고 있었기 때문이다⋯⋯ 목이 졸린 채.

그는 라이팅을 전혀 좋아하지 않았지만, 지금은 그가 음모를 꾸밀 때마다 보여주던 귀엽고 사심 없는 뻔뻔한 태도가 떠올랐다. 반면 바이네베르크가 태연하게 히죽대며 여러개의 발로 짜놓은 음침하고 구역질 나는 생각의 그물망을 라이팅 주위로 조여오는 모습은 그에게 비열해 보였다.

자기도 모르게 퇴를레스는 그에게 훈계를 하고 나섰다. "그애한테 그걸 악용하면 안돼." 아마도 그가 바이네베르크에 대해 늘 남몰래 가지고 있던 반감도 함께 작용했는지 모른다.

하지만 바이네베르크는 잠깐 생각하더니 이렇게 말하는 것이었다. "뭐 하러 그러겠어?! 녀석을 잃어버린다면 정말 아까울 거야. 어쨌든 녀석은 이제부터는 나한테 위협이 되지 못해. 그리고 그런 멍청한 짓 때문에 고꾸라뜨리기엔 녀석은 너무 아까운 존재지." 이로써 문제는 일단락이 지어졌다. 하지만 바이네베르크는 말을 이어갔고, 이제 다시 바지니의 운명으로 화제를 돌렸다.

"넌 아직도 우리가 바지니를 일러바쳐야 한다고 생각해?" 하지만 퇴를레스는 아무 답변도 하지 않았다. 그는 바이네베르크가 말하는 것을 듣고 싶었던 것이다. 그의 말은 속을 파내 텅 빈 땅 위를 걸을 때 나는 울림처럼 들렸고, 퇴를레스는 이런 상황을 만끽하고 싶었다.

바이네베르크는 자신의 생각을 계속 펼쳐 나갔다. "나는 녀석을 우선은 우리 쪽에 붙잡아두고 우리 손으로 벌을 주자는 생각이야. 왜냐하면 녀석은 벌을 받아야 마땅하니까 — 다른 건 제쳐놓고 그 오만함 때문에라도 말이야. 학교선생들은 기껏해야 녀석을 퇴학시키고 녀석의 삼촌에게 장문의 편지를 쓰겠지 — 너도 대충은 알겠지만, 그런 일은 아주 사무적으로 진행돼. 각하, 귀하의 조카는 망각했습니다…… 잘못 꼬임에 빠졌습니다…… 이 아이를 귀하에게 돌려보냅니다…… 바라건대, 귀하께서는 성공하시길…… 개선의 길…… 하지만 당분간 다른 학생들과 지내는 것은 불가능하여…… 등등. 대체 이런 일이 그들에게 관심이나 가치가 있을 것 같아?"

"그러면 녀석이 우리한테는 무슨 가치가 있는데?"

"무슨 가치냐고? 너한테는 없을지도 모르지. 왜냐하면 넌 언젠가 궁정고문관이 되거나 시를 쓸 테니까 — 너는 결국 이런 게 필요 없을 거야. 아마 이런 일에 두려움을 느끼는지도 모르지. 하지만 나는 내 삶을 다른 식으로 생각하고 있거든!"

퇴를레스는 이번에는 귀 기울여 들었다.

"바지니는 나한테 가치가 있어 — 그것도 아주 큰 가치가. 왜냐하면 봐봐, — 너라면 녀석을 그냥 놓아주겠지. 그리고 녀석이 보잘것없는 인간이었노라 생각하고 말 거야." 퇴를레스는 웃음을 참왔다. "그걸로 너는 끝이야. 왜냐하면 너는 그런 사건에서 스스로 배울 능력이나 관심이 없으니까. 하지만 난 관심이 있어. 누군가 내가 가는 길을 가고자 한다면 인간을 완전히 다른 방식으로 이해하지 않으면 안돼. 그래서 난 바지니를 내 곁에 두려고 하는 거야, 녀석에게서 배우기 위해서."

"하지만 녀석을 어떻게 벌 줄 생각이야?"

바이네베르크는 답변이 가져올 효과를 고민하는 듯 대답하기 전에 잠시 뜸을 들였다. 그러고는 망설이며 조심스럽게 말했다. "벌을 주는 일이 나한테 중요하다고 생각한다면 오산이야. 물론 그것도 결국은 녀석에게 주는 벌이라고 할 수는 있겠지. ……하지만 요약해서 말하자면, 난 뭔가 다른 것을 생각하고 있어. 녀석을…… 말하자면…… 괴롭혀주고 싶은 거야……"

퇴를레스는 섣불리 입을 떼지 못했다. 그는 아직 분명하게 보고 있는 것은 아니지만, 이 모든 것이 그가 — 내면에서 — 그렇게 되리라고 생각한 방식으로 오고 말았다는 것은 느꼈다. 자신의 말이 어떤 효과를 가져왔는지 확인할 수 없었던 바이네베르크는 계속 말을 이어갔다. "…… 놀랄 필요는 없어, 그렇게 심한 건 아니니까. 왜냐하면 우선은 너한테 얘기한 것처럼 바지니를 고려해줄 필요는 없어. 우리가 녀석을 괴롭힐지, 아니면 약간 봐줄지에 대한 결정은 우리의 필요에 따라 그때마다 내리면 돼. 내면적 근거에 따라 말이지. 전에 네가 늘어놓던 도덕이니 사회니 하는 것과 관련된 근거는 당연히 해당되지 않아. 너 자신도 그런 걸 믿지 않았길 바라. 그러니까 짐작컨대 넌 어떻게 돼도 상관없다는 생각인 것 같은데. 어쨌거나 모험을 하고 싶지 않으면 지금이라도 이 일에서 빠져도 좋아.

하지만 내가 가고자 하는 길은 뒤로 물러서거나 돌아가는 게 아니라 정중앙을 돌파하는 거야. 반드시 그래야 해. 라이팅도 이 일에서 손을 떼진 못할 거야. 왜냐하면 한 인간을 완전히 손아귀에 넣고 도구처럼 다루는 연습을 할 수 있다는 게, 녀석에게도 특별한 가치가 있기 때문이지. 녀석은 지배하고 싶어 하고, 만약 네가 우연히 똑같은 상황에 처한다면 바지니에게 하는 짓을 너한테도 똑같이 할 거야. 하지만 내 경우엔 그보다 더 중요한 의미가 있지. 나 자신에 대한 거의 의무 같은 것이라고나 할까. 우리 사이의 이런 차이를 어떻게 하면 너한테 분명하게 설명할 수 있을까? 너도 알다시피 라이팅은 나폴레옹을 아주 존경해. 그에 반해 내 마음에 가장 드는 사람은 철학자나 인도의 성자와 비슷한 사람이야. 라이팅은 바지니를 희생제물로 삼으면서 거기서 재미밖에는 못 느낄 거야. 그런 일을 할 때 우리가 어떤 각오를 해야 하는지 알기 위해 녀석은 바지니를 도덕적으로 난도질할 거야. 그리고 이미 얘기했듯이 녀석은 너나 나를 바지니와 똑같이 취급할 테고, 그러면서도 슬픈 감정 같은 건 조금도 갖지 않을 거야. 반면에 나는 너처럼 바지니가 그래도 결국은 하나의 인간이라는 느낌을 가지고 있어. 잔인한 짓을 하면 내 내면도 어느정도는 상처를 입게 돼. 하지만 중요한 건 바로 그 점이야! 말 그대로 희생이 중요하단 말이지! 알겠니, 나도 두 개의 끈에 묶여 있어. 그 하나는 나의 분명한 확신과 모순을 일으키면서 동정심 때문에 아무 행동도 못하게 하는 모호한 끈이야. 하지만 두번째 끈은 내 영혼으로, 가장 깊숙한 내면의 인식으로까지 이어져 나를 우주와 묶어놓고 있는 끈이지. 너에게 전에도 얘기했듯이 바지니 같은 인간은 아무 의미가 없어 — 속이 텅 빈 우연한 형식일 뿐이지. 진정한 인간이란 자신의 내면으로 침잠할 수 있는 사람, 위대한 세계사의 진행과 연관되는 지점까지 빠져들어갈 수 있는 우주적 인간뿐이야. 이들은 눈을 감고도 기적을 연출하는데, 왜냐하면 외부에 있는 힘뿐 아니라 그것과 다름없는 내면의 힘, 즉 세계의 모든 힘을 사용할 줄 알기 때문이지. 하지만 거기에 이르기까지 두번째 끈을 따라갔던 모든 사람은 그전에 첫번째 끈을 끊어버려야 했어. 나는 해탈한 수도승들이 치르는 끔찍한 속죄의 희생에 대해 읽은 적이 있는데, 인도의 성자들이 어떤 방법을 쓰는지는 너도 모르지 않을 거야. 그때 벌어지는 모든 무시무시한 일들은 오직 한가지 목표를 가지고 있는데, 그것은 외부로 향하는 천박한 욕망들을 말살시키는 거야. 그런데 그 욕망들은 허영이든 배고픔이든 기쁨이든 동정이든 간에 누구나 자신의 내면에서 불러일으킬 능력이 있는 불로만 사라지게 할 수 있어.

라이팅은 외적인 것밖에 모르지만 난 두번째 끈을 따라가고 있지. 지금 모든 사람의 눈에는 녀석이 앞서가는 것처럼 보일 거야. 왜냐하면 내 길은 더 느리고 불확실하거든. 하지만 나는 녀석을 벌레처럼 단번에 앞지를 수 있어. 있잖아, 사람들은 세계가 요지부동의 기계적 법칙들로 이루어져 있다고 주장해. 그건 완전히 틀린 말이야. 교과서에나 나오는 얘기지! 물론 외부세계는 견고하고, 소위 그 법칙이라는 것도 일정한 정도까지는 끄떡없을 거야. 하지만 그것을 바꾸는 데 성공한 사람들이 없는 건 아니야. 많은 검증을 거친 신성한 책에 그런 내용이 쓰여 있는데, 대부분의 사람들이 모를 뿐이지. 내가 읽어본 바에 따르면, 단순히 마음만 먹어도 돌과 공기와 물을 움직일 수 있는 사람들이 있어. 그들의 기도 앞에서는 대지의 어떤 힘도 그다지 견고하지 않은 거지. 하지만 그것도 겨우 정신의 외적 승리에 불과해. 왜냐하면 자신의 영혼을 관조하는 데 완전히 성공한 사람에게는 우연에 불과한 육체적 삶은 해체되어버리거든. 그런 사람들은 한층 높은 영혼의 영역에 곧바로 들어간다고 쓰여 있어."

바이네베르크는 흥분을 억제해가며 그야말로 진지하게 이야기했다. 퇴를레스는 여전히 거의 눈을 감은 채로 있었다. 그는 바이네베르크의 숨결이 자신에게로 불어오는 것을 느꼈고, 가슴을 조여오는 마취제 같은 숨결을 깊이 들이마셨다. 그사이에 바이네베르크는 이야기를 끝마쳤다.

"그러니까 내게 중요한 게 뭔지 너도 알게 되었을 거야. 바지니를 놓아주라고 나를 설득하는 무언가는, 외적이고 낮은 차원에서 나온 거야. 너는 그걸 따라가도 좋아. 나에게 그건 일종의 선입견이나 마찬가지야. 내 내면 깊숙한 곳으로 가는 길을 방해하는 모든 것과 마찬가지로, 나는 이 선입견에서 벗어나야 해.

바지니를 괴롭히는 것이 ─ 내 말은, 녀석에게 모욕을 주고 찍어 눌러서 내게서 멀어지게 하는 것이 ─ 나한테 힘들게 느껴진다는 바로 그 사실이야말로 좋은 거야. 그건 희생을 요구하거든. 그건 정화하는 효과를 가져올 거야. 나는 단순히 인간으로 존재한다는 것이 아무 의미도 없다는 것을 ─ 그저 흉내나 내는 외적 유사성에 불과하다는 것을 녀석을 보며 매일 배워야 할 의무가 있어."

퇴를레스가 그 모든 걸 다 이해한 건 아니었다. 다만 그는 보이지 않는 끈이 갑자기 손에 잡히는 살인적인 매듭으로 조여지는 상상을 다시 하게 되었다. 바이네베르크의 마지막 말이 그의 내면에서 메아리쳤다. "그저 흉내나 내는 외적 유사성." 퇴를레스는 되뇌었다. 그것은 바지니와 자신이 맺어져 있는 관계와도 맞아떨어지는 것처럼 보였다. 그런 환영들 속에, 바지니가 자신에게 행사하는 특별한 매력이 들어 있지 않았던가? 자신이 바지니의 내면까지 깊이 생각할 수 없어 그를 항상 흐릿한 이미지들처럼 느껴왔던 바로 그러한 점에? 좀 전에 바지니를 떠올렸을 때 그의 얼굴 뒤에 희미한 제2의 얼굴이 있지 않았던가? 손에 잡힐 듯 분명하면서도 아무 연관도 없는 그런 유사성을 지닌 모습이?

이렇게 해서 퇴를레스는 바이네베르크의 특이한 견해를 깊이 생각해보는 대신, 그런 새롭고 낯선 인상들로 인해 반쯤 넋을 잃은 채 자신에 대해 분명한 생각을 갖기 위해 노력하게 되었다. 그는 바지니의 범행에 대해 알기 전인 그날 오후를 떠올렸다. 사실 그때 이미 그런 환영들이 나타났다. 아무리 생각해도 해결할 수 없는 무언가가 계속 등장했던 것이다. 너무나도 단순하면서 또 그만큼 낯설게 보이는 무언가가. 그는 어떤 이미지들을 보았지만, 사실 그것들은 이미지라고 할 수 없었다. 저 오두막집들 앞에서 그랬고, 그가 바이네베르크와 제과점에 앉아 있을 때조차도 그랬다.

그것들은 비슷하면서도 그와 동시에, 연결시킬 수 있는 점이라고는 눈곱만큼도 없이 달랐다. 그리고 이러한 유희, 이처럼 은밀하고 완전히 개인적인 시각이 그를 흥분시켰다.

그런데 지금 한 인간이 이것을 자신에게로 끌어당긴 것이다. 이제 그 모든 것이 한 인간에게서 구체화되고 현실이 되었다. 이로써 모든 특별함이 그 인간에게로 넘어갔다. 그 특별함은 상상에서 벗어나 삶 속으로 들어갔고, 위협적으로 변했다……

흥분한 탓에 퇴를레스는 녹초가 되었고 생각의 고리들은 점점 느슨하게 풀어졌다.

자신이 바지니를 놓아주어서는 안된다는 사실, 그가 자신을 위해서도, 이미 불분명하게나마 알던 중요한 역할을 하도록 정해져 있다는 사실만이 그의 기억에 남았다.

그는 바이네베르크의 말을 떠올릴 때면 놀라며 사이사이 고개를 저었다. 혹시 저 녀석도……?

녀석이 나와 같은 것을 찾고 있을 리 없어. 하지만 방금 녀석은 그게 뭔지 제대로 말했잖아……

퇴를레스는 생각한다기보다는 꿈을 꾸고 있었다. 그는 더 이상 자신의 심리적 문제와 바이네베르크의 공상을 구별할 수 없었다. 결국 그에게 남은 유일한 것은 엄청나게 큰 올가미가 모든 것을 점점 단단히 옭아매는 것 같은 느낌뿐이었다.

대화는 더 이상 이어지지 않았다. 그들은 불을 끄고 살금살금 침실로 돌아왔다.

다음 며칠 동안엔 결정적인 일이 전혀 일어나지 않았다. 학교에선 할 일이 많았고, 라이팅은 혼자 있게 되는 상황을 매번 조심스럽게 벗어났으며 바이네베르크 역시 새로운 대화를 피했다.

이렇게 되자, 며칠 동안 이 사건은 흐름이 막힌 강물처럼 퇴를레스의 내면을 더 깊이 파고들었고, 생각에 어떤 돌이킬 수 없는 방향을 부여했다.

이로써 바지니를 퇴학시키려던 계획은 끝내 유야무야되고 말았다. 이제 퇴를레스는 처음으로 온전히 자신에게 집중하게 된 것을 느꼈고 다른 것은 아무것도 생각할 수 없게 됐다. 보체나 역시 그의 관심 밖이었다. 그가 그녀에 대해 느꼈던 감정은 몽상적 기억이 되었고, 그 자리에는 이제 진지함이 자리를 잡았다.

물론 이 진지함 역시 적잖이 몽상적인 것처럼 보였다.

자신의 생각에 몰두하면서 퇴를레스는 혼자 공원에서 산책을 했다. 늦가을 정오경의 해는 풀밭과 길 위에 생기가 사라진 기억을 던지고 있었다. 퇴를레스는 불안감을 느낀 탓에 멀리 산책할 기분이 들지 않아 그냥 건물 주위를 걷다가, 창문이 거의 없는 측면 벽의 발치에서 서걱이는 시든 잔디 위에 몸을 던졌다. 머리 위로는 전형적인 가을빛의 창백하고 병약한 푸른색 하늘이 펼쳐졌고, 둥글게 뭉쳐진 작고 하얀 구름들이 바쁜 듯 흘러갔다.

퇴를레스는 몸을 쭉 뻗은 채 누워서 눈을 깜박이며, 앞에 서서 잎을 떨구고 있는 나무 두 그루의 우듬지 사이를 꿈꾸듯 멍하니 바라보았다.

그는 바이네베르크를 생각하고 있었다. 이 인간은 도대체 얼마나 기이한가! 그가 하는 말은 허물어져가는 인도의 사원에나 어울릴 법했다. 깊숙한 은신처에 숨어 있는 섬뜩한 신상들과 요술을 부리는 뱀들의 무리처럼 말이다. 하지만 그런 말들이 환한 대낮에, 기숙학교에서, 그리고 현대 유럽에서 무슨 의미가 있단 말인가? 그런데 이 말들이, 끝도 없고 조망할 수도 없는 어떤 길처럼 수천 구비를 한없이 길게 뻗어나간 후에, 갑자기 손에 잡힐 듯한 목적지 앞에 서 있는 것처럼 보였다……

불현듯 그는 ─ 이런 일이 마치 처음 있는 것 같았다 ─ 하늘이 도대체 얼마나 높은지 깨닫게 되었다.

그것은 충격과도 같은 일이었다. 그의 머리 위에는 구름 사이로 작고 파란, 이루 말할 수 없이 깊은 구멍이 반짝였다.

그는 길고 긴 사다리를 타고 틀림없이 그리로 올라갈 수 있을 것만 같았다. 하지만 그가 점점 깊이 들어가 시선을 멀리 가져갈수록 푸르게 빛나는 그 끝은 점점 더 깊이 뒤로 물러났다. 그런데도 한번쯤은 그 끝에 도달해 시선으로 그것을 붙들 수 있을 것만 같았다. 이 소망은 고통스럽도록 격렬해졌다.

극도로 팽팽하게 긴장한 시력이 시선을 화살처럼 구름 사이로 쏘아 올리는 것 같았으며, 목표를 점점 멀리 설정했음에도 그때마다 항상 조금씩 못 미치는 것 같았다.

퇴를레스는 지금 그런 생각을 골똘히 하고 있었다. 그리고 되도록 침착하고 이성적이려고 애를 썼다. "당연히 끝은 없어." 그는 혼잣말을 했다. "점점 멀리, 계속해서 앞으로, 무한으로 나아가는 거야." 퇴를레스는 눈을 하늘로 향한 채 주문의 힘을 시험해볼 필요가 있다는 듯 그 말을 입 밖에 냈다. 하지만 아무 일도 일어나지 않았다. 아무것도 말하지 않은 거나 마찬가지였다. 아니 그렇다기보다 그 말들은, 같은 대상에 대해 말하기는 하지만 그 대상의 낯설고 무심한 다른 면에 대해 말하는 것처럼, 전혀 다른 어떤 것을 말한 것이었다.

"무한!" 퇴를레스는 이 단어를 수학 수업시간에 배웠다. 그는 그 말이 뭔가 특별한 것을 의미한다고는 생각하지 않았다. 이 단어는 계속해서 등장했다. 언젠가 누가 이 단어를 고안해냈고, 그때부터 뭔가 확실히 정해진 것인 듯 그것으로 의심 없이 계산하는 것이 가능해졌다. 그것이 현재 계산할 때 통용되는 것이었다. 퇴를레스는 그 이상의 것을 찾으려 한 적은 없었다.

그런데 끔찍하게도 불안하게 만드는 무엇인가가 이 단어에 들러붙어 있다는 사실이 지금 갑자기 머릿속을 스쳐 지나갔다. 그 말은 그가 매일 사용해 사소한 재주를 부려온 잘 길들여진 개념인데, 지금 갑자기 사슬에서 풀려난 것처럼 생각됐다. 이해력을 넘어서는 어떤 것, 거칠고 파괴적인 무언가가 어떤 발명가의 작업을 통해 잠들어 있는 것처럼 보였는데, 지금 갑자기 깨어나 무서운 모습을 되찾은 것이다. 저기 저 하늘에서 지금 그것이 그의 머리 위로 생생하게 나타나 위협하며 비웃고 있었다.

결국 그는 두 눈을 감아버렸다. 그것을 보고 있는 것이 너무나도 괴로웠기 때문이다.

얼마 지나지 않아 그가 시든 풀잎 사이로 사각이며 부는 바람 때문에 다시 깨어났을 때, 그는 몸이 전혀 느껴지지 않았다. 발끝에서부터 기분 좋은 찬 기운이 위로 흘러와서는 사지를 달콤하면서 나른한 상태로 만들어줬다. 조금 전의 충격에 이제 뭔가 부드럽고 노곤한 기운이 뒤섞였다. 그는 아직까지 거대한 하늘이 자신을 말없이 내려다보고 있다고 느꼈다. 하지만 그는 예전에도 얼마나 자주 그런 인상을 받았는가를 기억해냈다. 그리고 반은 깨어 있고 반은 꿈꾸는 것 같은 상태에서처럼 이 모든 기억을 두루 지나며, 그 기억들의 관계 속으로 얽혀들어가고 있다고 느꼈다.

그때 가장 먼저 나무들이 마법에 걸린 사람들처럼 진지하고 말없이 서 있던 유년시절의 기억이 떠올랐다. 그는 이미 그때부터 나중에 거듭 반복해서 나타나던 것을 느꼈음에 틀림없었다. 보체나의 집에서 떠오른 생각들도 그 느낌 중의 일부를, 그 생각들이 말하는 것 이상의 뭔가 특별하며 예감에 가득 찬 것을 담고 있었다. 그리고 관능의 어두운 베일이 내려앉기 전, 제과점의 창문 앞에 있던 정원에서 느끼던 정적의 순간도 그러했다. 생각의 편린 속에서 바이네베르크와 라이팅은 자주 어떤 낯선 존재, 비현실적인 존재가 되었다. 그렇다면 마지막으로 바지니는? 그에게 일어난 일을 떠올리자 퇴를레스는 두조각으로 완전히 분열되다시피 했다. 그 생각은 때론 이성적이고 일상적이었다가, 때로는 이미지들이 섬광처럼 지나가는 저 침묵의 양상을 띠었다. 침묵은 이 모든 인상들에 공통된 것이었고, 퇴를레스의 인식 속에 조금씩 스며든 것이었는데, 이제 갑자기 뭔가 현실적이고 생생한 것으로 다루어지기를 요구했다. 조금 전 무한에 대한 상상이 그러했던 것처럼 말이다.

이제 퇴를레스는 침묵이 사방에서 에워싸고 있다고 느꼈다. 그것은 머나 먼 곳의 어두운 힘처럼 이미 오래전부터 위협해왔음에 틀림없다. 하지만 그는 본능적으로 그것으로부터 몸을 피했고, 단지 가끔씩만 소심하게 흘낏 쳐다보았을 뿐이다. 그런데 지금 어떤 우연과 사건이 그의 주의력을 날카롭게 만들어 그것에 관심을 가지도록 했고, 신호라도 받은 것처럼 사방에서 침입해 들어왔다. 그것은 순간순간마다 새로이 더 넓게 퍼져가는 엄청난 혼란을 동반하고 있었다.

그것은 사물들과 사건, 인간을 어떤 이중적인 의미를 지닌 존재로 느끼는 일종의 광기처럼 퇴를레스를 덮쳐왔다. 어떤 발명가들이 힘을 써 단순히 무언가를 설명하는 무해한 단어로 결박해놓은 어떤 것으로, 하지만 동시에 매 순간 그 상태에서 금방이라도 벗어날 것 같은 완전히 낯선 어떤 것으로서 말이다.

물론 퇴를레스도 이 모든 것에 대해서는 단순하고도 자연스러운 한가지 해명이 있다는 것을 알고 있었다. 하지만 그 해명은 맨 바깥쪽의 껍데기만 한꺼풀 벗겨낼 뿐 내부를 드러내지는 못하는 것 같아서, 퇴를레스에게 공포에 가득 찬 놀라움을 느끼게 했다. 퇴를레스가 비정상적인 눈으로 보듯, 그 내부는 제2의 것으로 항상 껍데기 뒤에서 내내 반짝였다.

퇴를레스는 그렇게 누운 채 여러 회상에 완전히 사로잡혔는데,

이 회상들로부터 기이한 생각들이 낯선 꽃처럼 자라났다. 그 누구도 잊지 못하는 저 순간들, 평소라면 우리의 삶이 이해력 속에 낱낱이 반영시키곤 하는 그런 연관성을 가릴 수 없는 상황들, 그런 것들이 같은 속도로 나란히 달려오듯 ─ 서로 긴밀하게 뒤엉켜 있었다.

많은 저녁 시간을 수놓던 저 침묵, 끔찍할 정도로 조용하고 우울한 색조를 띤 침묵에 대한 기억들이, 영롱한 빛깔을 내며 휙 지나가는 도마뱀 떼의 움찔거리는 발들처럼 한때 그의 영혼을 달구며 엄습했던, 어느 여름날 오후의 뜨겁고도 떨리는 불안과 교차했다.

그러자 갑자기 어린 공자의 웃음이 떠올랐다 ─ 그들이 내면적으로 서로 절교하고 있던 당시의 ─ 시선이 ─ 몸짓이 ─ 그 몸짓을 통해 그는 퇴를레스가 그의 주위에 지어놓은 모든 관계에서 ─ 조용히 ─ 갑자기 벗어났다. 그리고 ─ 말로 설명할 수 없는 순간의 삶에 몰입하듯 ─ 뜻밖에 열린 새롭고 낯선 드넓은 곳으로 걸어 들어갔다. 그리고 나서 갑자기 ─ 들판 사이에 있던 ─ 숲속에서의 기억들이 다시 떠올랐다. 그다음에는 나중에 자신의 잃어버린 친구를 갑자기 상기시킨, 자기 집의 어두워져가는 방 안에 있는 말없는 그림이 떠올랐다. 어떤 시의 구절들이 떠올랐다……

그밖에도, 체험하는 것과 이해하는 것 사이에 이처럼 도저히 비교가 불가능한 사물들이 존재한다. 하지만 어떤 순간에 총체적인 것으로 의심 없이 체험되는 것이, 우리가 그것을 항상 갖고 있을 수 있도록 생각의 사슬로 묶어두려는 순간, 이해할 수 없고 혼란스럽게 되어버리는 일이 언제나 벌어진다. 그리고 우리의 언어가 멀리서 그것에 도달하려고 하는 동안에는 위대하고 인간에게 낯설게 보이는 것이, 우리 삶의 행동영역에 들어서자마자 단순해지고, 불안하게 하던 요소는 사라져버린다.

그리고 그런 식으로 이 모든 기억들이 갑자기 같은 비밀을 공유하게 됐다. 기억들은 같은 무리라도 된 듯, 손에 잡힐 듯 그의 앞에 또렷하게 서 있었다.

그 기억들이 만들어지던 당시엔 어떤 어두운 느낌이 동반되어 있었는데, 퇴를레스는 그런 느낌에 별로 신경을 쓰진 않았다.

그는 지금 바로 그런 느낌을 되살려보려고 애쓰고 있었다. 그가 언젠가 아버지와 함께 보던 풍경화들 가운데 하나 앞에서 느닷없이 "아, 아름다워요"라고 외쳤던 일 — 그리고 아버지가 기뻐하시자 당황했던 일이 떠올랐다. 왜냐하면 "끔찍하게 슬퍼요"라고 말할 수도 있었기 때문이다. 그때 그를 괴롭혔던 것은 말의 무력함이었으며, 말이란 단지 느낀 것에 대한 우연한 도피처에 불과하다는 어렴풋한 의식이었다.

그런데 오늘 그 그림이 떠올랐고, 그 말들과 거짓말할 때의 느낌이 분명히 떠올랐다. 왜 그랬는지는 몰랐다. 그의 눈은 기억 속에서 모든 것을 다시 샅샅이 훑어보았다. 하지만 거듭되는 시도에도 눈은 아무 성과 없이 되돌아왔다. 풍성한 기억에 황홀해하며 짓던 미소가 아직 그의 얼굴에 부분적으로 남아 있었지만, 알아차리기 힘들긴 해도 점차 고통스러운 표정으로 변해갔다……

그는 자신과 정신 앞에 말없이 서 있는 것 사이에, 어떤 다리를, 어떤 연관성이나 비교점을 쉴 새 없이 찾고자 하는 욕구를 느꼈다.

하지만 한가지 생각으로 마음을 가다듬자마자, 다시금 "너는 거짓말을 하고 있어"라며 이의를 제기하는 이해할 수 없는 목소리가 들려왔다. 그것은 집요하게 나머지가 튀어나오는, 끝없는 나눗셈을 해야 하는 느낌이었고, 한없이 얽힌 매듭을 풀기 위해 후끈거리는 손가락에 피가 나도록 애쓰는 느낌이었다.

결국 그는 포기했다. 온몸이 옥죄어왔고 기억들은 부자연스럽게 일그러지며 커져갔다.

그는 다시 눈을 하늘로 향했다. 자신이 어떤 우연으로 지금이라도 하늘로부터 비밀을 낚아채, 그를 도처에서 혼란스럽게 만드는 것이 무엇인지 알아낼 수 있기라도 한 듯 말이다. 하지만 피곤해졌고 깊은 고독감이 덮쳤다. 하늘은 말이 없었다. 퇴를레스는 말없이 꼼짝 않고 있는 하늘 아래서 자신이 철저히 혼자라고 느꼈고, 거대하고 투명한 주검 밑에 살고 있는 하나의 작은 점 같은 존재라고 느꼈다.

하지만 그런 사실이 더 이상 그를 소스라치게 놀라게 하진 못했다. 그것은 아주 오래돼 이미 익숙한 고통처럼 이제 그의 손끝과 발끝까지 파고들어가 있던 것이다.

그에겐 빛이 우유처럼 뿌연 색을 띠고 창백하고 차가운 안개처럼 눈앞에서 춤을 추는 것 같았다.

그는 조심스럽게 천천히 머리를 돌려, 정말로 모든 것이 변했는지 둘러보았다. 그때 그의 시선이 우연히 머리 뒤쪽에 있는 창문 없는 회색벽을 훑고 지나갔다. 벽은 그의 위로 몸을 숙이고 말없이 그를 바라보고 있는 것 같았다. 물줄기가 때때로 졸졸대며 흘러내렸고 벽 속에 있는 어떤 섬뜩한 생명체가 잠에서 깨어나고 있었다.

바이네베르크와 라이팅이 은신처에서 자신들만의 공상의 세계를 펼쳐놓고 있을 때면, 퇴를레스는 자주 그런 소리에 귀를 기울이곤 했다. 그는 이 소리가 어떤 기괴한 연극의 배경음악인 것처럼 즐겼다.

그런데 지금은 밝은 대낮 자체가 불가해한 은신처가 된 것처럼 보였고, 살아 있는 침묵이 퇴를레스를 사방에서 에워쌌다.

그는 고개를 돌려버릴 수가 없었다. 그의 옆에 있는 축축하고 어두운 구석에는 머위가 무성하게 자라 있었고, 그 넓은 잎사귀들은 달팽이와 벌레 들에게 환상적인 은신처가 되어주고 있었다.

퇴를레스는 자신의 심장이 뛰는 소리를 들었다. 그러더니 다시 나직하게 속삭이며 물이 새어 나오는 소리가 들려왔다…… 시간이 정지된 침묵의 세계 속에서 이 소리만이 유일하게 살아 있는 것이었다………………

다음날 바이네베르크가 라이팅과 함께 있을 때 퇴를레스가 그들에게 다가갔다.

"이미 라이팅과는 얘기 끝냈어." 바이네베르크가 말했다. "그리고 모든 걸 합의했지. 너는 어차피 그런 일에 관심도 없잖아."

퇴를레스는 갑작스러운 변화에 뭔가 분노와 질투 같은 것이 내면에서 솟구치는 것을 느끼긴 했지만, 어젯밤에 나눈 이야기를 라이팅 앞에서 털어놓아야 할지에 대해선 확신이 없었다. "그래도 최소한 나를 부를 수는 있었잖아. 나도 너희들만큼 그 일에 관계가 있으니까." 퇴를레스는 말했다.

"이봐 퇴를레스, 우리도 그렇게 하려고 했어." 라이팅이 서둘러 말했다. 그에겐 이번 일을 쓸데없이 복잡하게 만들지 않는 것이 중요해 보였다. "하지만 마침 널 찾을 수가 없어서, 네가 동의하리라고 생각한 거야. 그건 그렇고 넌 바지니에 대해 어떻게 생각하니?"

(자신의 행동이 당연하다는 듯, 미안하다는 말 한마디 없었다.)

"내가 걔를 어떻게 생각하느냐구? 글쎄, 녀석은 비열한 인간이지." 퇴를레스는 당황하며 말했다.

"그렇지? 아주 비열해."

"하지만 너도 그 고상한 일에 발을 담그고 있잖아!" 퇴를레스는 억지로 미소를 지어 보였다. 라이팅에게 더 심하게 화를 내지 못하고 있는 것이 수치스러웠기 때문이다.

"내가?" 라이팅은 어깨를 으쓱해 보였다. "새삼스럽게 그게 어쨌다는 거야? 우린 모든 걸 해봐야 해. 게다가 녀석이 그렇게 멍청하고 파렴치하다면야……"

"그후로 녀석과 얘기해봤어?" 이번엔 바이네베르크가 끼어들었다.

"응, 어제저녁에 녀석이 나한테 와서 돈을 빌려달라더라. 또 빚을 졌는데 갚을 수가 없다는 거야."

"그래서 벌써 빌려줬어?"

"아니, 아직."

"그거 잘됐네." 바이네베르크가 말했다. "그렇다면 우린 녀석을 꼼짝 못하게 할 절호의 기회를 잡게 된 거야. 오늘 저녁에 녀석을 어딘가로 오라고 해봐."

"어디로? 그 창고로?"

"내 생각에 거긴 아니야. 왜냐하면 아직 당분간 녀석이 거길 알아선 안되니까. 차라리 네가 그때 녀석과 함께 있었던 다락방으로 오라고 해."

"몇시에?"

"글쎄…… 열한시쯤."

"좋아 — 너 산책 좀더 할래?"

"그러자. 퇴를레스는 아마 할 일이 있을 거야, 그렇지 않아?"

퇴를레스는 할 일이 없었지만 이 둘에게 자기들끼리만 알고 있는 뭔가가 더 있고, 그것을 자신에게는 감추고 싶어 한다는 것을 느꼈다. 그는 둘 사이에 끼어드는 것을 방해하는 자신의 고지식함에 화가 났다.

퇴를레스는 질투심을 느끼며 그들의 뒷모습을 바라보았고, 그들이 비밀리에 약속할 법한 모든 것을 머릿속에 떠올려보았다.

그때 라이팅의 꼿꼿하면서도 유연한 걸음걸이가 그가 말할 때와 똑같이, 얼마나 천진스럽고 사랑스러운지 눈에 들어왔다. 그것과 거리를 두며 퇴를레스는 라이팅이 그날 저녁 어떤 내면의 상태였으며 어떤 심리상태였는지 상상해보려고 애썼다. 그것은 서로에게 몰두하고 있는 두 영혼이 오랜 시간 서서히 가라앉는 것과 같았을 것임에 틀림없고, 지하세계의 심연과도 같았을 것이다 — 그 사이에는 세상의 소음이 저 위 아득한 곳에서 사라지고 소멸해버리는 순간이 있었을 것이다.

도대체 한 인간이 그런 일이 있은 후에 다시 저렇게 편안하고 경쾌해질 수가 있는 것일까? 그것이 그에겐 그리 대수로운 일이 아니었음에 틀림없다. 퇴를레스는 그에게 그렇게 물어보고 싶었다. 하지만 그러는 대신 어린아이처럼 소심하게 이제 라이팅을 거미 같은 바이네베르크의 손에 넘겨버렸다!

퇴를레스는 10시 45분에 바이네베르크와 라이팅이 침대에서 빠져나오는 것을 보고 곧바로 옷을 입었다.

"쉿! —조금 기다려. 우리 셋이 동시에 나가면 눈에 띌 거야."

퇴를레스는 다시 이불 속으로 몸을 숨겼다.

이윽고 복도에서 만난 셋은 평소처럼 조심하며 다락창고 계단을 올라갔다.

"바지니는 어디 있어?" 퇴를레스가 물었다.

"걔는 반대쪽에서 올 거야. 라이팅이 녀석에게 그쪽 열쇠를 줬어."

그들은 가는 내내 불을 밝히지 않았다. 바이네베르크는 위에 도착해 커다란 철문 앞에 서서야 비로소 자신의 소형 차광 램프에 불을 붙였다.

자물쇠는 잘 열리지 않았다. 몇년간 쓰지 않은 탓에 꽉 물려 있어서 보조 열쇠가 잘 들지 않았던 것이다. 한참 만에 딱 소리를 내며 자물쇠가 열렸다. 경첩에 녹이 슬어 무거운 문짝은 뻑뻑하게 마찰을 일으켰고, 겨우 조금씩 열렸다.

다락방에서는 작은 온실 속처럼 뜨듯하고 퀴퀴한 공기가 흘러나왔다.

바이네베르크는 문을 다시 닫았다.

그들은 나무로 된 작은 계단을 내려가 육중한 대들보 옆에 몸을 웅크렸다.

그들 옆에는 화재가 났을 때 불을 끄기 위해 사용하는 커다란 물통이 있었다. 통 안의 물은 오랫동안 갈지 않아서 들큰한 냄새를 풍겼다.

주위가 전체적으로 너무 답답한 느낌이었다. 지붕 밑의 열기와 탁한 공기가 그랬고, 일부는 위쪽 어둠속으로 모습을 감추고, 일부는 으스스한 분위기를 내며 그물모양처럼 바닥을 기고 있는 육중한 들보들의 어지럽게 얽힌 모습이 그랬다.

바이네베르크는 램프의 불빛을 가렸고, 그들은 한마디도 하지 않은 채 어둠속에 꼼짝 않고 몇분간 앉아 있었다.

그때 어둠 반대편에서 문이 삐걱거렸다. 나지막이 망설이며. 가까이 다가오는 사냥감이 처음 내는 소리처럼, 심장을 목 위쪽까지 두근거리게 만드는 소리였다.

그러고는 불안한 발걸음이 이어졌고, 한쪽 발이 나무에 부딪쳐 울리는 소리가 났다. 몸이 떨어지며 부딪치는 것 같은 둔탁한 소리였다…… 정적…… 그러더니 다시 소심한 발걸음…… 기다림…… 나지막한 사람 목소리…… "라이팅?"

그때 바이네베르크가 차광 램프의 가리개를 벗기고, 목소리가 들려오는 곳을 향해 넓게 퍼지는 불빛을 비췄다.

육중한 들보 몇개가 선명한 그림자를 동반한 채 빛났는데, 그외에는 원추형의 춤추는 먼지밖에 보이지 않았다.

하지만 발걸음은 더 분명해졌고, 점점 더 가까이 다가왔다.

그때 아주 가까이에서 한쪽 발이 또 나무에 부딪쳤고, 다음 순간 원추형태의 불빛 바닥면 쪽에서 — 희미한 불빛을 받아 잿빛처럼 창백한 — 바지니의 얼굴이 나타났다.

바지니는 웃고 있었다. 귀엽고 애교스럽게. 그림 속의 미소처럼 고정된 채 포착된 그의 미소가 불빛의 가장자리에서 솟아올랐다.

퇴를레스는 들보에 몸을 밀착하고 앉은 채 눈 근육이 떨리는 것을 느꼈다.

그때 바이네베르크가 바지니의 비행을 열거했다. 쉰 듯한 목소리로 단조롭게.

그리고 이어지는 질문. "그러니까 넌 전혀 부끄럽지 않은 거지?" 바지니는 라이팅을 바라보았는데, 그 시선은 '이제 네가 나를 도와줄 때가 된 것 같은데'라고 말하는 것 같았다. 그런데 바로 그 순간 라이팅이 바지니의 얼굴에 주먹을 날렸고, 바지니는 뒤로 비틀거리다가 들보에 걸려 넘어졌다. 바이네베르크와 라이팅은 바지니를 향해 덤벼들었다.

램프가 넘어졌고 불빛이 무심하고도 나른하게 바닥에서 퇴를레스의 발 쪽으로 흘러갔다……

퇴를레스는 여러 소리 가운데, 그들이 바지니의 옷을 벗기고 뭔가 가늘고 쉽게 구부러지는 것으로 채찍질하는 소리를 구분해낼 수 있었다. 그들은 이 모든 것을 이미 준비해온 것이 틀림없었다.

퇴를레스는 훌쩍훌쩍 우는 소리와 봐달라고 계속 애원하는 바지니가 소리 죽여 호소하는 소리를 들었다. 마지막에는 신음소리만이 들렸는데, 그것은 울부짖음을 억누르는 것 같은 소리였고, 사이사이 바이네베르크가 낮게 욕하는 소리와 격앙된 뜨거운 숨소리가 들렸다.

퇴를레스는 자리에서 꼼짝하지 않았다. 처음에는 함께 달려들어 때려주고 싶은 동물적 욕구에 사로잡혔지만, 그렇게 하기엔 너무 늦은 감이 있어 불필요할 것 같다는 생각이 그를 제지했다. 그의 사지는 무거운 손으로 짓눌린 듯 마비되었다.

퇴를레스는 겉으로는 무심한 듯 앞쪽 바닥을 바라보았다. 그는 소리를 들으려고 귀를 쫑긋 세우지도 않았고, 심장이 평소보다 더 빠르게 뛴다고 느끼지도 않았다. 그는 발치에 물웅덩이 모양으로 비추고 있는 빛을 눈으로 좇았다. 먼지 뭉치와 작고 보기 흉한 거미줄이 불빛에 비쳤다. 빛은 들보 사이의 홈으로 빠져나가, 먼지 낀 지저분한 어둠속에서 소멸했다.

퇴를레스는 한시간이 지났다 해도 모른 채 그렇게 앉아 있었을 것이다. 그는 아무 생각도 하지 않았지만 마음은 아주 분주했다. 자신을 관찰하고 있었던 것이다. 하지만 어떤 식이었는가 하면, 마치 허공을 바라보는 듯한 투였고, 흐릿한 불빛만이 비추고 있는 자신의 모습을 곁눈질로 포착하는 식이었다. 그런데 이처럼 흐릿한 것으로부터 ─ 옆쪽에서 ─ 천천히 하지만 점점 또렷하게 명확한 인식에 대한 요구가 모습을 드러냈다.

무엇인가가 퇴를레스로 하여금 그것에 대해 미소를 짓게 했다. 그러고 나서 다시 요구가 더 강해졌다. 그것이 그를 앉은 자리에서 끌어내려 바닥에 무릎을 꿇도록 했다. 그것은 퇴를레스의 몸을 마롯바닥에 밀착시키도록 몰아갔다. 그는 눈이 물고기의 눈처럼 커질 것 같다는 느낌이 들었고, 심장이 벌거벗은 몸을 관통해 나무 바닥을 두드리는 것을 느꼈다.

그러자 정말로 강렬한 흥분이 퇴를레스의 내면에 자리 잡았고, 그는 밑으로 끌어당기는 현기증으로부터 자신을 지키기 위해 들보를 꼭 붙들어야 했다.

이마에는 구슬 같은 땀방울이 맺혔고, 그는 두려워하며 이 모든 것이 대체 무슨 의미인지 스스로에게 물었다.

깜짝 놀라 자신의 무관심에서 깨어난 그는, 어둠 저쪽에 있는 세 명에게 다시 귀를 기울였다.

그쪽은 조용해져 있었다. 바지니만이 자신의 옷을 더듬더듬 찾으면서 나지막하게 혼자 고통을 호소하고 있었다.

퇴를레스는 호소하는 소리가 기분 좋게 느껴졌다. 거미다리가 기어다는 것 같은 전율이 그의 등 뒤를 오르내렸다. 그러더니 어깻죽지 사이에 자리를 잡고는, 섬세한 발톱으로 그의 두피를 뒤로 끌어당겼다. 그는 자신이 성적 흥분상태에 빠져 있다는 사실을 알아채고는 기이한 느낌이 들었다. 그는 생각을 더듬어보았다. 언제 이런 상태가 시작됐는지 기억나지는 않았지만, 이 상태가 바닥에 몸을 밀착시키려던 묘한 욕구와 이미 함께했다는 것을 알았다. 그는 부끄러운 생각이 들었다. 하지만 그것은 피가 파도치듯 강렬하게 밀려와 머리를 멍하게 만들었다.

바이네베르크와 라이팅이 더듬거리며 돌아와서는 그의 곁에 말없이 앉았다. 바이네베르크는 램프를 바라보았다.

그 순간 무엇인가 다시 퇴를레스를 끌어내렸다. 그것은 눈으로부터 나와서 ─ 이번에는 느꼈다 ─ 최면술에 의한 경직상태처럼 눈에서 뇌로 옮겨갔다. 그것은 하나의 질문, 그렇다. 하나의…… 아니, 하나의 절망이었다…… 오, 그것은 그가 잘 아는 것이었다…… 담장, 저 야외음식점, 나지막한 오두막들, 저 유년기의 기억…… 그것과 똑같은 것! 바로 그것이었다! 그는 바이네베르크를 쳐다보았다. '쟤는 아무것도 못 느끼는 건가?' 그는 그런 생각을 했다. 하지만 바이네베르크는 몸을 굽혀 램프를 들어 올리려 하고 있었다. 퇴를레스가 그의 팔을 붙들었다. "그거 눈 같지 않니?" 퇴를레스는 이렇게 말하며, 바닥에 흐르고 있는 불빛을 가리켰다.

"너 지금 이 마당에 문학적인 기분을 내고 싶은 거야?"

"아니, 하지만 네가 직접 말하지 않았어? 눈에 고유한 성질이 있다고 말이야. 눈으로부터 어떤 힘이 — 네가 좋아하는 최면술과 연관된 관념을 생각해봐 — 나오는 거야, 물리시간에는 배울 일이 없는 그런 힘 말이야 — 또 한가지 분명한 건, 우리가 자주 어떤 사람을 그가 하는 말보다 눈을 보고 훨씬 더 잘 알 수 있다는 거야……"

"그래서 — 어쨌다는 건데?"

"나한텐 이 빛이 눈 같아. 어떤 낯선 세계로 향하는 눈. 나는 그게 뭔지 알아내야 할 것 같은 느낌이 들어. 하지만 그렇게 할 수가 없어. 난 그걸 내 안에 삼켜버리고 싶은데……"

"그것 봐 — 너 문학적이 되려는 것 맞잖아."

"아니라니까, 난 지금 진지해. 완전히 절망적인 기분이라고. 자, 저길 좀 봐, 그러면 너도 느끼게 될 거야. 이 빛의 웅덩이 속에서 뒹굴고 — 네 발로 저 먼지투성이 구석 아주 가까이까지 기어가고 싶은 욕망 말이야. 마치 그렇게 해야 알아낼 수 있다는 듯이 말이지……"

"이봐 친구, 그건 실없는 장난이고, 감상이야. 제발 그런 것들은 이제 그만 집어치워."

바이네베르크는 몸을 완전히 굽혀 램프를 다시 제자리에 세웠다. 하지만 퇴를레스는 고소하게 생각하며 기뻐했다. 그는 이 일들로부터 친구들보다 한가지 의미를 더 받아들이고 있다고 느꼈던 것이다.

이제 그는 바지니가 다시 모습을 드러내기를 기다렸고, 남모를 전율에 싸인 채 자신의 두피가 다시 한번 섬세한 발톱 아래서 팽팽해지는 것을 느꼈다.

그는 자신을 위해 남겨진 무언가가 있다는 것을 이미 아주 확실히 알고 있었다. 그것은 거듭해서, 그리고 점점 간격을 좁히며 그에게 암시를 보냈다. 남들에겐 이해가 되지 않는 것이었지만, 그의 삶에서는 분명히 커다란 중요성을 가지게 될 어떤 느낌이었다.

다만 이 경우에 이런 관능이 무엇을 의미하는가 하는 점만은 그가 알 수 없는 것이었다. 하지만 그는 어떤 일들이 그에게만 특이하게 보이기 시작했을 때, 그리고 그 이유를 알 수 없어서 괴로워하고 있을 때, 이미 관능이 사실상 항상 함께했다는 사실을 기억해냈다.

그래서 다음 기회에 그것에 대해 진지하게 곰곰이 생각해보기로 마음먹었다. 당장은 바지니가 다시 모습을 드러내기 전에 그를 흥분시키고 있는 전율에 온전히 몸을 맡겼다.

바이네베르크가 세워놓은 램프에서 나온 불빛이, 비어 있는 틀같은 동그라미를 어둠속에 도려내듯 다시 그리고 있었다.

그리고 바지니의 얼굴이 갑자기 그 안에 떠올랐다. 처음과 똑같이, 한순간 고정된 채 그림에 포착된 그 애교스러운 미소를 띠고 있어서, 그사이에 아무 일도 일어나지 않은 것 같았다. 다만 윗입술과 입 그리고 턱 위로 천천히 흐르는 핏방울들이 벌레가 기어가는 듯한 빨간 길을 그려놓고 있었다.

"저쪽에 앉아!" 라이팅이 육중한 들보를 가리켰다. 바지니는 시키는 대로 했다. 라이팅이 말을 하기 시작했다. "아마도 넌 네가 이미 깨끗이 벗어났다고 믿고 있었겠지, 그렇지 않아? 넌 아마도 내가 널 도울 거라고 생각했지? 그런데 그건 네 착각이야. 내가 너랑 벌인 일은 단지 네가 얼마나 비열해지는지 보기 위한 거였어."

바지니가 방어하는 시늉을 했다. 라이팅은 다시 그에게 덤벼들 것처럼 겁을 주었다. 그때 바지니가 말했다. "하지만 얘들아, 제발 부탁이야. 어쩔 수가 없었어."

"입 닥쳐!" 라이팅이 소리쳤다. "네 변명이라면 신물이 나! 이제 우린 널 어떻게 해야 할지 확실히 알게 됐어. 그러니 그대로 할 거야……"

짧은 침묵이 흘렀다. 그때 갑자기 퇴를레스가 나직하게, 다정하다고 할 정도로 말했다. "말해봐, '나는 도둑이야'라고."

바지니는 깜짝 놀란 듯 두 눈을 크게 떴다. 바이네베르크는 동의를 표하며 웃었다.

하지만 바지니는 침묵을 지켰다. 그러자 바이네베르크가 옆구리에 일격을 가하며 소리쳤다.

"안 들려? 네가 도둑이라고 말하라잖아! 당장 말해!"

다시금 눈 깜짝할 만큼의 짧은 침묵이 흘렀다. 그리고 나서 바지니는 나지막하고 최대한 대수롭지 않은 어조로 단숨에 말했다. "난 도둑이야."

바이네베르크와 라이팅은 만족해하며 퇴를레스를 향해 웃어 보였다. "꼬마야, 그거 참 좋은 아이디어였어." 그러고는 바지니에게 말했다. "그러면 지금 당장 이렇게도 말해봐. '난 짐승이야, 도둑질하는 짐승이야, 도둑질하는, 돼지 같은, 너희들의 짐승이야!'라고."

바지니는 눈을 감은 채 거침없이 그렇게 말했다.

하지만 퇴를레스는 벌써 뒤쪽 어둠속으로 몸을 기댄 상태였다. 그는 그 장면이 역겨웠고, 자신의 아이디어를 다른 애들에게 넘겨준 것이 수치스러웠다.

수학시간에 퇴를레스에게 문득 한가지 생각이 떠올랐다.

그는 지난 며칠간 학교수업에 각별한 흥미를 가지고 따라가고 있었다. 왜냐하면 이런 생각이 들었기 때문이다. '사람들이 얘기하듯이 만약 이것이 정말로 삶을 위한 준비라면, 내가 찾고 있는 것에 대해 약간이라도 암시가 되어 있을 것임에 틀림없어.'

그때 그가 염두에 둔 것이 바로 수학이었다. 그중에서도 특히 무한대에 대한 생각이 그랬다.

그 개념이 수업시간 중간에 불같이 그의 뇌리에 제대로 꽂혔다. 그는 수업이 끝나자마자 그런 문제에 관해 대화를 나눌 수 있는 유일한 친구인 바이네베르크 옆에 가 앉았다.

"너, 아까 그거 다 이해했어?"

"뭘?"

"허수에 관한 이야기 이해했냐구?"

"응, 그건 전혀 어렵지 않아. 마이너스 1의 제곱근이 계산단위라는 것만 확실히 알고 있으면 돼."

"하지만 바로 그게 문제야. 그런 수는 존재하지 않잖아. 양수든 음수든 모든 숫자는 제곱을 하면 양수가 되지. 그러니까 음수의 제곱근의 결과로 나오는 진짜 수는 존재할 수가 없는 거잖아."

"맞아. 그렇긴 하지만 제곱근 계산을 음수의 경우에도 적용해보는 건 왜 안되는 거지? 물론 거기서 실제 수가 나올 수는 없어. 그래서 그 결과를 그냥 허수라고 부르는 거잖아. 그건 마치 이렇게 말하는 것과 같아. 평소에 누군가 항상 여기 앉아 있었어. 그래서 우리는 오늘도 그에게 의자를 하나 마련해주지. 그리고 그사이에 그가 죽었다 하더라도, 우리는 그가 올 것처럼 행동하는 거야."

"하지만 우리가 분명히, 수학적으로 분명히, 그게 불가능하다는 것을 알고 있는데 어떻게 그럴 수가 있어?"

"그럼에도 사람들은 불가능하지 않다는 듯 그렇게 해. 아마도 어떤 효과가 있겠지. 결국 무리수도 다를 바 없잖아? 결코 끝나지 않는 나눗셈, 아무리, 아무리, 아무리 해도, 아니 그뒤에 또 계산을 한다 해도 결코 그 값이 나오지 않는 그런 분수 말이야. 그리고 평행선이 무한대에서 서로 교차한다는 말을 들으면 넌 어떻게 생각할래? 내 생각에, 우리가 너무 꼼꼼히 따지게 되면 수학은 존재하지 않을 거야."

"그건 네 말이 맞아. 그런 식으로 생각하면 이상하기 짝이 없지. 하지만 정말 기이한 점은, 그런 허수나 그외의 불가능한 값을 가지고도 아주 실제적인 계산을 할 수 있고, 결론적으로 손에 잡히는 결과물이 생겨난다는 점이야!"

"그러니까, 허수 인자들은 그런 목적을 위해 계산과정에서 서로 상쇄되어야 하는 거야."

"그래, 그래. 네가 말하는 건 나도 다 알아. 하지만 그럼에도 여기엔 뭔가 아주 묘한 것이 들러붙어 있지 않아? 그걸 어떻게 표현하면 좋을까? 이런 식으로 한번 생각해봐. 그런 종류의 계산에서는 처음에 아주 확실한 숫자들이 있어. 그 숫자들은 미터나 무게, 또는 손에 잡을 수 있는 어떤 것을 표시할 수 있고, 적어도 실재하는 수들이지. 계산의 마지막에도 바로 그런 수들이 있어. 하지만 그 둘이, 전혀 존재하지 않는 무언가를 통해 서로 연결되어 있는 거야. 그게 마치 첫 교각과 끝 교각만 있는데도 다리가 거기 있기라도 한 듯 사람들이 확신을 가지고 건너가는 그런 다리 같지 않아? 그런 계산엔 나를 뭔가 현기증 나게 하는 게 있어. 어디로 이끄는지 모르는 길처럼 말이야. 하지만 정말로 섬뜩하게 만드는 것은 그런 계산에 숨어 있는 힘, 우리를 꼭 붙들어 다시 무사히 땅에 발을 딛게 만드는 그런 힘이야."

바이네베르크는 히죽 웃었다. "넌 벌써 거의 우리 신부님처럼 말하는구나. '…… 여러분은 사과를 하나 보고 있어요, ─그건 빛의 파장과 눈 등등, ─그리고 여러분이 그걸 훔치기 위해 손을 뻗어요, ─손을 움직이게 만드는 건 근육과 신경이지요─하지만 둘 사이에는 뭔가가 있어서, 하나를 다른 것에서 산출해내지요, ─그리고 그것은 죄를 지은 불멸의 영혼이에요. ……그래, 그래요, ─여러분의 어떤 행위도 영혼 없이는 설명할 수 없어요. 영혼은 여러분을 피아노의 건반처럼 연주하지요……'" 그러고는 교리선생이 오래된 비유를 들려주곤 하던 말투를 흉내 냈다─"그건 그렇고 난 이런 이야기엔 별로 관심 없어."

"난 너야말로 이 문제에 관심이 있을 거라고 생각했는데. 적어도 곧바로 너를 떠올리지 않을 수 없었어. 왜냐하면 그건 — 정말로 설명할 수 없는 것이라면 — 네가 믿는 것을 거의 확실하게 증명해 주는 것일 테니까."

"그걸 왜 설명할 수 없다는 거지? 나는 이 문제 때문에 수학의 창시자들이 자기 발에 걸려 넘어졌다는 사실이 충분히 있을 법한 일이라고 생각해. 왜냐하면 우리의 오성을 넘어서는 것이 바로 그 오성을 가지고 장난을 치지 말라는 법이 어디 있어? 하지만 그런 문제에 관여하고 싶지 않아. 그런 건 결론이 나지 않으니까."

같은 날 퇴를레스는 수학선생에게 지난 수업시간에서 배운 내용 중 몇가지 물어볼 것이 있다며 찾아가도 좋으냐고 물었다.

다음날 점심시간에 퇴를레스는 아담한 교원 숙소로 통하는 계단을 올라갔다.

그는 지금 수학에 대해 아주 새로운 경외심을 가지고 있었다. 왜냐하면 그에게는 죽은 학습과제나 다름없던 수학이 뜻하지 않게 매우 생명력 있는 어떤 것이 된 것처럼 보였기 때문이다. 그리고 이런 경외심으로 인해 그는 수학선생에게 일종의 질투를 느꼈다. 선생은 이 모든 연관관계에 통달해 있을 것임이 분명하고, 그 지식을 폐쇄된 정원의 열쇠처럼 항상 지니고 다닐 테니 말이다. 그외에도 퇴를레스는, 물론 약간은 소심한 것이긴 해도 호기심이 발동하기도 했다. 이제까지 한번도 성인이 된 젊은 남자의 방에 가본 적이 없어서, 그처럼 지식이 있으면서도 침착하며, 자신과 다른 사람의 삶이 대체 어떤 모습인지, 적어도 그를 둘러싼 외적인 것들로부터 추론할 수 있는 만큼이라도 경험한다는 것이 퇴를레스를 자극했던 것이다.

그는 평소 교사들을 대할 때 수줍어했고 소극적이었으며, 그 때문에 그들로부터 각별한 호감을 얻지 못한다고 생각했다. 그래서 지금 흥분한 채 문 앞에 서 있는 동안 자신의 면담요청이, 어떤 설명을 듣기 위해서라기보다는 — 그는 내심 벌써 이 일에 회의가 들었기 때문이다 — 선생의 등 뒤쪽과 그가 매일 수학과 동거하는 모습을 어느정도 들여다볼 수 있는 일종의 모험인 것처럼 생각되었다.

그는 서재로 안내됐다. 그곳은 창문이 하나 있는 길쭉한 방이었다. 잉크자국이 나 있는 책상이 창가에 있었고, 골이 져 있는 녹색의 거친 천으로 덮여 있고 술 장식이 달린 소파 하나가 벽 쪽에 있었다. 소파 위로는 색이 바랜 대학생 모자와 대학시절에 찍은 갈색의 명함판 사진 몇장이 검게 변색된 채 걸려 있었다. X자 형태의 다리를 가진 타원형의 탁자 위에는 파이프와 큼직큼직하게 썬 잎담배가 놓여 있었는데, 우아하게 보일 요량으로 새긴 탁자다리의 소용돌이 장식은 실패작인 것처럼 보였다. 방에는 싸구려 연초 냄새가 가득했다.

퇴를레스가 그런 인상을 받으며, 뭔가 혐오스러운 것을 만진 것 같은 불쾌감을 느끼는 순간 교사가 들어왔다.

많아봐야 서른 정도인 젊은 남자였다. 금발에 신경이 예민한 그는, 학술원에 벌써 몇편의 중요한 논문을 제출한 아주 유능한 수학자였다.

그는 곧장 자신의 책상에 앉아 여기저기 널린 서류들을 약간 뒤적였고(퇴를레스에겐 그가 그런 식으로 어색함을 피하려 했다는 생각이 나중에야 들었다), 손수건으로 다리가 없는 코안경을 닦았으며, 다리를 꼬고는 기다리고 있다는 듯 퇴를레스를 바라봤다.

퇴를레스도 그를 뜯어보기 시작했다. 올이 굵은 하얀색 털실 양말이 눈에 띄었고, 목이 긴 구두에 칠한 구두약이 내의의 아랫단에 검게 묻은 것이 눈에 들어왔다.

그에 반해 손수건은 하얗고 우아하게 꽂혀 있었고, 넥타이는 손으로 짠 것이긴 했지만 팔레트처럼 다양한 색으로 화려했다.

퇴를레스는 사소한 관찰을 통해 자기도 모르게 더 거부감을 가지게 됐다. 이 사람의 됨됨이나 그를 둘러싼 환경에서, 중요한 지식에 대한 하등의 낌새도 찾을 수 없는 마당에, 그는 이런 사람이 정말로 그런 지식을 소유하고 있다는 기대를 더 이상 할 수 없게 되었다. 그는 수학자의 연구실을 내심 아주 다른 모습으로 상상해왔던 것이다. 그 안에서 사유되는 엄청난 것들이 어떤 식으로든 드러나 있을 것이라고 말이다. 평범함이 그의 마음을 상하게 했다. 그는 이 감정을 수학에 전이시켰고, 경외감은 불신에 찬 거부감으로 사라지기 시작했다.

그런데 선생도 자리에서 초조하게 몸을 이리저리 뒤척였고, 퇴를레스의 오랜 침묵과 탐색하는 시선을 어떻게 해석해야 좋을지 몰랐기 때문에, 그 순간 이미 두 사람 사이에는 불신의 분위기가 드리워졌다.

"자, 그럼 우리…… 어디 자네…… 난 자네에게 기꺼이 설명할 준비가 되어 있네." 선생이 말을 시작했다.

퇴를레스는 의문점들을 털어놓았고, 그것들이 자신에게 갖는 의미를 설명하려고 애썼다. 하지만 짙게 깔린 뿌연 안개를 뚫고 이야기해야 하는 듯한 기분이 들었고, 최선을 다해 준비한 말은 목구멍에서 벌써 막혀버렸다.

선생은 웃음을 지었고, 몇번 잔기침을 한 후 "실례하겠네"라고 하더니 담배에 불을 붙이고는 몇번 급하게 빨았다. 담배종이는 — 퇴를레스는 그 모든 것을 사이사이에 관찰했고 그것이 평범하다고 생각했는데 — 기름지게 타들어갔고, 매번 탁탁 소리를 내며 안쪽으로 말려들어갔다. 선생은 안경을 코에서 떼었다가 다시 올려놓고는 고개를 끄덕였고, ……결국은 퇴를레스가 말을 끝내도록 놓아두지 않았다. "기쁘군, 퇴를레스 군, 정말로 아주 기뻐." 그는 그렇게 퇴를레스의 말을 막았다. "자네의 의문이 진지함에서, 스스로의 깊은 생각에서 나온 것이라는 걸 알겠네…… 흠…… 하지만 자네가 원하는 설명을 해준다는 것이 그렇게 쉬운 일은 아니야…… 그렇다고 날 오해하지는 말게.

알겠나, 자네는 초월적인, 흠 그러니까…… 그런 걸 초월적이라고 하네만, 그런 요소의 개입에 대해 말한 거야……

물론 난 자네가 이런 것을 어떻게 느끼고 있는지 모르겠지만, 초감각적인 것, 오성의 엄격한 경계 너머에 존재하는 것이란 아주 독특한 어떤 것이라네. 사실 난 그 문제에 손을 댈 자격이 없어. 그건 내 연구대상이 아니니까. 그 문제에 대해 이렇게 혹은 저렇게 생각할 수도 있어. 따라서 난 누군가를 섣불리 공박하는 일은 피하고 싶다네…… 하지만 수학에 관해 말하자면." 여기서 그는 '수학'이란 단어를 강조했는데, 어떤 불길한 문을 영원히 닫아걸고자 하는 투였다. "그러니까 수학에 관해 말하자면, 여기서도 역시 자연적이면서 오직 수학적인 연관관계가 존재한다는 것은 분명한 사실일세."

다만 나는 —엄격하게 학문적으로 말하기 위해서는—여러 전제조건을 내세워야 하는데, 자네는 그걸 아직 이해하지 못할 거야. 그러려면 지금은 시간도 부족하고 말이야.

알겠나, 예를 들어 이와 같이 실제로는 전혀 존재하지 않는 허수가, 하하, 어린 학생들에게 만만한 문제가 아니라는 건 나도 기꺼이 인정해. 자네는 그런 수학적 개념이 바로 순수하게 수학적인 사고를 위해 필수적인 것이라는 사실 정도로 만족해야 해. 한번 생각해보게. 자네가 지금 받고 있는 기초과정 수업에서, 우리가 다뤄야 하는 많은 것들에 대해 정확한 설명을 하기란 정말 어려운 일이야. 다행스럽게도 그걸 느끼는 건 소수지. 하지만 오늘 자네처럼 누군가—이미 말했지만, 난 매우 기뻤다네—정말로 찾아오면 이렇게 말할 수밖에 없지. '이보게, 그냥 그렇게 믿어. 언젠가 지금보다 열배쯤 수학을 잘할 수 있게 되면 이해하게 될 거야. 하지만 당분간은 믿게!'

다른 방법은 없다네, 퇴를레스 군. 수학은 그 자체로 하나의 세계야. 그래서 그 세계 속에서 필수적인 모든 것을 느끼려면, 그 속에서 충분히 오래 살아야만 한다네."

선생이 말을 멈추자 퇴를레스는 기뻤다. 문이 닫히는 소리를 듣고 난 다음부터 그에겐 말들이 점점 멀어져 가는 것 같았다, ……아무래도 상관없는 저 건너편, 모두 정답이면서도 동시에 아무런 내용도 없는 설명이 있는 곳으로.

하지만 그는 쏟아지는 말과 실패한 방문 때문에 멍해져서, 이제 그만 일어서야 한다는 사실을 금방 깨닫지 못했다.

선생은 이 방문에 마침표를 찍기 위해, 설득력 있는 마지막 논거를 찾았다.

조그만 탁자 위에 칸트 호화 장정본이 놓여 있었다. 선생은 그 책을 집어 들어 퇴를레스에게 보여주었다. "이 책을 보게. 이건 철학이야. 이 책엔 우리의 행동규범들이 들어 있지. 만약 자네가 이 책을 그 근본에 이르기까지 느낄 수 있게 된다면, 모든 것을 규정하지만 당장은 이해되지 않는, 순수한 논리적 필연성들을 만나게 될 거야. 수학의 경우에도 아주 흡사하지. 그렇게 이해되지 않음에도 우리는 끊임없이 그런 필연성에 따라 행동하는 걸세. 그렇게 되면 자네는 곧 그런 것들이 얼마나 중요한지에 대한 증거를 갖게 되지. 하지만." 그는 퇴를레스가 그 책을 실제로 펼치고 페이지를 넘기는 것을 보며 웃었다. "지금은 아직 그걸 건드릴 때가 아니야. 나중에 자네가 기억할 수 있도록 한가지 예를 들고자 했을 뿐이네. 지금으로서는 그 책이 아마 자네에겐 너무 어려울 거야."

그날의 나머지 시간 내내 퇴를레스는 들뜬 상태에 있었다.

그가 칸트를 손에 넣게 된 정황은 ─ 그때 당장은 별로 관심을 기울이지 않았던 아주 우연적인 이 정황은 ─ 내면에 강한 여운을 남겼다. 칸트라는 이름은 그도 들어 알고 있었는데, 그 이름은 일반적으로 그저 멀리서 인문학과 관계를 맺고 있는 사람들에게서나 가지는 그런 가치 ─ 철학의 최종결론으로서의 가치를 갖고 있었다. 그런데 퇴를레스가 지금까지 진지한 책들에 손을 대지 않은 이유는 바로 이런 권위 때문이기도 했다. 아주 어릴 적에 사람들은 마부나 정원사 혹은 제빵사가 되려던 시기를 일단 넘기고 나면, 필생의 과제의 영역을 상상 속에서 설정하곤 하는데, 가장 먼저 고려되는 지점은 훌륭한 일을 해낼 수 있는 최대의 가능성을 자신들의 명예욕에 제공하는 것처럼 보이는 곳이다. 이들이 의사가 되고 싶다고 말한다면, 언젠가 어디에서 분명 사람들로 가득한 예쁜 대기실이나 으스스한 외과도구가 들어 있는 유리장과 비슷한 것들을 보았음에 틀림없다. 이들이 외교관의 길을 걷겠다고 한다면, 국제적 사교계의 찬란함과 우아함을 생각하고 있는 것이다. 간단히 말해 이들은, 자신들이 어떤 환경에 서 있는 모습을 가장 보고 싶어 하는지와 자신들에게 가장 마음에 드는 포즈에 따라 직업을 선택하는 것이다.

그런데 퇴를레스 앞에서 칸트라는 이름은, 무시무시한 성자의 이름이 불릴 때와 영락없이 같은 표정으로 간혹 언급되었다. 그리고 퇴를레스는 칸트에 의해 철학의 문제들이 최종적으로 해결되었고, 그후로 철학은 일종의 목적 없는 일이 되었다는 생각 외엔 다른 생각을 할 수 없었다. 그것은 그가 쉴러와 괴테 이후로 시작詩作을 하는 것이 무의미한 일이라고 생각하는 것과 흡사했다.

집에 있는 아빠 서재의 초록 유리문이 달린 책장에 이런 책들이 꽂혀 있었는데, 퇴를레스는 방문객에게 보여줄 때 빼고는 이 책장 문이 열린 적이 없다는 것을 알고 있었다. 그것은 사람들이 가까이 가기를 꺼리지만, 신성한 것이 존재하기에 어떤 일들을 더 이상 신경 쓸 필요가 없다는 이유만으로 숭배하는 신성한 성소 같았다.

철학과 문학에 대한 꼬인 관계는 퇴를레스가 계속 성장해나가는 데 불행한 영향을 끼쳐 그는 나중에 여러 우울한 일을 겪게 되었다. 왜냐하면 이를 통해 그의 명예욕이 원래의 대상들로부터 멀어졌고, 목표를 빼앗긴 채 새로운 것을 찾다가 친구들의 난폭하고 결정적인 영향력 하에 놓이게 되었기 때문이다. 그의 타고난 성향들이 가끔 수줍어하며 돌아오긴 했지만, 그때마다 뒤에 남은 것은 쓸데없고 우스꽝스러운 짓을 했다는 생각이었다. 하지만 그의 성향은 그가 거기서 완전히 벗어나기에는 너무 강력했다. 그의 본성이 확고한 노선을 가지고 똑바로 걸어가는 것을 막은 것은 바로 이런 끊임없는 갈등이었다.

그런데 오늘로서 이러한 관계가 새로운 국면에 접어든 것처럼 보였다. 그는 오늘 자신에게 떠오른 생각들의 이유가 무엇인지 설명해보려 했지만 소용이 없었는데, 그 생각들은 더 이상 장난기 어린 상상력이 근거도 없이 연결된 모양새는 아니었다. 그렇다기보다 그 생각들은 내면을 헤집었고, 떠나려 하지 않았으며, 그는 그것들 뒤에 자기 삶의 한 부분이 고동치고 있다는 것을 온몸으로 느꼈다. 이것은 퇴를레스에게는 뭔가 아주 새로운 것이었다. 그의 내면에 전에 알지 못했던 어떤 확고함이 자리 잡고 있었다. 그것은 거의 몽환적이고 비밀에 가득 차 있었다. 아마도 최근에 받은 여러 영향 하에서 조용히 발전되었음에 틀림없었는데, 지금 갑자기 위압적인 손가락으로 문을 두드린 것이다. 그는 잉태한 아이의 당당한 움직임을 산모가 처음으로 느끼는 것 같은 생각이 들었다.

그날 오후는 너무나도 흥미진진해졌다.

퇴를레스는 서랍에 간직해놓았던 문학적 습작을 모두 꺼냈다. 그리고 그것을 들고 난롯가로 가서 눈에 띄지 않게 혼자 커다란 차광판 뒤에 앉았다. 그는 공책을 차례차례 뒤적이더니, 천천히 잘게 찢고 세심하게 이별의 감동을 맛보면서 불 속에 던져 넣었다.

이로써 그는 과거의 모든 짐들을 등 뒤로 던져버리고자 했는데, 마치 지금은 ——아무 방해도 받지 않은 채——앞을 향한 발걸음에 모든 주의를 기울이는 것이 중요하다는 듯한 투였다.

그는 마침내 자리에서 일어나 친구들에게로 갔다. 그는 두려워하며 곁눈질하던 태도에서 벗어났다고 느꼈다. 그가 한 일은 사실 단지 충동적으로 일어난 것이었다. 그에게 지금부터 정말로 새로운 사람이 될 수 있다는 확신을 준 것은 다름 아니라 단순히 흥분이었던 것이다. "내일." 그는 혼잣말을 했다. "내일 모든 걸 꼼꼼하게 살펴봐야지. 그러면 분명해질 거야."

그는 홀에서 긴 의자들 사이를 왔다 갔다 했고, 펼쳐진 공책들을 들여다보았으며, 눈부시게 하얀 종이 위에 글씨를 쓰느라 이리저리 바쁘게 움직이는 손가락들을 바라보았다. 그 손가락들은 모두 자신들 뒤로 갈색의 작은 그림자를 거느리고 있었다 ─ 그는 갑자기 잠에서 깨어난 사람처럼 그림자를 주시했는데, 눈에는 모든 것이 다른 때보다 더 진지한 의미를 가진 것처럼 보였다.

하지만 다음날 벌써 지독한 실망감이 찾아왔다. 그러니까 퇴를레스는 아침이 되자마자 교사의 방에서 보았던 책의 레클람 판[3]을 구입했고, 첫번째 쉬는 시간을 이용해 읽기 시작했다. 그러나 온통 괄호와 각주투성이여서 그는 한마디도 이해하지 못했다. 그래도 두 눈으로 차근차근 문장들을 따라가려고 하자, 뼈밖에 없는 노인의 손이 그의 머리에서 나사를 돌리듯 뇌를 빼내는 것 같은 느낌이 들었다.

삼십분쯤 지나 지친 나머지 그만두었을 때, 그는 겨우 두 페이지째를 읽고 있었고 이마에는 땀이 맺혀 있었다.

하지만 쉬는 시간이 끝날 때까지 이를 악물고 한 페이지를 더 읽었다.

---

3 독일의 레클람 출판사에서 고전의 보급을 위해 간행한 포켓북.

저녁이 되자 그는 이미 그 책에 손도 대고 싶지 않았다. 두려움이었을까? 아니면 구역질? —스스로도 잘 알지 못했다. 다만 한가지, 교사가, 그처럼 대단할 것이라고는 없어 보이는 인간이, 자신에게는 일상적 오락거리라도 되는 듯 그 책을 방에 펼쳐놓고 있다는 사실만이 타는 듯 분명하게 그를 괴롭혔다.

그는 이런 기분으로 바이네베르크를 만났다.

"이봐, 퇴를레스, 어제 선생님 집에선 어땠어?" 그들은 단둘이서 창턱에 앉았다. 많은 외투가 걸려 있는 널따란 옷걸이를 앞으로 밀어놓아, 교실로부터는 그들 쪽으로 이따금씩 커지는 웅성거림과 천장에 달린 램프의 반사광밖에는 들어오지 않았다. 퇴를레스는 자기 앞에 걸려 있는 외투를 산만하게 만지작거렸다.

"너 지금 조는 거야? 선생님이 너한테 뭐라도 대답을 해줬을 거 아냐? 그건 그렇고 내 생각엔 그 사람이 적잖이 당황했을 것 같은데, 그렇지 않아?"

"왜?"

"왜냐하면 그런 어리석은 질문이 나오리라곤 아마 생각하지 못했을 테니까."

"그건 전혀 어리석은 질문이 아니야. 난 아직도 그 질문을 떨쳐버리지 못하고 있어."

"나도 나쁜 뜻으로 말한 건 아니야. 단지 그 질문이 선생님한테는 어리석게 보였을 거란 말이지. 그 사람들은 성직자가 교리를 외우듯 그런 문제들을 암기하거든. 그러니까 질문이 거기서 조금만 벗어나도 항상 당황하게 되는 거야."

"아, 그 사람은 답변이 궁해서 당황하진 않았어. 그렇기는커녕 내가 말을 끝까지 하도록 내버려두지도 않았지. 그렇게나 빨리 그는 대답이 준비되어 있었어."

"그럼 그 사람이 그 이야기를 어떻게 설명하든?"

"사실대로 말하자면 전혀 설명하지 않았어. 그 사람은 내가 아직 이해할 수 없다고 했어. 그건 그런 문제를 이미 깊이 다뤄본 사람에게나 분명한 사고과정의 필연성이라는 거야."

"그건 사기야! 철두철미한 이성적인 사람에겐 그런 얘긴 꺼내놓지도 못할걸. 혹시 그런 사람이 십년 내내 회유된다면 가능할지도 모르지. 그러면 그때까지 그 사람은 그걸 바탕으로 수천번 계산을 하고, 마지막까지 딱 떨어지는 큰 구조물을 세울 거야. 그러고 나면 그는 그걸 그냥 믿게 돼. 가톨릭 신도가 계시를 믿는 것처럼. 계시란 게 항상 그런 식으로 아주 확고하게 입증돼왔지…… 그런 사람에게 증거라며 곧이곧대로 믿게 만드는 게 뭐 대단한 일이겠어? 정반대야. 어느 누구도 그 사람을 설득할 순 없을걸, 그의 건물이 자리를 잡고 서 있긴 하지만 누가 그 건물의 벽돌 하나라도 손에 잡으려고 하면 허공으로 사라져버릴 거라는 사실을 말이야!"

퇴를레스는 바이네베르크의 과장된 말에 불쾌한 느낌이 들었다.

"아마 네가 주장하는 것처럼 심한 건 아닐 거야. 나는 수학이 옳다는 것을 의심해본 적은 없어 — 결국 그렇다는 건 결과도 말해주고 있잖아 — 오히려 내게 유일하게 이상하게 생각된 것은 그 문제가 간혹 오성에 배치된다는 점이야. 물론 그렇게 보일 뿐일지도 모르지만."

"그러면, 너도 한 십년쯤 기다려보면 되겠네. 그때쯤 되면 네가 제대로 갈고닦은 오성을 가질지도 모르니까…… 하지만 우리가 지난번에 얘기를 나눈 후로 나도 그 문제를 곰곰이 생각해봤어. 그 결과 난 그 문제가 어떤 숨겨진 난점을 가지고 있다는 사실을 확신하게 됐지. 그건 그렇고 당시에 넌 오늘과 완전히 다른 식으로 얘기했는데."

"천만에. 지금도 내겐 그 문제가 여전히 의심스러워. 단지 난 너처럼 그렇게 무턱대고 과장하고 싶진 않아. 이 모든 것을 나 역시 기이하게 생각해. 무리수나 허수, 평행한데 무한대에서 — 그러니까 어딘가에서는 — 만나는 직선들에 대한 생각은 나를 흥분시켜. 그 문제를 생각하다보면 머리를 맞은 것처럼 멍해져." 퇴를레스는 그림자가 진 앞쪽으로 몸을 숙였고, 말하는 목소리는 베일에 싸인 듯 낮아졌다. "그전에 내 머릿속에선 모든 것이 너무나도 명징하고 분명하게 정돈돼 있었어. 하지만 지금은 생각들이 구름 같아. 그래서 내가 특정한 지점들에 이르게 되면, 그사이로 끝없이 아득한 먼 곳이 보이는 어떤 구멍 같은 게 존재해. 수학이란 게 당연히 정확한 것이겠지. 하지만 내 머릿속은 대체 어떻게 된 것이며, 다른 사람들은 또 어떤 거지? 그들은 이런 걸 전혀 못 느끼는 걸까? 그들의 내면에선 그것들이 어떻게 그려지는 걸까? 전혀 그려지지 않는 걸까?"

"내 생각에 넌 그걸 그 선생님한테서 엿볼 수 있었을 것 같은데. 넌 말야 — 만약 네가 그런 상황에 부딪치게 되면 곧바로 주위를 둘러보면서 그것이 내면의 다른 모든 것과 어떻게 어울리는지 묻게 되잖아? 그 사람들은 머릿속에 수천보의 달팽이 걸음으로 하나의 길을 뚫어놓고 있어. 그런데 그들이 자신들의 뒤꽁무니에서 자아낸 실이 아직 끊어지지 않았는지 확인할 수 있는 건 단지 바로 전의 모퉁이까지야. 그러니까 너처럼 물어보면 그들은 당황하는 거지. 그들 중에서 되돌아가는 길을 찾을 수 있는 사람은 아무도 없어. 그건 그렇고, 넌 뭘 보고 내가 과장한다는 거야? 아주 이성적인 이런 어른들은 자신들을 하나의 그물로 자아 넣어. 그물코 하나하나가 서로 얽혀 있어서 그 경이로운 전체 모습이 자연스러워 보이는 거지. 하지만 모든 것을 지탱해주는 첫번째 그물코가 어디 있는지는 아무도 몰라.

우리 둘이서 이제까지 그런 문제로 진지하게 얘기를 나눠본 적은 없어. 사람들은 그런 문제에 대해 너무 많이 얘기하는 걸 좋아하지 않으니까. 하지만 너도 이제 알겠지, 사람들이 세계관이랍시고 만족하는 견해가 얼마나 빈약한지 말이야. 그건 기만이고, 사기이자, 아둔함이야! 빈혈증이지! 왜냐하면 그들의 오성이란 게, 자신들의 학문적 설명을 머리에서 짜내는 정도까지밖에 미치지 못하니까. 하지만 밖으로 나서는 순간 그 설명은 얼어붙어버리지, 이해하겠어? 하하! 우리가 지금 건드리기에는 너무 미묘한 거라고, 선생들이 우리에게 늘어놓는 이 모든 극단의 첨예한 것들은. 사실 죽은 거야 ─ 얼어붙은 거지 ─ 알겠어? 사람들이 경탄하는 이 뾰족한 얼음 끝은 굳은 채 사방을 향해 있지만, 그걸로 아무도 뭔가를 도모할 수는 없어. 그것들은 그렇게 생명이 없는 존재인 거야!"

퇴를레스는 오래전부터 다시 몸을 뒤로 기댄 상태였다. 바이네베르크의 뜨거운 입김이 외투들로 막혀 구석을 데우고 있었다. 그리고 늘 그랬듯이 흥분한 바이네베르크는 퇴를레스를 괴롭게 했다. 게다가 지금 그는 몸을 앞으로 숙인 채 너무 가까이 다가와 있어서, 두 눈이 퇴를레스 앞에 마치 두개의 녹색 돌처럼 꼼짝 않고 있었고, 두 손은 어둑한 곳에서 이상하게도 보기 싫게 재빨리 이리저리 움직였다.

"그들이 주장하는 건 모두 불확실해. 모든 게 자연적으로 일어난다고들 말하지. 돌멩이가 떨어지면 그게 중력이라는 거야. 하지만 그게 신의 의지가 아니란 법이 어디 있어? 신의 가호를 입은 돌이 한번쯤 운명에서 벗어나지 말란 법이 어디 있냐구? 그런데 내가 왜 너한테 이런 얘기를 하고 있는 거지?! 너야 항상 어중간한 태도를 보일 텐데! 약간 특이한 걸 찾아내고, 약간 머리를 흔들고, 약간 놀라고—그게 네 스타일이지. 하지만 넌 그 이상은 벗어날 엄두를 못 내. 하긴 그게 내 손해는 아니지."

"그럼 그게 내 손해란 거야? 하지만 네 주장도 그렇게 확실하다고는 할 수 없을 것 같은데."

"네가 어떻게 그런 말을 할 수 있어? 내 주장은 그야말로 유일하게 확실한 거야. 그건 그렇고 내가 왜 너랑 그 문제로 다퉈야 하는 거야?! 이봐 퇴를레스. 아마 너도 나중에 알게 될 거야, 내기를 해도 좋아. 거기에 어떤 사정이 있는지에 대해 네가 언젠가 대단한 흥미를 가지게 될 거라는 사실에 대해서 말이야. 예를 들어 만약 바지니의 일이 그런 식으로 된다면, 그러니까 내가……"

"그 얘긴 제발 그만해." 퇴를레스가 말을 막았다. "난 하필 지금 그 얘기를 여기 끼워 넣고 싶지는 않아."

"아니, 왜 안된다는 거지?"

"그냥. 그냥 그러고 싶지 않아. 나한텐 그리 유쾌한 주제가 아니야. 바지니와 이 문제는 내겐 별개야. 그리고 서로 다른 걸 같은 냄비에 넣고 끓이는 건 내 스타일이 아니야."

바이네베르크는 자기보다 어린 친구의 전에 없던 단호함, 아니 거친 태도에 화가 나서 입을 삐죽였다. 하지만 퇴를레스는 단순히 바지니를 언급한 사실만으로도 자신의 모든 확실성이 무너졌다고 느꼈다. 그런 탓에 그는 이를 숨기기 위해 화를 내며 말했다. "넌 정말로 미쳤다고 할 수밖에 없는 확신을 갖고 세상사를 논하고 있어.

넌 네 이론이 다른 사람의 이론과 마찬가지로 모래 위에 세워진 것일 수도 있다고는 전혀 생각지 않니? 그렇게 생각하지 않는 것이야말로 훨씬 완고한 달팽이 걸음이나 마찬가지고, 그러니 훨씬 많은 호의가 필요할 수밖에 없어."

이상하게도 바이네베르크는 화를 내지 않았다. 그저 미소를 지었고—물론 약간 찌푸리긴 했고, 두 눈이 두배나 더 불안하게 빛나긴 했지만—연이어 말했다. "넌 틀림없이 알게 될 거야, 틀림없이 알게 될 거라구⋯⋯"

"내가 뭘 알게 된다는 거야? 뭐 굳이 그렇다면 알게 되겠지. 하지만 그런 건 조금도 관심 없어, 바이네베르크! 넌 날 이해하지 못해. 넌 내 관심이 뭔지 전혀 몰라. 만약 수학이 나를 괴롭히고, 만약 나를—" 하지만 그는 재빨리 생각해본 후 바지니에 대한 언급은 하지 않았다. "만약 수학이 나를 괴롭힌다면, 그건 내가 너와 달리 그 뒤에서 뭔가 다른 걸 찾고 있기 때문이야. 초자연적인 어떤 것이 아니라 자연적인 걸 난 찾고 있는 거야—알겠어? 나의 외부에서가 아니라—나의 내부에서 그걸 찾고 있어, 내 안에서! 뭔가 자연적인 것을! 그럼에도 내가 이해하지 못하는 것을! 하지만 너도 수학선생도 그런 게 뭔지 느끼지 못해⋯⋯ 아, 지금은 네 사변으로 날 괴롭히지 말고 가만 내버려둬!"

퇴를레스는 자리에서 일어서면서 흥분으로 몸을 떨었다.

그러자 바이네베르크는 반복해 말했다. "글쎄, 우린 보게 될 거야, 보게 될 거야⋯⋯"

저녁에 침대에 누웠을 때 퇴를레스는 잠을 이루지 못했다. 십오분, 또 십오분이 간호사들처럼 그의 침상에서 슬그머니 빠져나와 천천히 사라졌고, 두 발은 얼음장처럼 차가웠으며, 이불은 따뜻하게 해주긴커녕 그를 짓눌렀다.

공동 침실에서는 수업과 체조 그리고 야외에서 달리기를 하고 난 후 짐승처럼 건강하게 자고 있는 학생들의 편안하고 규칙적인 숨소리만이 들려왔다.

퇴를레스는 잠자는 아이들의 숨소리에 귀를 기울였다. 바이네베르크의 숨소리, 라이팅의 숨소리, 바지니의 숨소리였다. 그런데 어떤 것이 바지니의 것일까? 그는 알지 못했다. 하지만 기계장치처럼 높아졌다 낮아졌다 하는, 규칙적이고, 똑같이 편안하고, 똑같이 분명한 많은 숨소리 중 하나일 것이다.

아마포 커튼 중 하나가 반쯤밖에 내려와 있지 않았다. 그 아래로 환한 달빛이 비쳐 들어와 움직임이 없는 창백한 네모꼴을 바닥에 그려놓았다. 커튼 끈이 위쪽에서 꼬였거나 빠져나왔는지 흉하게 얽혀 아래로 늘어져 있었는데, 그 그림자가 바닥의 환한 네모꼴 위를 기어가고 있었다.

이 모든 것이 그로테스크하며 두려움을 불러일으키는 흉측한 분위기를 자아냈다.

퇴를레스는 뭔가 기분 좋은 것을 생각하려고 애썼다. 바이네베르크가 떠올랐다. 오늘 자신이 그를 압도하지 않았던가? 그의 우월감에 한방 먹이지 않았던가? 오늘 처음으로 다른 사람에 맞서 자신의 특별함을 지켜내는 데 성공하지 않았던가? 감수성의 섬세함에 있어 두 사람의 견해를 서로 구분 짓는 한없는 차이를 바이네베르크가 느낄 수 있도록 강조하는 데 성공하지 않았던가? 바이네베르크는 어떤 대답을 더 할 수 있었을까? 그런가, 그렇지 않은가……?

하지만 이 '그런가, 그렇지 않은가?'라는 질문이 머릿속에서 솟아오르는 거품처럼 부풀어 올랐다가 터졌다. 그리고 '그런가, 그렇지 않은가?' …… '그런가, 그렇지 않은가?'라는 질문이 계속 다시 부풀어 올랐다. 기차바퀴가 구르는 소리처럼, 높디높은 줄기에 달린 꽃들이 고개를 끄덕이는 것처럼, 조용한 집에서 얇은 벽을 통해 들려오는 망치 두드리는 소리처럼, 쿵쿵거리는 리듬으로 끊임없이…… 뻔뻔하고 자만에 가득 찬 '그런가, 그렇지 않은가?'라는 질문이 퇴를레스에게 역겹게 느껴졌다. 그의 기쁨은 가짜였으며 그저 우스꽝스럽게 경중거리는 모양새였다.

그가 마침내 몸을 일으켰을 때, 고개를 끄덕이거나 어깨 위에서 굴러가거나 박자에 맞춰 위아래로 움직이는 것이 자신의 머리인 것처럼 생각될 지경이었다……

마침내 퇴를레스의 내면에서 모든 것이 침묵했다. 눈앞에는 원형을 이룬 채 사방으로 뻗어나가는 널찍한 검은 평면만이 존재했다.

그때…… 저 먼 가장자리에서…… 작은 두 인물이 비틀거리며 탁자를 가로질러 다가왔다. 분명 부모였다. 하지만 너무나 작아서 그는 그들에 대해 아무런 느낌도 가질 수 없었다.

그들은 다른 쪽으로 사라져갔다.

그러고 나서 다시 두 사람이 다가왔다—그런데 잠깐만, 저기 뒤쪽에서 누군가 달려와 그 둘 옆을 지나갔다—그 보폭은 자기 몸에 비해 두배나 컸다—그리고 그는 벌써 모서리 뒤쪽으로 사라졌다. 그건 바이네베르크 아니었던가?—그리고 두 사람. 둘 중 한 사람은 수학선생이 틀림없는 것 같은데? 퇴를레스는 가슴주머니에서 귀엽게 내다보고 있는 장식용손수건을 보고 그라는 걸 알아차렸다. 그런데 또다른 사람은? 자기 키의 절반이나 되는 아주아주 두꺼운 책을 팔에 끼고 있는 저 사람은? 그걸 끌기도 힘겨워하는 저 사람은……? 둘은 세걸음을 떼고 나서는 항상 멈춰 섰고, 책을 땅에다 내려놓았다. 퇴를레스는 교사가 삑삑거리는 목소리로 말하는 걸 들었다. '그게 만약 그렇다면 우리는 12페이지에서 답을 찾을 수 있을 겁니다. 12페이지는 다시 52페이지를 참조하라고 되어 있고, 그러면 31페이지에 언급된 것도 다시금 중요하죠. 이런 전제 하에서…… 그러면서 그들은 책 위로 허리를 숙여 책 속에 서로 손을 집어넣었고, 책장이 휘날렸다. 잠시 후 그들은 다시 몸을 일으켜 세웠고, 다른 남자가 선생의 뺨을 대여섯차례 쓰다듬었다. 그러고 나서 그들은 다시 몇걸음을 앞으로 옮겼다. 퇴를레스에게 다시 목소리가 들려왔는데, 수학시간에 한없이 긴 증명을 일일이 열거하던 목소리와 똑같았다. 그것은 다른 남자가 선생의 뺨을 다시 쓰다듬을 때까지 계속되었다.

이 사람은……? 퇴를레스는 더 잘 보기 위해 미간을 찌푸렸다. 땋은 머리를 하고 있는 건가? 게다가 어쩐지 고풍스러운 옷을? 너무나도 고풍스럽다고 할 수 있는? 거기에다가 무릎까지 오는 비단 바지를? 저 사람은 바로……? 오! 바로 그때 퇴를레스는 '칸트다!'라고 외치며 깨어났다.

다음 순간 그는 미소를 지었다. 주위는 아주 고요했고, 잠자는 아이들의 숨소리는 잦아들어 있었다. 그 역시 잠들어 있었다. 침대는 그사이에 따뜻해졌다. 그는 이불 아래에서 기분 좋게 기지개를 켰다.

"그러니까 내가 칸트 꿈을 꾼 거구나." 그는 그렇게 생각했다. "더 오래 꾸었다면 좋았을걸. 그랬다면 아마 뭐라도 나한테 알려줬을 텐데." 그는 언젠가 역사시간에 있었던 일을 떠올렸다. 역사 과목 준비를 못하고 잠들었는데, 밤새 관련인물들과 사건에 관해 너무나도 생생하게 꿈을 꾼 탓에, 다음날 그 역사의 현장에 있던 것처럼 설명할 수 있어서 우수한 성적으로 시험을 통과한 적이 있었던 것이다. 그리고 나서는 바이네베르크도 다시 기억에 떠올랐다. 바이네베르크와 칸트 — 어제의 대화.

그 꿈은 퇴를레스로부터 천천히 멀어져갔다 — 알몸을 덮고 있던 비단이불이 끝없이 흘러내려가듯 천천히.

하지만 그의 웃음은 다시금 기이한 불안감에 자리를 양보했다. 대체 그의 생각이 정말 한발짝이라도 앞으로 나아간 것일까? 모든 수수께끼의 해답을 담고 있을 이 책에서 다만 뭐라도 알아낼 수 있지 않았을까? 그러면 그의 승리는? 분명 바이네베르크를 침묵하게 만들었던 것은 오직 그가 보여준 뜻밖의 활력 덕분이었다……

또다시 깊은 불쾌감과 분명한 육체적 메스꺼움이 그를 사로잡았다. 그는 구역질로 완전히 속이 뒤집어진 채 그렇게 몇분간을 누워 있었다.

하지만 갑자기 부드럽고 따뜻한 침대시트가 자신의 온몸을 만지고 있는 것 같은 느낌이 다시 들었다. 조심스럽게 아주 천천히 퇴를레스는 고개를 돌렸다. 그렇다, 거기에는 창백한 네모꼴이 여전히 마룻바닥 위에 있었다 — 약간 마름모꼴이 되긴 했지만 꼬인 커튼 줄의 그림자가 그 안에서 여전히 기어가고 있었다. 그에게는 거기에 어떤 위험이 묶여 있고, 자신은 창살 너머에서 안전이 보장된 채 편안한 기분으로 침대에서 바라볼 수 있는 것 같은 느낌이 들었다.

그때 온몸의 피부에서 어떤 느낌이 깨어나 갑자기 하나의 기억이 영상이 되었다. 그가 아주 어렸을 적에 — 그래, 그래, 바로 그때였다 — 아직 어린아이 옷을 입고 학교에 다니기 전, 그는 내면에 말로는 도저히 표현할 수 없는, 여자아이였으면 하는 동경을 품은 적이 있었다. 이 동경 역시 머릿속에 자리잡고 있지 않았다 — 아, 그럴 리가 없었다 — 그렇다고 가슴속에 있지도 않았다 — 그것은 그의 온몸을 간질였고 살갗 아래서 이리저리 돌아다녔다. 그가 정말로 생생하게 어린 소녀라고 느껴서, 다른 가능성은 있을 수 없다고 믿던 순간들이 있었다. 왜냐하면 그는 당시에 신체적 차이의 의미를 전혀 몰랐으며, 왜 여기저기서 사람들이 자기더러 이제 앞으로 사내아이답게 굴어야 한다고 말하는지 이해하지 못했기 때문이다. 그런데 만약 누군가가 대체 왜 그가 여자아이이기를 바라는지 묻는다면, 그는 그건 말로 할 수 없는 것이라고 느꼈을 것이다……

그는 오늘 처음으로 그와 비슷한 것을 다시 느꼈다. 역시 여기저기 살갗 아래에서만 느껴지는 것이었다.

그것은 육체인 동시에 영혼인 것처럼 보이는 어떤 것이었다. 벨벳처럼 부드러운 나비의 더듬이로 수없이 그의 몸을 건드리며 성급히 달려드는 어떤 느낌. 그와 동시에 어른들이 자신들을 결코 이해하지 못한다고 느낄 때면 어린 소녀들이 도망치며 품는 저 반항심, 그리고 나서는 어른들에 대해 킥킥거리며 웃는 건방짐, 그리고 언제든 자그마한 몸 안에 있는 아주 깊숙한 은신처로 되돌아갈 수 있다고 느끼며, 항상 빠르게 도망칠 준비가 되어 있는 듯한 겁먹은 건방짐……

퇴를레스는 나지막이 혼자 웃었고 이불 밑에서 다시 한번 기분 좋게 기지개를 켰다.

그가 꿈에서 보았던 저 조그맣고 볼품없는 남자는 얼마나 탐욕스럽게 손가락으로 책장을 넘겼던가! 저 아래에 있는 사각형은? 하하. 그렇게 똑똑한 소인들이 살면서 한번이라도 이런 걸 인식한 적이 있을까? 그는 이런 똑똑한 인간들로부터 한없이 안전하게 지켜지고 있다는 생각이 들었다. 그리고 처음으로, 자신의 감각 속에 ─ 그는 바로 이것이 문제라는 것을 오래전부터 알고 있었다 ─ 아무도 그에게서 빼앗아갈 수 없고 따라 할 수 없는 어떤 것, 자신을 한없이 높은 은밀한 벽처럼 모든 낯선 영리함으로부터 지켜주는 무언가를 가지고 있다고 느꼈다.

그는 생각을 계속 이어나갔다. 그렇게 똑똑한 소인들이 살아가는 동안 한번이라도 외진 담벼락 아래에 누워, 시멘트 뒤쪽에서 물이 졸졸거릴 때마다 어떤 죽은 존재가 자신들에게 말을 걸기 위해 적당한 말을 찾고 있기라도 하는 것처럼 소스라치게 놀라본 적이 있을까? 그들은 바람이 가을의 낙엽들 속에 불어 만들어내는 음악을 한번이라도 느껴본 적이 있을까 — 그뒤에 갑자기 어떤 공포가 일어나, ……그 공포가 천천히 천천히 어떤 감각으로 변해가는 것을 철저하게 느껴본 적이? 그것도 오히려 일종의 도피이자 그에 이어지는 비웃음 같다고 할 수 있는 기이한 관능으로 변해가는 것을. 오, 똑똑해진다는 것은 쉬운 일이다. 이런 모든 질문을 알지 못한다면 말이다……

하지만 그사이에 저 조그만 인간이 가차없는 엄한 얼굴을 한 채 점점 커지는 듯 보였고, 그때마다 전기충격이 퇴를레스의 머리에서 시작해 경련을 일으키며 온몸으로 고통스럽게 지나가는 것 같았다. 자신이 아직도 닫힌 문 앞에 서 있어야 한다는 사실에 대한 고통이 — 문은 바로 조금 전에 그의 따뜻한 피의 고동이 밀쳐서 열어놓은 것이었다 — 되살아났다. 그리고 말없는 비탄의 소리가, 한마리 개의 울부짖음이 끝없는 밤의 들판 위에서 진동하듯 퇴를레스의 영혼을 가로질러 흘러갔다.

그렇게 그는 잠이 들었다. 그는 아직 반쯤 잠이 든 상태에서 걸려 있는 끈이 잘 펴져 있는지 확인하기 위해 기계적으로 잡아보듯이, 몇번쯤 창가에 있는 그 지점을 건너다보았다. 그러고 나자 내일 다시 한번 면밀하게 자신에 대해 생각해봐야겠다는 계획이 어렴풋이 떠올랐다 — 펜과 종이를 지참하는 것이 좋을 터였다 — 그리고 마침내 목욕할 때나 관능적으로 흥분할 때처럼 기분 좋은 따스함만이 남았다. 하지만 흥분은 더 이상 흥분으로 의식되지 않은 채, 뭔지 알 수 없지만 아주 강한 인상을 남기면서 바지니와 연결되었다.

그러고 나서 그는 꿈도 꾸지 않고 깊은 잠에 빠졌다.

그런데 다음날 깨어났을 때 바지니에 대한 생각이 맨 처음 떠올랐다. 자신이 어제 마지막으로 비몽사몽간에 바지니에 관해 떠올린 내용이 무엇이었는지 꼭 알고 싶었지만 거기까지 기억해낼 수는 없었다.

남아 있는 것은 성탄절 시즌이면 집 안에 감도는 것 같은 온화한 분위기뿐이었다. 아이들은 이때가 되면 가끔씩 틈 사이로 불빛이 새어 나오는, 비밀에 가득 찬 문 뒤에 아직 선물이 감춰져 있긴 하지만 이미 그것이 준비되어 있다는 것을 안다.

퇴를레스는 저녁 때 교실에 남아 있었다. 바이네베르크와 라이팅은 어디론가 자취를 감췄다. 아마도 다락 창고로 간 것 같았다. 바지니는 앞쪽에 있는 자기 자리에 앉아 머리를 두 손에 괸 채 책을 보고 있었다.

퇴를레스는 이미 사둔 공책을 펴고, 펜과 잉크를 가지런히 정리했다. 그러고 나서 약간 망설인 후 첫장에 다음과 같이 적었다. "De natura hominum."[4] 그는 철학적 대상에는 당연히 라틴어 제목을 붙여야 한다고 생각했던 것이다. 그리고 제목 주위에 멋들어지게 커다란 소용돌이무늬를 그린 후 의자 뒤로 몸을 기댄 채 마를 때까지 기다렸다.

그런데 잉크가 진작 말랐는데도 그는 오랫동안 펜을 들지 못하고 있었다. 뭔가가 그를 꼼짝 못하게 붙들고 있었던 것이다. 그것은 커다란 뜨거운 램프나 사람들의 무리에서 나오는 동물적 열기가 내뿜는 최면술의 분위기였다. 그는 언제나 이런 상태에 예민했다. 그의 경우 극도의 정신적 예민함을 동반한 육체적 고열증세에 이

---

4 '인간의 본성에 관해'라는 뜻.

르는 일까지도 있었기 때문이다. 오늘 역시 그랬다. 그는 자신이 기록하려고 하는 내용을 낮에 이미 정리해두었다. 보체나의 집에서 저녁에 있었던 경험으로부터 최근 들어 자신에게 나타난 모호한 관능성에 이르는 일련의 내용을 말이다. 그는 그 모든 것이 정리되고 사실 하나하나가 기록된다면, 수백개의 교차하는 곡선으로 되어 있는 혼란스러운 그림으로부터 전체를 포괄하는 하나의 선으로 된 형태가 드러나는 것처럼, 자신에 대해 올바르고 오성적인 동시에 법칙에 맞는 이해도 생겨날 것이라는 소망을 가졌다. 그 이상을 원하는 것은 아니었다. 하지만 지금까지 그는, 그물을 챌 때 물고기가 많이 잡혔다는 것을 느끼면서도, 아무리 애를 써도 그것을 밖으로 끌어내지 못하는 어부 같은 신세였다.

하지만 퇴를레스는 결국 쓰기 시작했다——그렇지만 성급했고, 더 이상 형식에는 신경 쓰지 못했다. 그는 이렇게 썼다. "나는 내 안에서 뭔가를 느끼고 있다. 그런데 그것이 뭔지 잘 모르겠다." 하지만 그는 재빨리 줄을 그어 지우고, 대신 이렇게 썼다. "나는 병든 것이 틀림없다——정신착란이란 병에!" 그때 어떤 전율 같은 것이 엄습했다. 이 단어가 기분 좋은 격정을 불러일으켰기 때문이다. "정신착란——그렇지 않다면, 다른 사람들에게 일상적으로 나타나는 것들이 나에게 기이한 느낌을 갖게 한다는 사실이 도대체 무엇을 의미한단 말인가? 이 기이함이 나를 괴롭히며, 이 기이함이 내게 음탕한 느낌을"——그는 의도적으로 성경적인 뉘앙스를 풍기는 이 단어를 골랐다. 왜냐하면 한결 음침하고 의미심장하다고 생각됐기 때문이다——"불러일으킨다는 사실이 말이다. 나는 어떤 청소년이나 내 학교친구들보다 일찍 그것에 직면했다……" 하지만 그는 여기서 말문이 막혔다. '이게 대체 사실일까?' 그는 생각했다. '예를 들어 보체나 집에서 이미 이상했어. 그러면 그게 대체 언제 시작된 걸까? ……상관없어, 어쨌거나 언제부턴가는.' 그는 그렇게 생각했다. 하지만 앞에 쓴 문장을 완결 짓지 않은 채 그냥 두었다.

"내게 기이한 느낌을 갖게 하는 것들은 무엇인가? 가장 눈에 띄지 않는 것들. 대개는 생명이 없는 것들. 그것들의 어떤 점이 내게 기이한 느낌을 갖게 하는 걸까? 내가 알지 못하는 어떤 것. 그런데 바로 그러한 점이다! 대체 난 어디서 이 '어떤 것'을 받아들이고 있단 말인가! 난 그것의 존재를 느낀다. 그것은 내게 영향을 끼친다, 말을 전하려는 듯한 태도를 취함으로써. 나는 사지가 마비된 사람의 비뚤어진 입을 보고 그 말이 무엇인지 읽어내야 하는데 그것을 완수하지 못하고 있는 사람처럼 조바심을 내고 있다. 내가 마치 다른 사람들보다 하나의 감각을 더 가지고 있는데, 그 감각이란 것이 제대로 발달되지 않아서, 존재한다는 사실을 드러내기는 하면서도 제대로 작동하지 않는 그런 감각을 가진 사람처럼 말이다. 내게 세상은 소리 없는 목소리들로 가득 차 있다. 그렇다면 난 예언자나 환각에 사로잡힌 사람인가?

하지만 생명 없는 존재만이 내게 그런 식으로 작용하는 것은 아니다. 그렇다, 사람들도 그러한데, 그들은 나를 훨씬 더 깊은 의혹 속에 빠뜨린다. 나는 어떤 특정한 시기까지는 사람들이 자신들을 보고 있는 방식대로 그들을 바라보았다. 예를 들면 바이네베르크와 라이팅 — 그들은 자신들의 아주 평범한 숨겨진 다락방을 갖고 있다. 왜냐하면 그런 도피처를 갖는 것이 그들에게 재미있기 때문이다. 그들은 누군가에게 화가 나 있기 때문에 어떤 일을 하고, 어떤 일은 다른 누군가가 친구들에게 영향을 끼치지 못하도록 하기 위해 한다. 그 모든 것이, 이해할 수 있는 분명한 이유들이다. 하지만 지금 그들은 때때로 내 꿈속에 등장하는 인물인 것처럼 생각된다. 그들의 말이나 행동뿐만이 아니다. 그렇다, 생명 없는 존재들이 그런 것처럼, 그들 주위에 그들의 몸과 가까이 연결돼 있는 모든 것이 때때로 내게 영향을 끼친다. 그런데도 나는 그것과 나란히, 계속해서 그들이 전처럼 말하는 것을 들으며, 그들의 행동과 말이 여전히 정확히 똑같은 형식에 따라 서로 연결되어 있는 것을 보고 있고, ……그것은 전혀 이상한 일이 진행되고 있는 것이 아니라는 점을 끊임없이 내게 가르치려고 하는데, 반면에 내 안에서는 뭔가가 역시 끊임없이 그것에 저항하고 있다. 내가 정확히 기억하고 있다면, 이런 변화가 시작된 것은 바지니의……"

여기서 퇴를레스는 자기도 모르게 바지니 쪽을 건너다보았다.

바지니는 여전히 턱을 괴고 책을 보고 있었는데, 공부를 하는 것처럼 보였다. 그가 그렇게 앉아 있는 것을 보자 퇴를레스의 생각이 잦아들었고, 자신이 방금 기록해놓은 매혹적인 고통들이 다시 시작되는 것을 느끼게 되었다. 왜냐하면 좌우의 그 누구와 전혀 다를 바 없이 바지니가 그의 앞에 얼마나 편안하고 천진하게 앉아 있는지가 그에게 의식된 동시에, 바지니가 겪은 굴욕이 생생하게 떠올랐기 때문이다. 그에게 생생하게 떠올랐다는 것—그것이 의미하는 바는, 그가 도덕적 성찰 이후에 따라오는 일정 정도의 거만함을 가지고, 모든 사람의 내면에는 굴욕을 참아낸 후 가능한 한 빨리, 적어도 겉으로는 아무렇지도 않은 척하려는 경향이 있다는 생각을 했다는 뜻이 아니다. 별안간 그의 내면에서 미친 듯이 돌아가는 움직임 같은 것이 생겨서는, 순식간에 바지니의 모습을 믿을 수 없을 정도로 구겨버렸다가, 다시 전에 본 적 없던 일그러진 모습으로 해체해서, 그걸 보는 그 자신이 현기증을 느꼈다는 뜻이었다. 물론 이것은 그가 나중에야 생각해낸 비유였다. 당장 그 순간에 가졌던 느낌이란 오로지, 그의 내면에서 광폭한 팽이 같은 것이 옥죄인 가슴으로부터 머리까지 빙빙 돌며 올라가는 듯한 현기증 같은 느낌이었다. 그 사이사이로 다양한 시기에 바지니에게서 받은 느낌들이, 흩날리는 물감방울처럼 튀어 들어왔다.

사실 그것은 늘상 동일한 감정일 뿐이었다. 그런데 한걸음 더 나아가면 도대체 감정이라고 할 수 없는 것이었고, 땅속 깊은 곳의 지진 같은 것으로서, 느낄 만한 파동을 일으키진 않지만 그 앞에서는 온 영혼이 숨죽인 채 강력하게 떠는 탓에, 가장 격렬한 감정의 파동조차도 그 옆에서는 표면에 이는 하찮은 잔물결처럼 보였다.

그럼에도 이런 하나의 감정이 다양한 시기에 다양한 모습으로 그에게 의식되었다면, 그가 모든 신체기관을 뒤덮는 이 큰 파도를 해석하기 위해 그 가운데 자신의 감각들로 낙하하는 이미지들만을 활용할 수 있었기 때문이었다 ─ 그것은 한없이 어스름 속으로 뻗어나가는 해일로부터 떨어져 나온 단지 일부만이, 반짝반짝 빛나는 어느 해변의 바위에 부딪쳐 공중으로 솟구쳐 올랐다가 곧바로 빛의 영역에서 벗어나 무기력하게 가라앉는 것 같았다.

따라서 이런 인상들은 한결같지 않았고, 자꾸 바뀌었으며, 우연한 것이라는 인식을 동반하고 있었다. 퇴를레스는 인상들을 붙잡아둘 수가 없었다. 왜냐하면 더 자세하게 들여다볼 때면, 대표자 격이라고 할 수 있는 표면에 있는 것들이 자신들이 대표한다고 내세우는, 드러나지 않은 저 어둡고 크나큰 덩어리의 무게에 도저히 필적하지 못한다는 사실을 느꼈기 때문이다.

그는 어떤 식으로든 바지니가 생동감 있는 포즈를 취하거나 입체적인 육체로 표현된 것을 '본' 적이 없으며, 한번도 실제적으로 눈앞에 떠올려본 적이 없었다. 언제나 눈앞에 떠올린 것의 허상일 뿐이거나 일정 정도는 단지 그의 환영들의 환영일 뿐이었다. 그의 내면에서는 어떤 이미지가 비밀에 가득한 평면 위를 금방 휙 스쳐 지나가는 것 같아서, 그는 이런 일이 일어나는 순간에도 정황을 붙드는 일에 성공한 적이 없었기 때문이다. 그런 탓에 그의 내면에는 늘상 쉴 새 없는 불안이 자리잡고 있었는데, 마치 영사기 앞에서 전체적인 환영 외에 우리가 받아들이는 이미지 뒤에 ──그 자체로 볼 때 완전히 다른── 수많은 이미지들이 스쳐 지나간다는 어렴풋한 인식에서 벗어날 수 없는 경우에 느끼는 불안 같은 것이었다.

하지만 이런 식으로 환상을 불러일으키는 ──그래도 정말 환상을 불러일으키기에는 항상 측정할 수 없을 정도로 조금 모자라는── 힘을 도대체 그의 내면 어디에서 찾을 수 있는지 그는 알지 못했다. 다만 그 힘이 자기 영혼의 수수께끼 같은 속성, 침묵하며 묻고 있는 수백개의 눈뿐만 아니라 생명 없는 물건들과 단순한 사물들에 의해서도 사로잡혀버리고 마는 자신의 속성과 연관되어 있다는 사실을 어렴풋이 짐작할 뿐이었다.

이런 식으로 퇴를레스는 꼼짝하지 않은 채 조용히 앉아 쉬지 않고 바지니 쪽을 건너다보았고, 내면의 미친 듯한 소용돌이에 완전히 사로잡혀 있었다. 소용돌이 속에서는 계속해서 한가지 질문이 솟아올랐다. 내가 가진 것은 대체 어떤 종류의 특별한 속성일까? 시간이 흐르면서 그는 더 이상 바지니를 보지 않았고, 뜨겁게 타오르는 램프도 보지 않았으며, 주위의 동물적 열기도 느끼지 못했고, 비록 속삭이는 소리긴 했어도 다수의 사람들이 내는 웅웅거리는 소리 역시 느끼지 못했다. 이 모든 것이 검게 타오르는 뜨거운 덩어리처럼 그의 주의를 맴돌았다. 그는 오직 귓속에서만 타고 있는 걸 느꼈을 뿐, 손가락 끝은 얼음처럼 차갑게 느껴졌다. 그는 육체적 열병이라기보다는 자신이 아주 좋아하는 정신적 열병 상태에 빠져 있었다. 이런 분위기는 점점 더 고조되었는데, 여기에는 부드러운 흥분도 섞여 있었다. 그는 예전에 이러한 상태에서, 여인의 뜨거운 숨결이 난생처음 그처럼 젊은 영혼을 스쳐 지나갈 때 남기곤 하는 저 기억들에 기꺼이 빠져들었다. 그런데 오늘도 역시 그의 내면에서 나른한 온기가 되살아났다. 그때 하나의 기억이…… 그것은 언젠가 여행 중의 일로…… 이딸리아의 어느 소도시에서였다…… 퇴를레스는 부모님과 극장에서 멀지 않은 숙소에 머물고 있었다. 극장에서는 매일 저녁 같은 오페라를 공연하고 있었고, 그런 탓에 그는 흘러나오는 모든 대사와 곡조를 들었다. 하지만 그는 이딸리아 어를 알지 못했다. 그럼에도 매일 밤 열린 창가에 앉아 귀를 기울였다. 그리고 이런 식으로 보지도 못한 채 어떤 여배우를 사랑하게 되었다. 그가 그때처럼 극장에 사로잡힌 적은 없었다. 그는 열정적인 멜로디를 커다란 검은 새들의 날갯짓처럼 느꼈고, 새들이 날아가면서 그의 영혼에 남겨놓은 궤적을 느낄 수 있을 것 같았다. 그가 듣고 있는 것은 더 이상 어떤 인간적인 열정이 아니었다. 아니, 그것은 너무나도 일상적인 좁은 새장에서 빠져나오듯, 인간에게서 달아나는 열정이었다. 이런 흥분 상태에서 그는 저쪽 건너편에서 — 모습을 보이지 않고 — 그처럼 열정을 불러일으키는 사람들을 전혀 떠올릴 수 없었다. 그들의 모습을 떠올리려 하면, 순간 그의 눈앞에 검은 불길이 솟아오르거나, 어둠속에서 인간들의 몸이 자라나고 그들의 눈이 깊은 우물의 수면처럼 빛나는 듯한 전대미문의 거대한 공간들이 나타났다. 이 어두운 불길, 어둠속의 이 눈들, 새들의 이 검은 날갯짓을, 당시에 그는 자신이 알지 못하는 저 여배우의 이름과 결부시켜 사랑했다.

그런데 그 오페라를 만든 건 누굴까? 그는 알지 못했다. 그 대본은 어쩌면 진부하고 감상적인 연애소설이었는지도 모른다. 소설작가는 자신의 소설에 곡을 붙임으로써 다른 것이 되었다는 것을 느꼈을까?

어떤 생각이 퇴를레스의 온몸을 짓눌렀다. 어른들도 그럴까? 세상이 그런 것일까? 우리보다 강하고, 더 크고, 더 아름답고, 더 열정적이며, 더 어두운 어떤 것이 우리 안에 존재한다는 것은 일반적인 법칙일까? 그것에 대해 우리가 행사할 수 있는 힘이 너무 미약해서, 우리는 그저 수많은 씨앗을 되는 대로 뿌리는 수밖엔 없는 것일까? 그중 하나에서 갑자기 검은 불꽃처럼 싹이 돋아나 우리보다 훨씬 크게 자라날 때까지……? 그러자 온몸의 신경 마디마디에서 조급하게 그렇다는 대답이 진동했다.

퇴를레스는 반짝이는 눈으로 주위를 둘러보았다. 램프와 열기와 빛과 부지런한 사람들이 여전히 거기 있었다. 하지만 자신이 그 모든 존재들 가운데 선택된 사람인 것 같은 생각이 들었다. 그는 그 모습을 천상의 얼굴을 한 성자로 떠올렸는데 ── 위대한 예술가들의 영감 같은 것이 그에겐 없었기 때문이다.

그는 두려움의 속도로 빠르게 펜을 잡고는, 자신이 발견한 사실에 대해 몇줄을 써내려갔다. 다시 한번 내면에서 빛 같은 것이 번쩍이는 것 같았고 ── 이어서 잿빛을 내는 비가 그의 눈 위로 쏟아졌다. 그러자 정신 속에서 찬란하게 빛나던 광채가 꺼져버렸다.

그러나 칸트와 관련된 에피소드는 거의 완전히 극복되었다. 퇴를레스는 낮 동안 그 생각을 전혀 하지 않았다. 자신의 수수께끼에 대한 해답에 혼자 힘으로 이미 가까워졌다는 확신이 내면에 너무 생생해서, 다른 사람이 가는 길까지 신경 쓸 겨를이 없었다. 지난 밤 이후로 그는 건너편으로 인도하는 문의 손잡이를 이미 손에 쥐고 있다고 느꼈는데, 단지 손에서 놓쳤을 뿐이라는 생각이 들었다. 하지만 철학책에서 도움을 받는 것은 포기해야 한다는 사실을 알았고, 그 책들에 대한 진정한 신뢰도 갖고 있지 않았기 때문에, 손잡이를 어떻게 다시 손에 넣을지 몰라 상당히 난감하게 서 있었다. 그는 몇번인가 자신의 수기를 이어서 써보려고 시도했지만, 이미 써놓은 문장들은 죽어 있었고, 오래전부터 알던 짜증스러운 의문부호들만 이어져 있었는데, 흔들리는 촛불이 밝게 비추는 둥근 천장을 바라보는 것처럼 그 의문부호들 사이를 들여다보던 순간은 되살아나지 않았다.

그래서 그는 가능한 한 자주, 자신에게 각별한 저 내용을 간직하고 있는 상황들을 계속 찾아보기로 결심했다. 그런데 그의 시선이 특별히 많이 머문 것은, 관찰당한다고는 생각지도 못하고 무심히 다른 아이들 사이를 돌아다니는 바지니였다. '언젠가는', 퇴를레스는 속으로 생각했다. '되살아나겠지. 그러면 아마 지금까지보다 더 생생하고 분명해질 거야.' 그리고 그는, 그런 것들 앞에서 사람들은 그저 어떤 어두운 공간 안에 있는 것과 마찬가지라는 생각, 그런데 손가락 아래의 정확한 지점을 놓쳤을 경우, 닥치는 대로 계속해서 어두운 벽들을 더듬어나가는 수밖에 다른 도리가 없다는 생각을 하면서 마음이 아주 편안해졌다.

하지만 밤만 되면 이런 생각은 조금 빛이 바랬다. 선생님이 자신에게 보여준 책에서, 그래도 혹시 그 안에 있었을 법한 설명을 찾아보려던 원래 계획을 자신이 슬쩍 피해간 것에 대한 일말의 부끄러움이 덮쳐왔던 것이다. 그러면 그는 조용히 누운 채 바지니 쪽에 귀를 기울였는데, 치욕을 당한 그의 몸은 다른 아이들과 똑같이 평화롭게 숨을 쉬고 있었다. 그는 매복 장소에 있는 사냥꾼처럼, 기다린 시간에 대한 대가가 그래도 있으리라는 기대감으로 조용히 누워 있었다. 하지만 그 책에 대한 생각이 떠오르자, 의심이 작은 이빨로 평온함을 갉아대는 것 같았다. 자신이 쓸데없는 짓을 하고 있다는 예감과 고통스러운 패배에 대한 망설이는 고백이.

불확실한 느낌이 자리를 잡자마자, 그의 주의력은 과학실험의 진행을 지켜볼 때 가지는 즐거움을 상실했다. 그러자 바지니에게서 육체적인 영향력이 흘러나오는 것 같았다. 그것은 어떤 여인 곁에서 잠을 자고 있고, 언제라도 그 여인이 덮은 이불을 벗겨버릴 수 있을 때 느끼는 유혹과 같았다. 손을 뻗기만 하면 된다는 의식에서 나오는, 뇌 속의 간지러움 같은 것이었다. 그것은 젊은 연인들로 하여금 감각적 욕구를 훌쩍 뛰어넘어 자주 무절제함으로 몰고 가는 어떤 것이었다.

칸트나 그의 교사 그리고 학업을 마친 모든 사람이 아는 것을 자신이 다 알고 있다면, 자신의 시도가 아마 스스로에게 우스꽝스럽게 보일 것임에 틀림없다는 생각이 떠오를 때 그가 느끼는 격렬함의 정도에 따라, 즉 이런 동요의 강도에 따라 관능적 충동도 약해지거나 강해졌으며, 모두 고요하게 잠들어 있음에도 그 충동은 그가 두 눈을 뜨겁게 뜨고 있도록 만들었다. 게다가 충동은 때로 내면에서 너무나도 강렬하게 타올라 다른 모든 생각을 질식시켰다. 이런 순간에 그가 반쯤은 자발적으로, 반쯤은 절망한 채 충동의 속삭임에 몸을 맡길 때면, 다른 모든 사람에게 벌어지는 일이 그에게 벌어졌다. 일반적으로 사람들은 균형 잡힌 자의식을 뒤흔드는 어떤 실패를 겪었을 때만큼 격렬하고 무절제하게, 음탕한 의도로 영혼을 갈기갈기 찢는 관능으로 향하는 때는 없는 것이다 ―

자정이 넘어서 그가 마침내 뒤숭숭한 잠에 빠져 있을 때, 그의 느낌에 몇번인가 라이팅이나 바이네베르크의 침대 근처에서 누군가가 일어나 외투를 들고 바지니에게 가는 것 같았다. 그러고 나서 그들은 공동 침실에서 나갔다······ ······하지만 역시 일종의 상상이었을 수도 있었다 ―

이틀간의 공휴일이 왔다. 공휴일이 월요일과 화요일이었기 때문에, 교장은 학생들에게 토요일부터 자유시간을 주었고, 그래서 나흘간의 휴가가 생겼다. 하지만 퇴를레스가 집까지 먼 여행을 하기에는 너무 짧았다. 그는 적어도 부모님이 자기를 방문해주었으면 하고 바랐지만, 아버지는 관청의 긴급한 용무 때문에 꼼짝할 수가 없었고, 어머니는 몸이 안 좋아서 혼자 힘든 여행을 감당할 상황이 아니었다.

부모님이 갈 수 없다며 여러모로 다정한 위로를 덧붙여 보낸 편지를 받았을 때, 비로소 퇴를레스는 차라리 자신에게 아주 잘된 일이라고 느꼈다. 만약 그가 지금 같은 시점에 부모님을 맞닥뜨려야 했다면 ─ 적어도 그는 아주 당혹스러워 했거나 ─ 방해나 다름없다고 느꼈을 것이다.

많은 학생이 가까운 별장으로 초대를 받았다. 부모님이 이 소도시에서 마차로 하루거리에 있는 곳에 아름다운 농장을 소유하고 있는 주슈 역시 휴가를 떠났고, 바이네베르크, 라이팅, 호프마이어가 그를 따라갔다. 바지니도 주슈의 초대를 받았지만, 라이팅이 바지니에게 초대를 거절하라고 압력을 넣었다. 퇴를레스는 그래도 혹시 부모님이 오실지 모른다는 핑계를 댔다. 그는 아무렇지 않은 듯 즐겁게 파티나 놀이에 참가할 기분이 전혀 아니었다.

토요일 정오경이 되자 커다란 건물엔 벌써 침묵이 흘렀고 거의 텅 빈 상태가 되었다.

퇴를레스가 복도를 걸어갈 때면 한쪽 끝에서 다른 쪽 끝까지 발소리가 울려 퍼졌다. 그에게 신경 쓰는 사람은 아무도 없었는데, 대부분의 교사들도 사냥을 나갔거나 어디론가 떠났기 때문이다. 이제 황량한 식당 옆에 있는 작은 방에서 제공되는 식사시간이나 돼야, 남아 있는 몇 안되는 학생들이 서로 만났다. 식사가 끝나면 그들의 발소리가 복도와 방들 끝까지 다시 흩어져갔고, 건물의 침묵이 곧바로 소리를 삼켜버렸다. 이들은 식사시간 사이사이에 지하실이나 다락방에 있는 거미나 지네보다도 관심을 못 받는 생활을 해나갔다.

퇴를레스의 반에서는 병실에 누워 있는 몇명을 제외하면, 그와 바지니만 남아 있었다. 라이팅이 떠날 때 퇴를레스는 바지니와 관련된 몇마디 은밀한 말을 주고받았다. 라이팅은 바지니가 이 기회를 틈타 어떤 선생에게 보호를 요청할지도 모른다는 걱정을 하고 있었던 것이다. 그래서 그는 퇴를레스에게 바지니를 잘 감시하라고 단단히 일러두었다.

하지만 퇴를레스가 바지니에게 주의를 기울이게 하는 문제라면, 그런 다짐은 전혀 필요가 없었다.

떠나가는 마차와 짐을 운반하는 하인들 그리고 농담을 하며 서로 작별인사를 나누는 학생들이 일으키는 소란이 건물에서 사라지자마자, 바지니와 단둘이 되었다는 의식이 거리낌 없이 퇴를레스를 사로잡았다.

첫번째 점심식사가 끝난 후였다. 바지니가 앞에 있는 자기 자리에 앉아 편지를 쓰고 있었다. 퇴를레스는 방 맨 뒤에 있는 구석자리에 앉아 책을 읽으려 했다.

그것은 오랜만에 다시 쥐게 된 저 문제의 책이었는데, 퇴를레스는 이 상황을 다음과 같이 꼼꼼하게 미리 짜두었다. 앞에는 바지니가 앉아 있고, 그는 뒤에서 두 눈을 바지니에게 고정시킨 채 그를 뚫어져라 바라보며 책을 읽으려고 했던 것이다. 한 페이지를 읽을 때마다 한층 더 깊이 바지니에게 빠져들어가면서 말이다. 꼭 그런 식이어야만 했다. 그런 식으로 그는, 생생하고, 복잡하며, 의문에 가득 찬 삶을 손에서 놓치지 않은 채 진리를 찾아내야만 했다……

하지만 그렇게 되지는 않았다. 그가 너무 세심하게 미리 계획을 짜두면 언제나 그랬듯이 말이다. 갑작스럽게 일어나는 일이 너무 없어서, 분위기는 어떤 질기고 걸쭉한 지루함으로 재빨리 마비되어갔고, 너무 의도적으로 계속된 모든 새로운 시도들에 불쾌하게 들러붙었다.

퇴를레스는 화를 내며 책을 바닥에 집어던졌다. 바지니가 놀라서 돌아보았지만, 곧 다시 급하게 편지를 써내려갔다.

그런 식으로 시간이 기어가듯 흘러 해 질 녘이 되었다. 퇴를레스는 아주 둔감하게 앉아 있었다. 윙윙거리고 웅얼대는 어슴푸레한 전체적 인상 속에서 유일하게 그의 의식 속으로 파고든 것은, 자신의 회중시계가 째깍거리는 소리였다. 그 소리는 시간의 둔한 몸 뒤를 자그마한 꼬리처럼 흔들리며 뒤따라가고 있었다. 방 안은 어두 침침했다…… 바지니는 아까부터 이미 글씨를 쓸 수 없는 상황이 었다…… '아, 아마도 녀석이 불을 켤 엄두를 못 내고 있나보군.' 퇴 를레스는 이렇게 생각했다. 하지만 녀석이 대체 아직도 자리에 앉 아 있기는 한 걸까? 퇴를레스는 황량하고 어두운 바깥 풍경을 내 다보고 있었기 때문에, 그의 눈은 먼저 방 안의 어둠에 익숙해져야 했다. 아직 있군. 저기, 움직임이 없는 그림자, 저게 녀석일 거야.

'아' 하고 그는 한숨을 쉬기까지 했다 ── 한번, ……두번, ……아 니면 자고 있는 걸까?

하인 한명이 와서는 램프에 불을 켰다. 바지니는 일어나서 눈을 비볐다. 그러고는 서랍에서 책을 한권 꺼내서 공부를 하려는 눈치 였다.

퇴를레스는 그에게 말을 걸고 싶어 입술이 탔다. 하지만 그걸 피 하기 위해 서둘러 방에서 나왔다.

퇴를레스는 밤 중에 하마터면 바지니를 덮칠 뻔했다. 생각 없이 멍하게 보낸 낮 동안의 고통 뒤에 내면에서 격렬한 관능이 눈을 뜬 것이다. 다행스럽게도 마침 제때에 잠이 그를 구해주었다.

다음날이 지나갔다. 어제처럼 아무 일도 없는 적막감이 감도는 하루였다. 침묵이 — 기대감이 퇴를레스를 과도하게 자극했고 — 끊임없이 주의를 기울인 탓에 모든 정신력이 소진되어, 그는 아무 생각도 할 수 없었다.

녹초가 되어 실망한 채, 엄청난 회의감이 들 정도로 자신에 대한 불만에 차서 그는 일찌감치 잠자리에 들었다.

이미 오래전에 뒤숭숭하고 열에 들뜬 선잠에 빠진 상태였던 그는, 바지니가 오는 소리를 들었다.

꼼짝도 하지 않은 채, 그는 자신의 침대 옆을 지나가는 검은 형상을 눈으로만 좇았다. 그리고 옷을 벗을 때 나는 소리를 들었다.

몸에 이불을 덮는 바스락 소리도 들려왔다.

퇴를레스는 숨을 참았지만, 더 이상 아무 소리도 들을 수 없었다. 그는 바지니가 잠을 못 이룬 채 자기처럼 긴장해서 어둠 너머로 귀를 기울이고 있다는 느낌을 떨칠 수 없었다.

그렇게 십오분, 또 십오분이 ── 몇 시간이 흘러갔다. 여기저기서 침대에 눕힌 몸을 뒤척이는 작은 소리가 간간이 들려올 뿐이었다.

퇴를레스는 잠을 이루지 못하게 만드는 기이한 상태에 빠져 있었다. 어제 그의 몸을 달궜던 것은, 상상력이 만들어낸 관능적인 이미지들이었다. 마지막에 가서야 이미지들은 바지니 쪽으로 방향을 틀었는데, 마치 그것들을 지워버리려는 잠이라는 녀석의 가차 없는 손아귀로부터 마지막 용트림을 하는 듯했고, 지금 퇴를레스에겐 그것에 대한 아주 희미한 기억만이 남아 있었다. 하지만 오늘은 처음부터 자리에서 일어나 바지니에게로 건너가려는 충동적인 욕구 외엔 존재하지 않았다. 바지니가 깨어 있는 상태에서 자기 쪽으로 귀를 기울이고 있다는 느낌을 갖고 있는 동안엔, 그는 그 욕구를 간신히 참아냈다. 그런데 바지니가 이미 잠든 것 같은 지금, 사냥감을 덮치듯 자는 녀석을 덮치고자 하는 잔인한 욕정이 비로소 본격적으로 자리를 잡았다.

퇴를레스는 벌써 모든 근육이, 몸을 일으켜 침대에서 빠져나가려고 꿈틀거리는 것을 느꼈다. 하지만 그럼에도 아직 몸이 움직이려 하지 않는 상태를 극복해낼 수 없었다.

'녀석에게 가서 대체 뭘 하겠다는 거지?' 그는 두려움을 느끼며 거의 소리가 들릴 정도로 스스로에게 물었다. 그리고 자기 내면의 잔인함과 관능성이 제대로 된 목표를 전혀 가지고 있지 않다는 사실을 인정하지 않을 수 없었다. 만약 그가 정말로 바지니를 덮쳤다면 아마 당황했을 것이다. 그러면 녀석을 때리려고 했던 것은 아니었을까? 당치도 않은 일이다! 그렇다면 그의 성적 흥분이 어떤 식으로 녀석에게서 만족을 얻을 수 있단 말인가? 그는 소년들이 벌이는 갖가지 사소한 불장난에 생각이 미치자 자기도 모르게 혐오감을 느꼈다. 스스로를 다른 사람 앞에 그렇게 적나라하게 내보인다고? 절대 안되지……!

하지만 혐오감이 커질수록 바지니에게로 건너가려는 충동 역시 강해졌다. 결국, 그런 일을 감행하는 것이 어리석은 일이라는 생각이 꽉 차 있긴 했지만, 어떤 분명한 육체적 강요에 의해 그는 밧줄로 묶인 채 침대에서 끌려 나오는 것 같았다. 머릿속에서 모든 이미지들이 빠져나가고, 이제 잠을 청하는 것이 아마 제일인 것 같다고 쉴 새 없이 자신에게 말하는 동시에, 그는 기계적으로 침상에서 몸을 일으켰다. 아주 천천히 ─ 그는 어떤 식으로 심적 강제가 어렵사리 한걸음씩 저항을 물리치며 입지를 넓혀가는지 똑똑히 느꼈다 ─ 몸을 일으켰다. 처음엔 한쪽 팔을, ……그다음엔 상체를 일으켰고, 이불 밑의 한쪽 무릎을 밖으로 밀어냈다…… 그리고 …… 하지만 그는 갑자기 서둘러 맨발로 발끝을 세운 채 바지니에게로 가서, 그의 침대 가장자리에 앉았다.

바지니는 자고 있었다.

그는 기분 좋은 꿈을 꾸고 있는 것처럼 보였다.

퇴를레스는 아직도 여전히 자기가 하는 행동에 자신이 없었다. 잠시 조용히 앉아서 자고 있는 바지니의 얼굴을 뚫어지게 바라보았다. 우리가 균형을 잃거나 넘어질 때, 혹은 어떤 물건을 누군가 우리 손에서 빼앗을 때면 하게 되는 생각들, 즉 단지 상황을 파악하기 위한 순간적이고 토막토막 끊어진 생각들이 머릿속을 움찔거리며 지나갔다. 그렇게 그는 깊이 따져볼 새도 없이 바지니의 어깨를 잡아 흔들어 깨웠다.

잠들어 있던 친구는 몇번 느긋하게 기지개를 켜더니, 일어나서 잠이 덜 깬 눈으로 퇴를레스를 쳐다보았다.

퇴를레스는 놀라움을 금치 못했다. 그는 완전히 당황했다. 자신이 무슨 행동을 하고 있는지 처음으로 의식한 그는, 이제 뭘 해야 할지 몰랐다. 끔찍하게 부끄러웠다. 그의 심장은 귀에 들릴 정도로 고동쳤다. 설명하기 위한 몇마디 말과 변명이 그의 혀 위에서 서로 복작댔다. 그는 바지니가 성냥을 가지고 있는지, 혹시 지금 몇시나 됐는지 말해줄 수 있는지 물으려 했다고 둘러댔다……

바지니는 여전히 이해하지 못하겠다는 표정으로 그를 빤히 바라보았다.

퇴를레스는 한마디도 하지 못한 채 재빨리 손을 거둬들였고, 침대에서 미끄러져 내려와 자기 침대로 소리 없이 돌아가려고 했다─그때 바지니가 상황을 파악한 듯 단번에 몸을 일으켜 세웠다.

퇴를레스는 엉거주춤 침대 끝에 멈춰 섰다. 바지니가 다시 한번 묻는 듯한, 탐색하는 듯한 시선으로 그를 바라보았고, 완전히 침대에서 내려와 외투를 걸치고 실내화를 신더니 질질 끄는 발걸음으로 앞서 걸었다.

이런 일이 처음 벌어지는 것이 아니라는 사실이 단박에 퇴를레스에게 분명해졌다.

그는 지나가면서 자기 베개 밑에 숨겨놓았던 창고방의 열쇠를 챙겼다─

바지니는 곧바로 다락방으로 앞서 갔다. 그 길은 지난번까지만 해도 바지니에게 알려주지 않은 길이었는데, 그사이에 훤히 알게 된 모양이었다. 퇴를레스가 상자에 올라설 때 그는 그것을 꽉 잡아주었고, 훈련을 잘 받은 하인처럼 신중한 동작으로 조심스럽게 무대장치들을 옆으로 치웠다.

퇴를레스가 잠긴 문을 열었고, 둘은 안으로 들어갔다. 그는 바지니에게 등을 돌리고 서서 작은 램프에 불을 붙였다.

그가 돌아섰을 때 바지니는 발가벗은 몸으로 그의 앞에 서 있었다.

자기도 모르게 퇴를레스는 한발짝 물러섰다. 피처럼 빨간 벽을 배경으로 눈처럼 하얀 벌거벗은 몸을 갑자기 보게 되자 눈이 부시고 당황스러웠다. 바지니의 몸매는 아름다웠다. 그의 몸엔 남자의 체격이라고 할 만한 것이 거의 없었고, 어린 소녀처럼 순결하고 가녀린 몸매만이 있었다. 그런 탓에 퇴를레스는 벌거벗은 모습이 뜨거운 하얀 불꽃처럼 신경 속에서 타오르는 것을 느꼈다. 그는 아름다움의 힘에서 벗어날 수가 없었다. 그리고 그때까지 아름다움이 무엇인지 알지 못했다. 그도 그럴 것이 그의 나이에 예술이란 게 무엇이었겠으며, 대체 그에 대해 뭘 알 수 있었겠는가?! 예술이란 자유로운 분위기에서 자란 사람들에게는 일정한 나이에 이르기까지 이해할 수 없고 지루한 법이다!

그런데 이제 예술이 관능이란 길을 거쳐 그에게 다가왔다. 은밀하게, 덮치듯이. 벌거벗은 피부로부터 유혹적인 따스한 숨결이, 부드럽고 음탕한 아양 같은 것이 흘러나왔다. 그런데 반면 거기에는 두 손을 모으게 할 만큼 엄숙하고 압도하는 뭔가가 있었다.

하지만 처음의 놀라움이 사라지자 이것도 저것도 모두 부끄러워졌다. '그래도 앤 남자잖아!' 이 생각이 그를 화나게 했지만, 여자아이라고 해도 다를 게 없을 것 같다는 생각이 들었다.

그는 부끄러운 생각에 바지니에게 호통을 쳤다. "도대체 무슨 생각을 하고 있는 거야?! 너 어서 다시……!"

그러자 그애가 당황한 듯 보였다. 머뭇거리며 눈을 퇴를레스에게서 떼지 않은 채, 외투를 바닥에서 집어 올렸다.

"저기, 앉아! 퇴를레스는 바지니에게 지시했다. 바지니는 그대로 했다. 퇴를레스는 뒷짐을 지고 벽에 기댔다.

"너 왜 옷을 벗은 거야? 나에게서 뭘 원한 거야?"

"그냥 내 생각엔……"

머뭇거림.

"무슨 생각을 했냐니까?"

"다른 애들은……"

"어떤 다른 애들?"

"바이네베르크와 라이팅……"

"바이네베르크와 라이팅이 어쩄다구? 걔네들이 뭘 했는데? 너 나한테 다 털어놔야 해! 난 그랬으면 좋겠어, 알겠니? 물론 다른 애들한테서 이미 듣긴 했지만 말이야." 퇴를레스는 서툴게 거짓말을 하면서 얼굴이 빨개졌다. 바지니는 입술을 깨물었다.

"자, 어서 해?!"

"안돼, 나보고 설명하라고 하진 마! 제발 그러지 마! 네가 원하는 건 뭐든지 다 할 테니까. 하지만 나한테 이야기를 하라고 하진 말아…… 아, 넌 아주 특이한 방식으로 날 괴롭히는구나……!" 증오와 공포 그리고 애원이 바지니의 두 눈에서 교차하고 있었다. 퇴를레스는 의도치 않게 입장을 바꿨다.

"널 괴롭힐 생각은 조금도 없어. 다만 어떻게 해서든 네 입으로 모든 진실을 말하도록 하려는 것뿐이야. 어쩌면 너한테 도움이 될

지도 모르지."

"하지만 난 뭔가 특별히 설명할 만한 짓이라곤 아무것도 안했어."

"그래? 그럼 옷은 대체 왜 벗은 건데?"

"걔네들은 그렇게 하라고 하거든."

"너는 왜 걔들이 요구하는 대로 한 거야? 그러니까 넌 비겁한 거구나? 불쌍할 정도로?"

"아니야, 난 비겁하지 않아! 그런 식으로 말하지 마!"

"그 입 좀 다물어! 네가 걔들이 때리는 걸 두려워한다면, 내 주먹도 그만큼은 두려워하게 될걸!"

"하지만 난 걔들이 때리는 게 무섭진 않아."

"그래? 그러면?"

퇴를레스는 다시 침착하게 말했다. 자신이 야비하게 협박하고 있다는 사실에 이미 화가 났던 것이다. 하지만 그 협박은 자기도 모르게 나간 것이었다. 이유는 오로지, 바지니가 다른 아이들을 대할 때와 달리 자신에게 더 건방지게 구는 것처럼 보였기 때문이다.

"네 말대로 무서워하는 게 아니라면, 넌 대체 왜 그러는 거야?"

"걔네들 말로는, 내가 자기들 말을 잘 들으면, 얼마 있다 날 용서해준대."

"걔네 둘만?"

"아니, 모두가."

"어떻게 그런 약속을 할 수가 있지? 나도 거기 끼어 있는데!"

"그건 자기들이 해결해준댔어!"

이 말이 퇴를레스에게 충격을 안겨줬다. 라이팅이 경우에 따라서 자기에게도 바지니에게 하는 그대로 할지 모른다는 바이네베르크의 말이 떠올랐다. 정말로 그런 음모가 자신을 겨냥한다면 어떤 식으로 대처해야 하는 것일까? 그런 문제에서 그는 두 친구의 상대가 되지 못했다. 그들은 어느정도까지 몰고 갈까? 바지니랑 똑같이……? 그의 내면에 있는 모든 것이 이런 고약한 생각에 저항했다.

그와 바지니 사이에 몇분이 흘러갔다. 그런 종류의 음모를 꾸밀 만한 담력과 끈기가 자신에게는 부족하다는 것을 알고 있었다. 하지만 그 이유는 단지 그런 일에 그다지 관심이 없었기 때문이고, 자신의 모든 인격이 거기에 걸려 있다고 느끼지 못했기 때문이었다. 그는 그런 경우 이제까지 득보다 실이 많았다. 하지만 언젠가 그런 일이 다른 식으로 일어난다면, 전혀 다른 끈기와 용기가 그의 내면에 생겨 있을 것이라고 느꼈다. 다만 모든 것을 걸어야 할 시기가 언제인지 알아야 한다는 것이 문제였다.

"걔들이 너한테 더 자세한 얘기를 했니……? 자기들이 어떻게 생각하고 있는지……? 나에 관해 말이야?"

"더 자세히? 아니. 자기들이 알아서 할 거라고만 했어."

그럼에도 불구하고, ……거기엔 이제 어떤 위험이 도사리고 있었다, ……어딘가에 숨어서…… 퇴를레스를 노리고 있었다…… 어떤 발걸음이 쇠갈고리 같은 함정에 걸릴지 몰랐고, 어떤 밤이 결전의 전야가 될지 몰랐다. 이런 생각에는 엄청난 불확실함이 숨겨져 있었다. 그것은 더 이상 느긋하게 될 대로 되라고 할 일이 아니었고, 수수께끼 같은 얼굴들과 벌이는 유희가 아니었다 — 그것은 사뭇 진지한 일이자, 느낄 수 있는 현실이었다.

대화가 다시 시작되었다.

"그건 그렇고, 걔들은 너한테 무슨 짓을 하는 거야?"

바지니는 입을 다물었다.

"네가 상황을 개선하겠다고 진지하게 마음먹고 있다면, 나한테 모든 걸 털어놔야 해."

"걔들은 내게 옷을 벗게 해."

"그래, 그래, 그건 나도 봤고, ……그리고 나선……?"

잠깐의 시간이 흐른 후, 갑자기 바지니가 말했다.

"여러가지야."

그는 여자처럼 아양을 떠는 어조로 말했다.

"그러니까 넌 걔들의…… 애…… 인인 거야?"

"오, 아니야, 난 걔네들 친구야!"

"그런 소리가 용케도 나오는구나!"

"걔들이 직접 그렇게 말했어."

"뭐라고……?"

"정말이야, 라이팅이 그랬어."

"그래, 라이팅이?"

"그래, 걔는 나한테 정말 친절해. 난 대개 옷을 벗고서 걔한테 역사책의 어떤 대목을 읽어줘야 해. 로마와 그 황제들에 관해서, 보르지아 가문[5]이나, 티무르 칸[6]에 관해서 말이야, ……너도 알잖아, 순전히 피비린내 나는 그런 거창한 사건들. 그러고 나면 라이팅은 나한테 다정하게 굴 정도지."

"그리고 나중에는 보통 개가 날 때려……"

5 1500년경 이딸리아에서 강력한 영향력을 가졌던, 저명하면서도 악명 높은 귀족 가문.
6 1336~1405, 잔인한 것으로 유명했던 몽골의 지배자이자 정복자.

"나중에라니……? ……아, 그후에!"

"그래. 걔 말로는, 자기가 날 때리지 않으면 내가 남자라고 생각할 수밖에 없다는 거야. 그리고 그런 생각이 들면 나한테 그렇게 부드럽고 다정하게 굴 수도 없다. 그런데 그렇게 때림으로써 내가 자기 소유물인 셈이고, 그러니 스스럼없이 대할 수 있다나."

"그러면 바이네베르크는?"

"오, 바이네베르크는 끔찍해. 너도 걔 입에서 냄새가 난다고 생각하지 않니?"

"입 닥쳐! 내가 어떻게 생각하는지는 네가 상관할 바가 아니야! 바이네베르크가 너랑 무슨 짓을 하는지나 말해!"

"그러니까, 라이팅이 하는 그런 식이야, 다만…… 그런데 금방 또 나한테 욕을 하진 마……"

"계속해."

"다만…… 다른 길로 돌아가. 걔는 내 영혼에 관해 먼저 일장 연설을 해. 내가 영혼을 더럽혔는데, 다만 영혼의 앞마당까지만 더러워졌다는 거지. 영혼의 가장 깊숙한 곳과의 관계에서 보면 이건 별거 아닌 피상적인 거래. 다만 깨끗이 제거해야 한다나. 그런 식으로 이미 많은 사람이 죄인에서 성자가 되었대. 그러니까 한층 높은 차원에서 보면, 죄라는 것도 그렇게 나쁜 건 아니라는 거지. 단지, 죄를 끊어버리기 위해서는 죄를 극단까지 밀고 나가야 한다는 거야. 걔는 날 자리에 앉게 하고, 세공된 유리잔을 응시하게 해……"

"너한테 최면을 거는구나?"

"아니, 걔 말로는, 내 영혼의 표면에 떠도는 것들을 모두 잠들게 해서 무력하게 만들어야 한대. 그때서야 비로소 자기가 내 영혼과 직접 소통할 수 있다는 거야."

"그런데 대체 개가 어떻게 네 영혼과 소통한다는 거지?"

"일종의 실험인데, 걔가 성공한 적은 한번도 없어. 걔가 앉아 있으면, 난 걔가 발을 내 몸에 올려놓을 수 있도록 바닥에 누워야 해. 난 유리잔을 보면서 나른하고 졸린 상태가 되어야 하지. 그러고 나면 갑자기 나더러 짖으라고 명령을 해. 어떻게 하는지 자세하게 설명해줘 ─ 작게, 끙끙거리는 것에 가깝게 ─ 개가 잠자면서 짖는 것처럼 하라고 말이야."

"대체 왜?"

"그게 어디에 소용이 있는 건지는 모르겠어. 돼지처럼 꿀꿀대라고 시키기도 하는데, 그러면서 내 안에 돼지의 어떤 측면이 있다고 계속해서 말해. 하지만 나한테 욕을 하기 위해서 그러는 건 아니야. 걔는 아주 나지막하고 다정하게 그 말을 내게 반복하는데 ─ 개 말로는 ─ 내 신경에 단단히 각인시키기 위해서래. 왜냐하면 개 주장은 아마도 내 전생의 존재 중 하나가 그런 것이었고, 그것이 무해하도록 만들기 위해서는 꾀어내야만 한다는 거야."

"그럼 넌 개가 말하는 걸 다 믿는 거야?"

"천만에. 내 생각엔 개도 그걸 믿는 것 같진 않아. 그런데 그러고 나면 마지막에 가서는 항상 완전히 다른 사람이 돼. 난들 어떻게 그런 걸 믿을 수 있겠어? 지금 세상에 대체 누가 영혼 같은 걸 믿어?! 하물며 영혼의 윤회를 믿겠어? 내가 잘못했다는 건 나도 잘 알고 있어. 하지만 난 언제나 그걸 되돌려놓길 원했어. 그렇게 하는 데 이상한 주문이 필요한 건 아니지. 내가 어떻게 해서 그런 잘못을 저지를 수 있었는지에 대해 난 골치 아프게 생각하진 않아. 그런 건 순간적으로 그냥 일어나는 법이니까. 우린 나중에야 뭔가 어리석은 일을 저질렀다는 걸 깨닫게 되지. 바이네베르크가 그 이면에서 어떤 초자연적인 것을 찾는 데 만족감을 느낀다면, 좋을 대로 하라지. 당분간은 걔의 뜻에 따르지 않을 수 없으니까. 다만 날 찌르는 건 그만뒀으면 좋겠어⋯⋯"

"뭐라고?"

"그래, 바늘로 ― 하지만 심하게 하는 건 아니고, 단지 내가 어떤 반응을 보이는지 보려는 거야⋯⋯ 몸의 어떤 부위에 눈여겨볼만한 일이 일어나지 않는지 말이야. 그래도 아픈 건 아픈 거야. 걔 말로는, 의사들은 그런 것에 관해 이해하지 못한대. 걔가 뭘로 그걸 증명하려고 하는지는 이해하지 못했어. 기억나는 건, 그저 걔가 고행승에 관해 많은 얘기를 한다는 사실이야. 그 고행승들은 자신들의 영혼을 바라볼 때, 육체적 고통에 무감각해진대."

"그래, 나도 그런 이론들을 알고 있어. 그런데 넌 이게 전부가 아니라고 했잖아."

"정말로 그래. 내가 말했잖아, 내 생각에 이건 그저 과정일 뿐인 것 같다고. 그다음에 걔는 언제나 몇십분간에 걸쳐 침묵을 지키는데, 무슨 생각을 하는지는 나도 몰라. 그러다가 갑자기 침묵을 깨고 ― 신들린 듯 ― 나한테 이런저런 일을 시키는데, 라이팅보다 훨씬 못되게 굴어."

"그럼 넌 너한테 요구하는 건 다 해?"

"나한테 다른 수가 있겠어? 난 다시 단정한 사람이 되고 싶고, 평온을 되찾고 싶어."

"하지만 그동안 너한테 일어난 일이 전혀 아무렇지도 않은 일일까?"

"그거야 내가 어떻게 할 수 있는 일이 아니잖아."

"정신 바짝 차리고 내 질문에 대답해봐. 어떻게 해서 도둑질을 하게 된 거야?"

"어떻게냐고? 있잖아, 난 돈이 급히 필요했거든. 음식점 주인한테 빚진 게 있었는데, 아무리 사정해도 더 이상 안된다는 거야. 난 며칠 내로 돈이 올 거라고 철석같이 믿고 있었어. 친구들은 아무도 돈을 빌려주려고 하지 않았지. 어떤 애들은 돈이 없었고, 돈을 아껴 쓰는 애들은 그렇지 못한 애가 월말에 곤경에 처하는 걸 보고 재미있어할 뿐이었지. 난 절대 남을 속일 생각은 없었어. 그냥 돈을 남몰래 빌리려 했을 뿐이지……"

"내가 물어본 건 그게 아니야." 바지니가 마음의 짐을 덜며 하는 이야기를 퇴를레스가 조급하게 가로막았다. "내 질문은, 어떻게 해서 — 어떻게 그런 짓을 할 수 있었는지, 어떤 느낌을 가졌는지 하는 거야. 그 순간에 네 마음속에서 어떤 일이 벌어졌니?"

"그러니까, 아무 일도 없었어. 그건 그냥 한순간이었어. 아무 느낌도, 아무 고민도 없었어. 그냥 순간적으로 일어난 거야."

"하지만 처음으로 라이팅과 함께했던 일은? 걔가 처음으로 그런 걸 너한테 요구했을 때는? 무슨 말인지 알지……?"

"아, 불쾌했던 건 사실이야. 명령에 따라 시키는 대로 해야 했으니까. 왜냐하면 대개는…… 생각해 봐. 남들이 몰라서 그렇지, 얼마나 많은 애들이 그런 일을 재미삼아 자발적으로 하는지 말이야. 그런 경우에는 그렇게 나쁜 건 아닐 거야."

"하지만 넌 그걸 명령에 따라 했잖아. 넌 스스로를 모독한 거야. 남이 원한다고 똥밭이라도 기어갈 것처럼 말이야."

"그건 나도 인정해. 하지만 어쩔 수가 없었어."

"아니, 꼭 그래야만 했던 건 아니야."

"걔들은 날 때렸을 거구, 일러바쳤을 거야. 모든 수모를 감당해야 했겠지."

"뭐, 네가 그렇게 생각한다면. 그 문제는 덮어두자. 난 네게서 좀 다른 걸 알고 싶어. 잘 들어. 난 네가 보체나에게 많은 돈을 썼다는 걸 알고 있어. 넌 그 여자 앞에서 허풍을 떨고, 뻐기며 남자다움을 자랑했어. 말하자면 남자라는 걸 보여주고 싶던 거지? 입으로만이 아니라…… 온 마음으로? 그런데 봐봐, 그때 누군가 불쑥 너한테 그런 굴욕적인 봉사를 요구하면, 같은 순간에 넌 안된다고 말하기에는 너무 비겁하다고 느끼게 되는 거지. 그러면 네 전 존재에 균열이 생기는 게 아닐까? 어떤 두려움 같은 게? ―불분명하지만―뭔가 말로 할 수 없는 것이 네 안에서 일어난 것처럼."

"맙소사, 네가 무슨 말을 하는지 모르겠어. 네가 뭘 원하는지 모르겠다구. 난 네게 뭐라고, 전혀 뭐라고 말할 수가 없어."

"그럼 잘 들어. 내가 지금 너한테 다시 옷을 벗으라고 명령하겠어."

바지니가 미소를 지었다.

"저기 내 앞쪽 바닥에 반듯하게 엎드려. 웃지 말고! 난 진짜로 너한테 명령하고 있는 거야! 알겠어? 당장 내 말대로 하지 않으면, 라이팅이 돌아왔을 때 어떤 일을 당하게 될지 가르쳐주지……! 그래, 그렇게. 보다시피 넌 지금 벌거벗은 채 내 앞에 엎드려 있어. 게다가 떨고 있어. 추운 거야? 내가 원한다면 지금 네 벗은 몸에 침을 뱉을 수도 있어. 머리를 바짝 바닥에 붙여. 바닥에 있는 먼지가 이상하게 보이지 않니? 집채만 한 바위와 구름이 가득한 풍경 같지 않아? 난 너를 바늘로 찌를 수도 있어. 램프 옆에 있는 벽감에 아직 바늘 몇개가 남아 있어. 벌써 피부에 찌르는 게 느껴져……? 하지만 난 그렇게 안해…… 바이네베르크가 한 것처럼 너한테 짖으라고 할 수도 있고, 돼지처럼 먼지를 먹으라고 할 수도 있어. 네가 어떤 식으로 움직이라고 시킬 수도 있어 ─ 어떤 건진 너도 알겠지 ─ 그러면 넌 신음소리를 내며 말하는 거야. '오 사랑하는 엄……'" 하지만 퇴를레스는 이런 식으로 모독하는 일을 갑자기 멈췄다. "하지만 난 그렇게 안해, 안한다구. 알겠어?"

바지니가 울먹였다. "넌 날 괴롭히고 있어……"

"그래, 난 널 괴롭히고 있는 거야. 하지만 나한텐 그게 중요한 게 아니야. 내가 알고 싶은 건 딱 하나야. 내가 만약 이 모든 걸 칼처럼 너에게 꽂는다면, 네 마음은 어떨까? 네 내면에선 무슨 일이 벌어질까? 뭔가가 네 안에서 산산조각 날까? 말해봐! 마치 금이 간 것이 보이기도 전에 갑자기 수천조각으로 부서지는 유리잔처럼 단번에? 네가 스스로의 모습이라고 만들어놓은 이미지는 그런 식으로 단숨에 사라지진 않아. 그 자리에 다른 이미지가 뛰어들지 않니? 환등기의 그림들이 어둠에서 튀어나오듯이 말이야. 내 말이 무슨 뜻인지 전혀 이해하지 못하겠어? 더 자세한 건 나도 뭐라 말 못하겠다. 네 스스로 직접 나한테 말해줘야겠어……!"

바지니는 쉬지 않고 울었다. 소녀 같은 어깨가 들먹였다. 그는 같은 말만 되풀이했다. "난 네가 뭘 원하는지 모르겠어. 너한테 아무것도 말해줄 수가 없어. 그건 순간적으로 일어나는 거야. 그러고 나면 다른 게 일어날 여지가 없어. 너라도 나랑 똑같이 행동할 거야."

퇴를레스는 아무 말도 하지 않았다. 그는 맥이 풀린 채, 움직이지 않고 벽에 몸을 기대고는, 똑바로 자기 앞의 허공을 응시했다.

"만약 네가 내 입장이라면, 너도 똑같이 행동할 거야"라고 바지니는 말했다. 그 말 속엔 이미 일어난 일이 그냥 필연적인 것으로서, 어떤 왜곡도 없이 담담하게 제시되어 있었다.

퇴를레스의 자의식은, 이런 단순한 추측에 대해서조차 날카로운 경멸의 투로 반항했다. 하지만 자신의 온 존재를 걸고 반항하는데도 그것이 어떤 만족할 만한 보증을 제공하는 것처럼 보이지는 않았다. "……그래, 나라면 쟤보다 분명한 성격을 보여줄 거야. 나는 저런 추측을 그냥 받아들이진 않을 거야 — 하지만 이런 게 중요하기는 할까? 내가 심지가 굳고 행실이 바르다는 이유로, 그리고 이제 내게 아주 부차적이 되어버린 어떤 이유들로 인해 다른 식으로 행동할 거라는 사실이 중요할까? 아니야, 문제는 내가 어떻게 행동할 것인가 하는 사실이 아니라, 언젠가 내가 정말로 바지니와 똑같이 행동할 때 그애처럼 별로 이상한 점을 느끼지 못할 거라는 사실이야. 이게 바로 문제의 핵심이야. 내가 나 자신이라고 믿는 느낌도 그의 느낌과 똑같이 단순할 것이고, 온갖 애매한 것들과는 거리가 있겠지……"

이런 생각은 — 끊기고 서로 겹쳐지며 처음부터 계속 다시 시작되는 문장들로 이루어져 있었고 — 바지니에 대한 경멸에 더해, 아주 은밀하고 나지막하면서도 도덕보다 훨씬 깊이 가장 내면의 균형을 휘젓는 고통을 안겨주었는데, 이 생각이 떠오른 것은 퇴를레스가 떨쳐버리지 못하는 조금 전의 감정에 대한 기억 때문이었다. 그러니까 어쩌면 라이팅과 바이네베르크로부터 닥칠지 모르는 위험을 바지니에 의해 알게 되었을 때, 그는 그야말로 놀라움을 금치 못했다. 기습을 받은 것처럼 놀라움을 금치 못한 탓에, 깊이 생각할 겨를도 없이 재빠르게 방어책과 엄호물을 찾았다. 그러니까 그것은 실제적인 위험의 순간이었던 것이다. 그리고 그때 가졌던 느낌, 무심결에 순식간에 찾아온 충동이 그를 흥분시켰다. 그는 그것들을 마음속에서 다시 불러내려 했지만 뜻대로 되지 않았다. 하지만 충동들이 순간적으로 저 위험으로부터 모든 이상한 점과 모호한 점을 제거해버렸다는 것을 알게 됐다.

그런데 그것은 그가 같은 자리에서 몇주일 전에 처음으로 예감한 것과 똑같은 위험이었다. 그는 당시에 따스하고 밝은 삶이 있는 교실들 저편에 잊힌 중세시대처럼 있는 이 방에 대해 이상한 놀라움을 느꼈고, 저 교실에 있던 사람들과 다름없던 바이네베르크와 라이팅이 갑자기 뭔가 어둡고 피에 굶주린 다른 존재로, 완전히 다른 삶을 사는 사람들로 변한 것 같아 놀랐다. 당시에 그것은 퇴를레스에게 일종의 변신이자 비약이었다. 자기 주변의 모습이 백년 동안의 잠에서 깨어난 다른 눈에 갑자기 비친 것 같았다.

그래, 그것은 같은 종류의 위험이었어…… 퇴를레스는 쉬지 않고 이 말을 되뇌었다. 그리고 계속해서 서로 다른 두 느낌에 대한 기억을 비교해보려 애썼다—

그사이에 바지니는 오래전에 일어서 있었다. 그는 무표정하고 넋이 빠진 친구의 시선을 알아차리곤, 조용히 옷을 집어 들고 슬며시 빠져나갔다.

퇴를레스는—안갯속을 들여다보듯—그것을 보고 있었다. 하지만 아무 말도 하지 않고 그대로 두었다.

그의 관심은, 내면의 관점이 갑자기 변한 시점이 언제인지 그의 내부에서 다시 찾으려는 노력에 온통 사로잡혀 있었다.

하지만 그 지점에 가까이 갈 때마다, 가까운 것을 먼 것과 비교하려는 사람에게 벌어지는 것 같은 일이 일어났다. 그는 두 느낌의 기억 속 이미지를 동시에 붙들 수가 없었고, 매번 나지막하게 뚝하고 사이사이에 나는 소리처럼 하나의 느낌이 지나가버렸다. 그것은 신체적으로 보자면, 눈의 원근을 조절할 때 수반되는 거의 느

낄 수 없는, 근육의 감각들에 상응한다고 할 수 있었다. 그것은 그
때마다 바로 결정적인 순간에 그 자체를 위한 주의를 필요로 했고,
비교행위가 비교대상 앞으로 쇄도해 들어왔으며, 거의 느낄 수 없
는 밀침이 있었고 ─ 그러고는 모든 것이 정지했다.

퇴를레스는 매번 다시 새롭게 시작했다.

기계적으로 되풀이되는 이 일률적 과정이, 그로 하여금 경직된
채 멍하게 깨어 있는, 얼음처럼 차가운 선잠이 들게 만들어, 제자리
에서 꼼짝도 못하게 붙들어놓았다. 얼마나 시간이 흘렀는지 알 수
도 없을 만큼.

따뜻한 손이 그를 가볍게 건드린 것처럼 어떤 생각이 떠올랐을
때에야 퇴를레스는 비로소 정신을 차렸다. 그것은 일견 너무도 당
연한 생각이어서, 왜 진작 그 생각이 떠오르지 않았는지 의아했다.

그 생각이란, 방금 한 경험을 그냥 분류해 넣기만 하면 되는 그
런 종류의 것이었다. 그러면 멀리서 보면 너무나도 크고 신비하게
보이는 것도, 언제나 단순하고 왜곡되지 않은 모습으로, 자연스럽
고 일상적인 비율로 나타나는 법이다. 보이지 않는 경계가 사람들
주위에 그어져 있는 것처럼 말이다. 경계 밖에서 시작해 멀리서 가
까이 다가오는 것은, 마치 안개 낀 바다처럼 거대하고 변화무쌍한
형체들로 가득하다. 하지만 그에게 다가와 사건이 되고 그의 삶에
부딪치는 것은, 분명하고 자그마하며, 인간적인 차원과 인간적인
윤곽을 가지고 있다. 그리고 우리가 살아가는 삶과 우리가 느끼고
예감하고 멀리서 바라보는 삶 사이에는 보이지 않는 경계가 좁은
문처럼 놓여 있어서, 갖가지 사건의 이미지들이 그 문을 지나 인간
의 내면으로 들어가려면 압축되어야만 하는 것이다.

하지만 이것이 그의 경험과 일치했음에도, 퇴를레스는 생각에 빠져 머리를 숙였다.

"묘한 생각이네 ―"그는 그렇게 느꼈다.

그는 마침내 침대에 몸을 눕혔다. 그리고 아무 생각도 하지 않았다. 생각하는 것이 너무 힘들었고, 아무 결실도 없었기 때문이다. 친구들의 비밀에 관해 알게 된 것들이 머릿속을 스쳐 지나갔지만, 그것은 낯선 신문에서 읽는 소식처럼 대수롭지 않았고 생동감도 없었다.

바지니에게서는 더 이상 아무것도 기대할 것이 없었다. 당연히 그건 개 문제야! ─ 하지만 그것은 너무나도 의아한 일이었고, 퇴를레스는 너무 피곤했으며 지쳐 있었다. 아마 착각일지도 ─ 모든 것이.

다만 바지니의 모습과 그의 발가벗은 몸의 반짝이는 피부가, 라일락 덤불의 향기처럼 잠들기 전에 몽롱해지는 감각 속으로 스며들었다. 모든 도덕적 혐오감마저 사라져갔다. 마침내 퇴를레스는 잠이 들었다.

그는 편안히 자는 동안 아무런 꿈도 꾸지 않았다. 다만 한없이 아늑한 온기가 몸 아래에 부드러운 양탄자를 펼쳐놓고 있었다. 온기를 느끼며 그가 마침내 일어났다. 그 순간 그는 하마터면 비명을 지를 뻔했다. 침대 곁에 바지니가 앉아 있었던 것이다! 다음 순간 바지니는 잽싸게 셔츠를 벗더니, 이불 밑으로 미끄러져 들어와, 벌거벗은 채 떨고 있는 자신의 몸을 퇴를레스에게 밀착시켰다.

불의의 습격을 받은 퇴를레스는 정신을 차리자마자 바지니를 밀쳐냈다.

"너 도대체 무슨 생각을 하고 있는 거야……?!"

하지만 바지니가 애걸했다. "오, 또 그러지 마! 아무도 너처럼 굴지는 않아. 걔들은 너처럼 날 경멸하진 않는다구. 걔들은 그저 경멸하는 체하는 거야, 그러고 나선 그만큼 더 다른 식으로 행동할 수 있으니까. 하지만 넌? 하필 네가……? ……! 게다가 넌 나보다 힘이 세긴 해도 나보다 어리잖아…… 우리 둘 다 걔들보다 어려…… 넌 걔들처럼 그렇게 거칠지도 않고 거들먹거리지도 않아…… 너는 부드러워…… 난 널 사랑해……!"

"무슨—무슨 말을 하는 거야? 내가 대체 너랑 뭘 하겠어? 가—저리 가라고!" 퇴를레스는 괴로워하며 팔로 바지니의 어깨를 밀며 버텼다. 하지만 부드럽고 낯선 피부가 뜨겁게 육박해와, 그를 놓아주지 않고 감싼 채 숨이 막히게 만들었다. 바지니는 연이어 속삭였다…… "그래도…… 그래도…… 제발…… 오, 네가 하라는 대로 하는 게 나한텐 즐거움이 될 거야."

퇴를레스는 대답할 말을 찾지 못했다. 바지니가 말하는 동안, 그리고 의문에 빠져 고민하는 짧은 순간 동안, 짙푸른 바다 같은 것이 다시금 그의 감각들 위로 내려앉았다. 그 안에서 바지니의 애원하는 말들만이 작은 은빛 물고기들처럼 반짝거렸다.

퇴를레스는 여전히 자신의 팔을 바지니의 몸에 댄 채 버티고 있었다. 하지만 두 팔 위로 촉촉하고 진한 온기가 전해졌다. 팔의 근육이 마비되어갔고, 그는 팔의 존재를 잊었다…… 다만 경련을 일으키는 듯한 말들 가운데 새로운 말이 그에게 와 닿을 때만 정신이 들었다. 왜냐하면 그가 갑자기—끔찍이도 이해할 수 없는 어떤 사실처럼—자신의 두 손이—마치 꿈인 듯—문득 바지니를 가까이 끌어당겼다는 것을 느꼈기 때문이다.

그는 그럴 때면 털고 일어나 소리를 지르고 싶었다. 바지니가 너를 속이고 있어. 녀석은, 네가 자기를 더 이상 경멸하지 못하도록 너를 오로지 자기가 있는 곳까지 끌어내리려 하는 거야. 하지만 그런 외침은 터져 나오지 못했다. 넓은 건물 안엔 아무런 소리도 들리지 않았다. 모든 통로엔 침묵의 어두운 물결들이 미동도 없이 잠들어 있는 듯했다.

퇴를레스는 정신을 차리려고 했다. 하지만 침묵의 물결이 검은 파수꾼들처럼 모든 문 앞에 누워 있었다.

퇴를레스는 더 이상 아무런 말도 찾으려 하지 않았다. 절망의 순간이 하나씩 지날 때마다 야금야금 그의 내부로 숨어들어온 관능이 이제 완전한 크기로 깨어났다. 그 관능은 벌거벗은 채 그의 옆에 누워 있었고, 부드러운 검은 외투로 머리를 덮었다. 달콤한 체념의 말을 귀에 속삭였고, 따뜻한 손가락들로 모든 의문과 의무를 부질없는 것으로 밀어내버렸다. 그리고 그 관능은 속삭였다. 고독 속에서는 모든 것이 허용된다고.

다만 관능이 그를 잡아채가는 순간에 그는 잠깐 동안 정신을 차리고 절망적으로 한가지 생각에 매달렸다. 이건 내가 아냐……! 내가 아니라고……! 아침이 되면 그땐 다시 내가 될 거야……! 아침이 되면……

화요일 저녁에 첫번째 무리가 돌아왔다. 일부는 밤차를 타고 늦게서야 도착했다. 기숙사 안은 계속 시끌벅적댔다.

퇴를레스는 친구들을 성가신 듯 퉁명스럽게 맞이했다. 그는 잊지 않고 있었던 것이다. 게다가 친구들은 뭔가 신선한 외부의 사교적인 분위기를 가지고 돌아왔다. 그것이, 지금 좁은 방의 숨 막힐 듯한 공기를 사랑하게 된 그에게 수치심을 안겨주었다.

대체로 지금의 그는 수치스러움을 느끼는 일이 잦아졌다. 자신이 유혹받은 일 때문은 아니었다 ─ 왜냐하면 그것이 기숙사에서는 그리 드문 일이 아니었기 때문이다 ─ 그렇다기보다는, 자신이 이제 바지니를 실제로 다감하게 대하지 않을 수 없으면서도, 다른 한편으로 그 인간이 얼마나 경멸스럽고 비참한 존재인지 그 어느 때보다 절실히 느꼈기 때문이다.

그는 바지니와 종종 은밀하게 만났다. 퇴를레스는 바이네베르크를 통해 알게 된 모든 아지트로 바지니를 데려갔는데, 그가 그런 비밀통로들로 가는 일에 서툴렀기 때문에 곧 바지니가 더 능숙해져서 그를 인도해나갔다.

하지만 밤이 되면 질투심에 빠져 바이네베르크와 라이팅을 감시하느라 마음 편할 틈이 없었다.

두 친구는 바지니를 멀리하고 있었다. 어쩌면 그들은 이미 바지니에게 싫증을 내고 있는지도 몰랐다. 어쨌거나 그들에겐 어떤 변화가 있는 것처럼 보였다. 바이네베르크는 음울했고 속마음을 털어놓지 않았다. 그가 말을 할 때면, 뭔가 앞으로 일어날 일을 은밀히 암시하는 데 그쳤다. 라이팅의 경우엔 다시 다른 일들에 관심을 돌린 것 같았다. 그는 사소한 호의를 베풀어 누군가를 자기편으로 만들려고 하거나, 다른 한편 은밀한 계략으로 누군가의 비밀을 공유해놓고는 그 비밀제공자를 위협하는 등, 능숙한 솜씨로 모종의 음모를 위한 그물을 짜나갔다.

그들 셋이 함께 있을 때면, 두 친구는 다음번에 바지니를 다시 창고나 다락방으로 오게 하자고 강력하게 주장했다.

퇴를레스는 갖가지 핑계를 대며 그것을 미루려 했지만, 그러면서도 자신이 이렇게 은밀하게 연루되어 있다는 사실에 끊임없이 괴로워했다.

그는 몇주 전만 하더라도 이런 상태를 도저히 이해하지 못했을 것이다. 부모로부터 강건하고 건강하며 소박한 성향을 물려받았기 때문이다.

하지만 그렇다고 해서 바지니가 퇴를레스의 마음속에 정말로 ― 비록 아직은 일시적이고 혼란스러운 모습이긴 해도 ― 실제적인 성적욕망을 불러일으켰다고 생각할 수는 없었다. 물론 퇴를레스의 내면에 열정 비슷한 무언가가 일깨워지긴 했지만, 사랑이라고 부르기엔 그것은 너무 우연적이고 부수적인 것에 불과했다. 그리고 바지니라는 인간은 이런 욕구를 대리만족시켜주는 일시적 목표일 뿐이었다. 왜냐하면 퇴를레스가 바지니와 상대함으로써 스스로의 격을 떨어뜨리긴 했어도, 그의 욕구는 바지니에게서 채워질 수 있는 것은 아니었고, 오히려 바지니를 넘어서서 정처없이 새로운 갈망으로 커져갔다.

그를 현혹한 것은 우선은 벌거벗은 소년의 가냘픈 몸일 뿐이었다. 그 인상은, 그가 성적인 느낌이라곤 전혀 없는 아주 어린 소녀의 그저 아름다운 몸매를 마주했을 때에나 받았을 법한 것이었다. 압도당하는 느낌, 일종의 놀라움이었던 것이다. 그리고 자신이 바지니와 맺고 있는 관계에 일종의 호감 같은 것 ─ 이처럼 새롭고 이상하게 불안한 감정을 선사한 것은, 이런 상태에서 자기도 모르게 나온 순수함이었다. 하지만 그밖의 다른 모든 것은 이것과 무관했다. 욕망과 관련된 나머지 것들이라면 이미 오래전에 존재했다 ─ 이미 보체나의 집에서도 있었고, 그보다 훨씬 전에도 있었다. 그것은 성숙해가는 존재가 느끼는 은밀하면서 뚜렷한 목표가 없으며, 굳이 누구와 연관되지 않은 멜랑콜리한 관능으로, 봄에 새싹을 품고 있는 검고 축축한 대지 같은 것이었고, 어떤 우연한 계기만 있으면 스스로를 막고 있는 담장을 뚫을 수 있는 어두운 지하수 같은 것이었다.

퇴를레스가 겪은 사건이 바로 이런 계기가 되었다. 그 인상에 놀라고 그것을 오해하거나 오인함으로써, 퇴를레스의 영혼 가운데 모든 비밀스러운 것, 금지된 것, 자극적인 것, 불확실한 것, 외로운 것이 모여 있는 비밀 은신처들이 갑자기 열렸고, 어두운 충동들의 방향을 바지니에게로 쏠리게 했다. 왜냐하면 그것들은 거기서 일시에, 따뜻한 어떤 것, 숨을 쉬며 향기가 나는 육체적인 어떤 것을 만났고, 여기서 이 불확실하게 떠도는 꿈들이 형체를 얻었으며, 그가 혼자 있을 때 보체나가 그 꿈들에 흩뿌려놓았던 추하게 부식된 모습 대신, 그것이 지닌 아름다움의 일부를 얻게 되었다. 단번에 그것이 저 꿈들에게 삶으로 통하는 문을 열어주었고, 그렇게 생긴 어슴푸레한 빛 속에 모든 것이, 소망과 현실이, 분방한 상상과 아직 삶의 따뜻한 흔적을 지니고 있는 인상들이, 외부에서 밀려들어온 느낌들이, 내부에서 그 느낌들을 마주해 불타올라서는 그 느낌들을 알아볼 수 없을 정도로 에워싸는 불꽃들이 뒤섞였다.

하지만 퇴를레스에게는 이 모든 것이 더 이상 구별되지 않았고, 불분명하게 뒤엉킨 하나의 감정으로 뭉쳐져 있어서, 처음 충격을 받았을 때 그는 이 감정을 아마도 사랑이라고 여기고 싶었을지도 모른다.

하지만 그는 금방 그것의 정체가 무엇인지 더 잘 알게 되었다. 그때부터 일종의 불안감이 그를 쉴 새 없이 몰고 다녔다. 그는 자신이 만진 모든 물건을 잡자마자 다시 놓아버렸다. 친구들과 대화를 나눌 때면, 아무 이유 없이 침묵하거나 산만하게 여러번 화제를 바꿨다. 대화 도중에 수치심이 파도처럼 그를 덮쳐와 얼굴이 빨개지거나 말을 더듬기 시작하고, 시선을 돌려야만 하는 일들도 벌어졌다……

낮 동안에 그는 바지니를 피했다. 마주하는 것을 피할 수 없는 경우, 거의 언제나 기분이 잡친 것 같았다. 바지니의 일거수일투족에 구역질이 났고, 환상 속에 자리한 흐릿한 그림자들은 차갑고 맥빠진 밝은 빛에 자리를 내주었으며, 퇴를레스의 영혼은, 도저히 이해할 수 없고 역겹게 다가오는 이전의 욕망에 대한 기억밖에 남아 있는 것이 없을 때까지 줄어드는 것 같았다. 그는 오로지 이 고통스러운 수치심에서 벗어나기 위해 땅바닥을 발로 차거나, 온몸을 틀었다.

그는 다른 사람들이, 그의 부모님이나 선생님들이 자신의 비밀을 알게 된다면 무슨 말을 할지 스스로에게 물었다.

그런데 이 마지막 질문을 던지면서 고통은 점차 잦아들었다. 서늘한 피로감이 그를 사로잡았다. 뜨겁게 달아오른 채 늘어져 있던 피부는 기분 좋은 오싹함을 느끼며 다시 팽팽해졌다. 그러고 나서 그는 모든 사람이 조용히 곁을 지나가도록 내버려두었다. 하지만 그의 마음은 모든 사람에 대한 경멸로 가득 찼다. 그는 속으로 자기와 얘기를 나누는 모든 사람이 온갖 역겨운 짓을 하고 있다는 의심을 품었던 것이다.

뿐만 아니라 그들에게 수치심이 없다고 생각했다. 그는 자기가 겪는 것 같은 고통을 그들이 겪고 있다고 믿지 않았다. 그가 가진 양심의 가책이라는 가시면류관이 그들에게는 없는 것 같았다.

하지만 그는 스스로를 죽음의 깊은 고통에서 깨어난 사람인 것처럼 느꼈다. 죽음의 손이 말없이 스쳐 지나간 사람, 오랜 병으로부터 얻은 고요한 지혜를 잊을 수 없는 사람인 것처럼.

그는 행복감을 느꼈고, 이런 상태를 바라는 순간이 자주 찾아왔다.

이 순간들은, 그가 바지니를 아무렇지도 않게 바라볼 수 있고, 혐오스럽고 천박한 것을 미소로 견뎌낼 수 있게 되면서 시작되었다. 그럴 때 그는 자신의 품위를 떨어뜨리게 될 것이라는 사실을 알았다. 하지만 거기에 새로운 의미를 부여했다. 바지니가 자신에게 들이댔던 것이 추악하고 저질스러운 것일수록, 그다음에 으레 나타나는 감정, 즉 고통당하는 섬세함이라는 감정과의 대비는 그만큼 더 커졌다.

퇴를레스는 자신이 눈에 띄지 않으면서 남을 관찰할 수 있는 구석에 틀어박혔다. 눈을 감으면 뭔지 모를 충동이 내면에서 솟아올랐는데, 눈을 뜨면 그것과 비교할 수 있을 법한 것은 아무것도 찾을 수 없었다. 그러고 나면 갑자기 바지니에 대한 생각이 커져갔고, 그 생각이 모든 것을 끌어당겼다. 그러면서 그 생각은 금방 모든 분명한 것을 상실했다. 그 생각은 더 이상 퇴를레스 자신의 것이 아닌 것처럼 보였고, 바지니와도 더 이상 연관성이 없는 것 같았다. 얼굴을 가면으로 가리고 목까지 올라오는 옷을 입은 음란한 여자들이 둘러싼 것처럼, 쏴쏴 소리를 내는 온갖 감정이 그 생각을 완전히 에워쌌다.

퇴를레스는 그것들의 이름을 하나도 몰랐고, 그것이 감추고 있는 것에 대해서도 알지 못했다. 하지만 바로 거기에 황홀한 유혹이 있었다. 그는 더 이상 자기 자신을 알아볼 수 없었다. 그리고 바로 거기서, 마치 매혹적인 파티에서 갑자기 불이 꺼지고 누구를 바닥으로 끌어내려 입술을 덮쳤는지 아무도 모르는 것처럼, 이목을 꺼리지 않는 거친 일탈에 대한 욕구가 자라났다.

훗날 퇴를레스는 청소년 시절의 사건들을 극복하고 난 후 아주 섬세하고 다감한 정신을 지닌 젊은이가 되었다. 그리고 지적이고 미적인 취미를 지닌 인물로 꼽히게 되었다. 이런 존재들에겐 법이

나 부분적인 공중도덕을 지킴으로써 안정이 보장되곤 한다. 왜냐하면 그렇게 함으로써 이들은, 섬세하고 정신적인 일들과 거리가 먼 어떤 거친 것에 대해 고민해야 하는 일에서 해방되기 때문이다. 하지만 자신들이 다루는 대상들에 대해 이들에게 조금 더 개인적인 관심을 요구하게 되면, 이들은 일종의 따분해하는 둔감함을 거창하고 피상적이며, 약간은 아이러니한 엄격성과 결합시키곤 한다. 왜냐하면 그들을 정말로 사로잡는 관심은, 그들의 경우 오직 영혼이나 정신의 성장, 혹은 어떤 책의 행간이나 그림의 꼭 다문 입술 앞에서 때때로 사유를 통해 우리 안에서 증진되는 것을 뭐라 부르든 간에, 그러한 성장에 집중되어 있기 때문이다. 이것은 고요하고 기이한 멜로디가 우리를 떠나 ─ 먼 곳으로 나아가다가 ─ 자기 뒤에 매단 채 가고 있는, 우리 피의 얇고 빨간 끈을 낯선 움직임으로 잡아당길 때면 간혹 눈을 뜨는 것이다. 하지만 그것은 우리가 서류를 작성하거나 기계를 조립하고, 써커스에 가거나 그와 비슷한 수많은 일들을 할 때면 언제나 사라져버린다 ─

그러니까 이러한 종류의 사람들에겐, 오로지 그들의 도덕적인 엄격성만을 요구하는 그런 일들은 도무지 관심 밖이다. 그런 탓에 퇴를레스 역시 당시에 일어난 일을 훗날 결코 후회하지 않았다. 그가 원하는 것들이란 그처럼 일면적으로 미적 관심사에 치우쳐 있었기 때문에, 누군가 그에게 어떤 방탕아의 탈선에 관한 아주 비슷한 이야기를 들려주었더라도, 그렇게 일어난 일에 대해 화를 내는 것은 틀림없이 그의 관심 밖이었을 것이다. 그는 그런 사람을 어느정도는 경멸했겠지만, 그것은 그 사람이 방탕아이기 때문이 아니라 그가 더 나은 존재가 아니기 때문이고, 그의 탈선 때문이 아니라 그렇게 하게끔 만든 정신상태 때문이었을 것이다. 그가 멍청하기 때문에, 혹은 그의 지성에 정신적 균형이 결여되어 있기 때문이었을 것이다…… 말하자면 언제나 그런 인간이 보여주는, 포기한 듯하고 무기력한 슬픈 모습 때문일 것이다. 그리고 그런 인간의 비행이 성적 방탕이든, 어쩔 수 없이 빠져들게 된 흡연이나 음주든 상관없이 똑같이 그를 경멸했을 것이다.

그런 식으로 오로지 정신적인 측면의 고양에 몰두하는 모든 사람들에게 그렇듯이, 그에게도 자극적이고 과도한 흥분이 단지 존재한다는 사실만으로는 큰 의미가 없었다. 그는 향유하는 능력, 예술적 재능 그리고 아주 섬세한 정신적 삶이란, 누군가 그것을 건드릴 때 쉽게 상처받게 되는 일종의 장식이라고 생각하기를 즐겼다. 그는 풍요롭고 활발한 내적 삶을 사는 사람에겐, 남들이 알아서는 안되는 순간들이나 비밀서랍에 간직해놓은 기억들을 가지는 것이 불가피한 일이라고 여겼다. 다만 그가 그런 사람에게 바라는 것은, 나중에 그런 것들을 세심하게 다룰 줄 알아야 한다는 것이었다.

그런 탓에, 그의 청소년 시절 이야기를 들은 한 사람이 이런 기억이 그래도 때때로 부끄럽지 않느냐고 언젠가 물었을 때, 그는 웃으면서 대답했다. "나는 그 일이 굴욕스러운 일이었다는 사실을 절대 부인하지 않아요. 왜 굴욕스러운 일이 아니었겠어요? 그건 지나가버렸어요. 하지만 그중 무엇인가가 영원히 남아 있지요. 소량의 독 같은 것 말이에요. 그건 너무나도 확실하고 안정된 건강을 영혼으로부터 앗아가고, 대신 더 섬세하고 예민하며 더 잘 이해하는 건강을 영혼에 부여하기 위해 필요하지요.

그건 그렇고, 영혼이 지닌 모든 위대한 열정에 의해 온통 불타버리는 굴욕의 시간들을 헤아려보지 않으시겠어요? 사랑할 때 의도적으로 굴욕을 겪는 순간들을 생각해보세요! 사랑하는 사람들이 어떤 깊은 샘 위로 몸을 숙이거나 서로의 가슴에 귀를 갖다 대고, 그 안에서 불안해하는 커다란 고양이가 안절부절못하며 감옥의 벽을 할퀴는 소리를 들어보려는 그런 황홀한 순간들을 말이에요. 오로지 스스로 떨고 있다는 것을 느끼기 위해서! 단지 어두운 오욕의 심연 위에서 자신들이 홀로 있다는 사실에 놀라기 위해! 그저 갑작스럽게 — 음울한 힘들을 수반하는 고독의 불안을 느끼며 — 완전히 서로의 내면으로 도피하기 위해서 말이지요!

젊은 부부의 눈을 한번만이라도 들여다보세요. 그 안엔 이렇게 쓰여 있지요. '당신 생각은……? 하지만 당신은 우리가 얼마나 깊이 빠져들 수 있는지 전혀 예감하지 못해요!' — 이들의 눈 속엔 그처럼 많은 것에 대해 아무것도 모르는 사람에 대한 해맑은 비웃음과 온갖 지옥을 함께 헤쳐간 사람들의 부드러운 자부심이 깃들어 있어요.

그리고 사랑하는 사람이 함께 그렇게 하듯이, 당시의 나는 나 자신과 함께 이 모든 것을 지나왔지요."

그러나 퇴를레스가 나중에 그런 판단을 내렸다 하더라도, 외롭고 갈구하는 느낌의 소용돌이에 빠져 있던 당시에는 좋은 결말에 대한 확신이 내면에 늘 있던 것은 아니다. 얼마 전에야 그를 괴롭히기 시작한 수수께끼들 가운데 불분명한 후유증이 아직 남아, 아련하고 어두운 소리처럼 그의 체험들 밑바닥에서 울리고 있었다. 그는 지금 바로 그런 생각을 하고 싶지 않았다.

하지만 때때로 그러지 않을 수가 없었다. 깊디깊은 절망감이 엄습했고, 기억이 떠오를 때마다 아주 다른 종류의 부끄러움, 지치고 전망 없는 부끄러움이 그를 사로잡았다.

하지만 그럼에도 그는 이런 기억들에 대해 스스로에게 설명할 방도가 없었다.

여기에는 기숙학교의 특수한 상황들이 작용했다. 용솟음치는 젊은 힘들이 회색 담장 뒤에 갇혀 있는 그곳에는, 많은 아이들에게서 제정신을 앗아가버리는 욕정적인 이미지들로 가득한 상상이 벽에 의해 가로막혔다.

어느정도의 탈선은, 남자답고 대담한 것이거나 금지된 만족을 용감하게 쟁취하는 것으로 여겨지기까지 했다. 그것은 예의 바르게 움츠린 모습을 하고 있는 대부분의 교사와 비교할 때 더욱 그랬다. 왜냐하면 그런 경우에 경고조로 도덕 운운하는 것이, 좁은 어깨와 가느다란 다리 위의 볼록한 배, 마치 삶이 진지한 교화敎化의 꽃들로 가득한 들판일 뿐이라는 듯 안경 뒤에서 어린 양처럼 무심하게 거니는 눈들과 결합되어 우스꽝스럽게 보였기 때문이다.

결국 학교에서 이들은 인생에 관한 아무런 지식도 얻지 못했으며, 어른들이 들으면 혐오감이 먼저 들 법한, 천박함과 잔인함에서부터 병과 우스꽝스러움에까지 이르는 모든 단계에 대해 아무런 예감도 아직 얻지 못했다.

우리가 도저히 그 효과를 가늠할 수 없는 이런 종류의 모든 방지 장치들이 퇴를레스에겐 없었다. 그는 말 그대로 순진하게 자신의 비행非行에 빠져 들어갔던 것이다.

왜냐하면 윤리적 저항력, 즉 그가 나중에 높이 평가했던 정신적 감수성 역시 당시에 그에겐 결여되어 있었기 때문이다. 하지만 전조는 이미 엿보였다. 퇴를레스는 방황했고, 그의 내면에 있는, 아직 인식되지 않은 어떤 것이 그의 의식에 던진 그림자를 처음으로 보게 되었는데, 그는 그것이 현실이라고 착각했다. 하지만 그는 하나의 과제 그 자체, 영혼의 과제를 스스로 완수해야만 했다, ― 비록 아직 그것을 이룰 만큼 성숙하지 않았지만 말이다.

그가 알았던 것은, 내면 깊숙이 이어지는 길 위에서 자신이 무언가 아직 분명하지 않은 것을 좇고 있었다는 사실뿐이었다. 그런데 그 과정에서 그는 지쳤다. 그는 곧잘 남이 모르는 비범한 발견을 했으면 하고 바랐는데, 그 과정에서 좁고 구석진 관능의 방들에 도달했다. 그것은 도착적 성향 때문이 아니라, 순간적으로 목표를 상실한 정신적 상황 때문이었다.

그런데 바로 이처럼 뭔가 진지한 것, 내면에서 추구하고 있는 것을 배반한 것이, 그를 막연한 죄의식으로 가득 채웠다. 불분명하고 은폐된 일종의 혐오감이 그에게서 완전히 떠나는 법이 결코 없었고, 어둠속에서 제대로 된 길을 가고 있는지 혹은 어디선가 길을 잃었는지 더 이상 모르는 사람처럼 막연한 두려움이 그를 좇아다녔다.

그렇게 되면 그는 아무것도 생각하지 않으려 애썼다. 말없이 멍한 채 이전의 의문을 모두 잊고 그냥 살아나갔다. 스스로의 굴욕에 대한 섬세한 즐거움은 점차 뜸해져갔다.

그가 그 즐거움을 완전히 떠나보낸 것은 아니었지만, 이 시기가 끝나갈 무렵 바지니의 운명에 대한 후속결정이 이루어졌을 때 퇴를레스는 더 이상 아무 이의도 제기하지 않았다.

그런 결정이 내려진 것은, 며칠 후 셋이 창고에 모였을 때였다. 바이네베르크는 아주 진지했다.

라이팅이 먼저 입을 열었다. "바이네베르크와 내 생각엔, 바지니와 지금까의 방식으로 계속 가서는 안 될 것 같아. 녀석은 우리에게 마땅히 해야 할 복종에 익숙해져서 그런 식으론 고통을 못 느끼고 있어. 걔는 꼭 하인처럼 뻔뻔하고 허물없이 군다니까. 그러니까 녀석의 경우 이제 한발짝 더 나아가야 할 때가 된 거야. 너도 동의해?"

"그렇긴 해도 너희들이 녀석을 어떻게 하려는지 아직 전혀 감을 못 잡겠는데."

"그걸 제대로 하기가 어렵기는 해. 우리는 녀석에게 한층 더 굴욕감을 줘서 납작 눌러놔야 해. 그게 어느정도까지 가능한지 난 보고 싶어. 어떤 방식으로 그렇게 할지는 당연히 다른 문제지. 물론 여기에 대해서도 나한테 몇가지 좋은 생각이 있긴 해. 예를 들면 우리가 녀석을 채찍으로 때리면서 감사 찬송을 부르게 할 수도 있을 거야. 이 노래가 어떤 뉘앙스를 가지는지 들어보는 것도 나쁘진 않겠지 ― 음 하나하나가 얼마간 소름을 돋게 할 거야. 아주 더러운 물건을 개처럼 물어오라고 시킬 수도 있어. 녀석을 보체나에게 데리고 가서는, 거기서 개 엄마의 편지를 낭독하게 할 수도 있을 거야. 그러면 보체나는 벌써 거기에 걸맞은 재밌거리를 선사해주려고 할 거야. 하지만 모든 걸 서두를 필요는 없어. 우리는 천천히 심사숙고해서 다듬고, 새로운 걸 추가할 수도 있을 거야. 적절한 세부계획이 없으니 우선은 아직 재미없어 보이긴 해. 아니면 녀석을 아예 반 전체 애들에게 넘겨버릴 수도 있어. 그게 제일 현명할지도 몰라. 그렇게 많은 애들이 각자 약간씩만 거들어도, 녀석을 산산조각 내는 데는 충분하겠지. 이런 집단행동이 내가 좋아하는 거긴 해. 누가 특별히 손을 쓰려고 하지 않아도, 파도는 점점 높아져서 마침내 모든 사람의 머리 위에서 철썩거리게 되는 거지. 너희들도 보게 될 거야. 아무도 움직이지 않는데도 거대한 폭풍이 일어나는 걸. 그런 걸 연출하는 게 나에게는 아주 특별한 재미지."

"그래서 너희들이 먼저 하려는 게 뭔데?"

"아까 말했듯이 난 그걸 나중을 위해서 아껴두고 싶어. 일단은 녀석을 ― 위협하거나 때려서 ― 매사에 무조건 복종하도록 만드는 걸로 내겐 충분해."

"뭐 하러?" 자기도 모르게 퇴를레스에게서 질문이 튀어나왔다. 그들은 서로 눈을 똑바로 쳐다보았다.

"아, 시치미 떼지 마. 네가 들었다는 거 다 알아." 퇴를레스는 아무 말도 하지 않았다. 라이팅이 무슨 얘길 들은 걸까……? 그냥 떠보는 걸까?

"……그때 일 말이야. 바이네베르크가 너한테 말했을 텐데, 바지니가 어떤 일에 관계되어 있는지 말이야."

퇴를레스는 안도의 한숨을 내쉬었다.

"제발 그렇게 놀란 눈으로 보지 좀 마. 지난번에도 넌 그렇게 눈을 크게 떴었지. 뭐 그렇게 심한 일을 하려는 것도 아니잖아. 어쨌거나 바이네베르크도 나한테 털어놨어, 자기도 바지니랑 똑같은 짓을 하고 있다고." 그러면서 라이팅은 얄궂게 찡그린 표정으로 바이네베르크 쪽을 바라봤다. 그렇게 드러내놓고 뻔뻔하게 다른 사람의 발을 거는 것이 그의 방식이었다.

하지만 바이네베르크는 아무런 대꾸도 하지 않았다. 그는 생각에 잠기면 늘 하던 자세로 앉아서 눈도 뜨지 않았다.

"자, 네 생각을 좀 털어놓지 않을래? 사실 얘는 바지니와 관련해서 아주 기가 찬 아이디어를 갖고 있고, 다른 걸 시도해보기 전에 그걸 꼭 해보고 싶어 해. 그런데 그게 아주 재미있는 거야."

바이네베르크는 진지함을 잃지 않고, 강렬한 시선으로 퇴를레스를 바라보며 말했다. "지난번에 우리가 외투 뒤에서 했던 말 기억해?"

"응."

"그후에 난 더 이상 그 얘기를 입에 올리지 않았어. 말만 해서는 아무 소용이 없으니까. 하지만 자주 그 일에 대해 곰곰이 생각했어—정말이야. 라이팅이 방금 너한테 한 얘기도 다 사실이야. 라이팅이 바지니에게 한 일을 나도 똑같이 했어. 아마 그보다 더했는지도 모르지. 그 이유는, 그때 내가 이미 말했듯이 관능이 올바른 관문일 수도 있겠다고 믿었기 때문이야. 그러니까 그건 하나의 실험이었던 셈이지. 나는 내가 찾던 것에 이르는 다른 길이 뭔지 몰랐어. 하지만 이처럼 계획적이지 않은 것은 아무 의미가 없어. 나는 곰곰이 생각해봤지 ― 여러 날 밤에 걸쳐서 말이야 ― 그것을 뭔가 체계적인 것으로 대체할 수 없을까 하고.

지금 나는 그걸 찾았다고 믿어. 그래서 우리는 그 실험을 하게 될 거야. 당시에 네가 얼마나 잘못 생각했는지 이제 너도 알게 될 거야. 사람들이 세상에 대해 주장하는 것은 모두 불확실하고, 모두 다른 식으로 흘러가고 있어. 이면일 뿐이긴 하지만, 그러한 점을 우리는 지난번에 어느정도 알게 되었지. 모든 당연한 설명이 제 발에 걸려 넘어지는 그런 지점들을 찾으면서 말이야. 하지만 지금 나는 실증적인 것을 보여줄 수 있으리라고 기대하고 있어 ― 다른 걸 말이야!"

라이팅이 찻잔을 나누어주며 만족한 듯 퇴를레스를 툭 건드렸다. "잘 들어 ― 쟤가 아주 대담한 걸 고안해냈거든."

하지만 바이네베르크는 재빠른 동작으로 등잔을 돌려 불을 껐다. 어둠속에서 오로지 버너의 알코올 불길만이 세 사람의 머리 위로 푸르스름하게 떨리는 불빛을 던지고 있었다.

"퇴를레스, 내가 등불을 끈 이유는, 그런 일들에 관해 얘기하기가 더 편하기 때문이야. 그리고 라이팅 너는 내 생각엔 자도 돼. 심오한 얘기가 도통 이해가 안되면 말이야."

라이팅은 재미있다는 듯 웃었다.

"그러니까 너 우리가 나눴던 얘기 아직 기억하겠지. 네 스스로가 그때 수학에서 사소한 특이점을 찾아냈어. 우리의 사고가 한결같이 탄탄하고 확실한 바탕 위에 서 있는 것이 아니라, 구멍들 위에서 움직이고 있다는 걸 보여주는 예 말이야 ― 우리의 사고는 눈을 감고, 한순간 존재하기를 멈추지만, 그래도 안전하게 건너편으로 옮겨지는 거야. 사실 우리는 오래전에 절망감에 빠졌어야 마땅해. 왜냐하면 우리의 지식엔 모든 영역에서 그런 심연들이 가로지르고 있거든. 깊이를 알 수 없는 대양 위를 떠도는 조각이나 다름없지.

하지만 우리는 절망하지 않아. 그럼에도 우리는 튼튼한 바탕 위에 있다고 느끼지. 만약 우리가 이런 확실하고 안전한 느낌을 가지고 있지 않다면, 빈약한 이해력에 대한 절망감 때문에 자살하게 될거야. 바로 이런 확실한 느낌이 우리를 항상 따라다니며 지탱해주고 있고, 두번에 한번 꼴로 이해력을 어린아이처럼 보호하며 품에 안아주는 거지. 우리가 그런 점을 일단 의식하게 되면, 영혼의 존재를 부인할 수 없게 돼. 우리가 우리의 정신적인 삶을 낱낱이 분석해 이해력의 불충분함을 알게 되면, 영혼의 존재를 제대로 느끼게 되는 거야. 그걸 느낀다구 — 알겠지 — 왜냐하면 이런 느낌이 없다면, 우리는 빈 자루처럼 폭삭 주저앉게 될 테니까.

우리는 이러한 감각에 주의를 기울이는 법을 잊어버렸을 뿐이야. 하지만 그것은 가장 오래된 감각들 가운데 하나야. 수천년 전에는 수천 마일 떨어져 살던 민족들이 이미 그것들에 대해 알고 있었어. 한번 그것과 관련을 맺게 되면 그걸 전혀 부정할 수 없게 돼. 하지만 난 널 말로 설득하려는 게 아니야. 네가 아무 준비 없이 맞닥뜨리지 않도록, 가장 필요한 사실만 들려주려는 거지. 증명은 사실이 해줄 거야.

그러니까 영혼이 존재한다고 가정해봐. 그렇다면 우리가 그것과 잃어버린 교류를 되찾고, 그것과 다시 친숙해지고, 그 힘들을 다시 더 잘 사용할 수 있는 법을 배우고, 영혼 깊숙이 잠들어 있는 초감각적인 힘들의 일부를 우리를 위해 획득하려고 노력하는 것보다 더 열렬한 노력을 기울일 대상이 없다는 건 너무나도 분명해.

왜냐하면 그 모든 일들이 실제로 가능하기 때문이지. 그게 한두 번 성공한 게 아니야. 기적이나 성자들, 인도의 접신자들이 다름 아니라 그런 일들의 증거야."

"내 얘기 좀 들어봐." 퇴를레스가 끼어들었다. "넌 지금 네가 그런 믿음에 빠져들도록 스스로를 설득하고 있는 거야. 오로지 그 목적을 위해 넌 램프를 꺼야만 했던 거구. 하지만 우리가 지금 저 아래 불이 환하게 켜져 있고 선생님이 자리 사이를 왔다 갔다 하는 가운데, 지리나 역사를 배우거나 집에 편지를 쓰고 있는 애들 사이에 앉아 있는데도 네가 그렇게 말할 수 있을까? 네 말이 어딘가 좀 공상적이라거나 주제넘다고 생각되지 않니? 우리가 저 애들과 달리, 팔백년 전쯤의 사람들과 같은 세계에 살기라도 하는 것처럼 말이야."

"아냐, 퇴를레스. 난 똑같이 주장할 거야. 그건 그렇고, 네가 언제나 남의 눈치를 보는 건 안 좋은 버릇이야. 넌 자립심이 너무 부족해. 집에 편지를 쓴다구? 그런 말을 하는 것도 네가 부모님 생각을 하기 때문이야! 도대체 부모님들이 우리 생각을 좇아올 수 있다고 누가 너한테 말하디? 우리는 한 세대가 젊고, 우리에겐 부모님들이 평생 예감하지도 못했던 일들이 예정되어 있을지도 몰라. 적어도 난 내 안에서 이미 그걸 느꼈어.

하지만 이런 긴 얘기가 무슨 필요가 있겠어. 난 너희들에게 그걸 증명해 보이겠어."

잠시 침묵이 흐른 후 퇴를레스가 말했다. "네 영혼을 붙들겠다니, 그걸 도대체 어떻게 시작할 셈이야?"

"지금은 그 문제로 너와 다투고 싶지 않아. 어차피 난 그걸 바지니 앞에서 해 보여야 하니까."

"하지만 얘기가 나온 김에 적어도 말은 해줄 수 있잖아."

"그럼 좋아. 역사가 가르쳐주는 바에 따르면, 여기에는 오직 한 가지 길밖에 없어. 자기 내면으로 침잠해 들어가는 거지. 그런데 바로 그게 어려운 점이야. 예를 들면 영혼이 아직 기적 속에서 모습을 드러내던 시기에, 옛날 성인들은 열렬한 기도를 통해 이런 목표에 도달할 수 있었어. 그 당시에는 영혼이 다른 방식으로 존재한 거지. 지금은 그 길이 막혀 있어. 오늘날 우린 뭘 해야 좋을지 몰라. 영혼은 변화했고 유감스럽게도 그사이엔, 그런 길에 제대로 주의를 기울이지 못해서 관계가 돌이킬 수 없이 상실되어버린 시간들이 놓여 있지. 우리는 새로운 길을 오로지 가장 조심스러운 성찰을 통해서만 발견할 수 있어. 최근 얼마 동안 나는 이 문제와 집중적으로 씨름했어. 최면술의 도움을 받는 것이 아마 가장 가까이 도달할 수 있는 방법일지도 몰라. 다만 그 방법이 아직까지는 시도되지 않았어. 사람들은 최면술의 경우에 항상 그저 일상적인 재주나 부리는 정도라, 그 방법이 한층 높은 차원으로 이끄는지 아직 실험되지 않은 거지. 마지막으로 내가 지금 말하려는 것은, 내가 바지니를 항간에서 행해지는 방식으로가 아니라 내 독자적 방식으로 최면을 걸게 될 거라는 사실이야. 내가 잘못 알고 있는 게 아니라면, 이 방법은 이미 중세 때 사용된 방식과 유사해."

"이 바이네베르크란 녀석 대단하지 않아?"라고 말하며 라이팅이 웃었다. "다만 얘가 세계종말론이 나돌던 중세에 살았더라면 좋았을걸 그랬어. 그랬다면 세상이 존속하는 것이 자기 영혼의 마법 덕분이라고 정말 믿었을 테니까."

이런 조롱을 듣고는 바이네베르크 쪽을 바라보았을 때, 퇴를레스는 바이네베르크의 얼굴이 경련을 일으키며 집중하는 듯 완전히 굳은 채 일그러져 있다는 것을 알아차렸다. 다음 순간 퇴를레스는 얼음처럼 차가운 손가락이 자신을 붙드는 것을 느꼈다. 퇴를레스는 심한 자극에 깜짝 놀랐다. 이어서 그를 잡고 있던 손의 긴장이 풀렸다. "오, 아무것도 아냐. 그냥 어떤 생각이 나서. 뭔가 특별한 착상이 떠오르는 것 같았어. 어떻게 해야 할지 알려주는 지시 같은 거……"

"들어봐, 넌 정말로 조금 쇠약해져 있어." 라이팅이 생색을 내는 투로 말했다. "평소에 넌 강철 같은 녀석이었고, 그런 것쯤은 가벼운 운동 삼아 했잖아. 하지만 지금 넌 계집애 같아."

"아니 무슨 소리야 ─ 그러한 것들이 가까이 와 있다는 것을 안다는 것, 매일 그것을 손에 넣기 직전이라는 게 어떤 건지 넌 전혀 모르잖아!"

"싸우지들 마." 퇴를레스가 말했다 ─ 그는 요 몇주 동안 훨씬 단호하고 에너지가 넘치는 모습을 보였다 ─ "나로선, 누구나 자기가 하고 싶은 걸 할 수 있다고 생각해. 난 아무것도 믿지 않아. 라이팅 너의 교활한 괴롭힘도 그렇고, 바이네베르크의 소망도 마찬가지. 그리고 나로선 아무 말도 할 수가 없어. 난 너희들이 어떻게 하는지 기다려볼 거야."

"그럼 언제?"

시간은 이틀 후의 밤으로 정해졌다.

퇴를레스는 아무 저항 없이 그날 밤이 다가오도록 내버려뒀다. 새로 생겨난 상황 속에서 바지니에 대한 감정 역시 완전히 식어 있었다. 게다가 이런 상황은 아주 다행스러운 해결책이기도 했다. 왜냐하면 이 해결책이 퇴를레스가 혼자 힘으로는 빠져나오지 못한, 수치심과 욕망 사이의 동요로부터 적어도 단번에 그를 벗어나게 해주었기 때문이다. 이제 그는 최소한, 바지니가 받게 될 굴욕이 자신도 더럽힐지 모른다는 솔직하고 분명한 거부감을 그에게 품게 됐다.

어쨌든 퇴를레스는 마음이 산만해져 그 무엇에 대해서도 진지하게 생각하고 싶지 않았다. 무엇보다 이전에 자신이 너무나도 몰두했던 것에 대한 생각을 접었다.

바이네베르크가 바지니와 이미 앞에 가 있고 그가 라이팅과 함께 다락방으로 가는 계단을 오르고 있을 때에야 비로소, 한때 내

면에 있던 것에 대한 기억이 차츰 생생해졌다. 퇴를레스가 그 당시
비난했던 바이네베르크의 자의식에 가득 찬 말들이 머릿속에서 사
라지려 하지 않았다. 그는 그때의 확신을 다시 갖고 싶은 생각이
굴뚝같았다. 그는 머뭇거리며 매 계단마다 발걸음을 멈췄다. 하지
만 이전의 분명함은 다시 돌아오지 않았다. 자신이 당시에 가졌던
모든 생각을 기억하긴 했지만, 그 생각들은 언젠가 생각했던 것들
의 그림자에 불과한 듯 멀리서 그를 지나쳐가는 것 같았다.

퇴를레스가 내면에서 아무것도 찾지 못하자, 마침내 호기심은
다시 외부로부터 다가올 사건들을 향해서 그를 앞으로 내몰았다.

그는 라이팅의 뒤에서 빠른 걸음걸이로 남은 계단을 서둘러 올
라갔다.

그들의 뒤에서 철문이 삐걱대며 닫히는 동안, 퇴를레스는 한숨
을 쉬며 바이네베르크의 계획이 비록 우스꽝스러운 눈속임이긴 해
도 최소한 뭔가 확고하고 깊은 생각에서 나온 것이라 느꼈다. 이에
비하면 그의 내면에서는 모든 것이 불분명한 혼돈 속에 빠져 있는
것처럼 생각되었다.

그들은 가로놓인 들보 위에 자리를 잡았다──극장에서처럼 기
대에 가득 찬 긴장감을 가지고.

바이네베르크와 바지니는 이미 와 있었다.

상황은 바이네베르크의 계획에 유리해 보였다. 어둠과 쾌쾌한
공기, 물통에서 흘러나오는 썩어서 들척지근한 냄새, 잠이 들어가
는 느낌, 더 이상 깨어날 수 없는 느낌, 피곤하고 태만한 나른함을
빚어내고 있었다.

바이네베르크는 바지니에게 옷을 벗으라고 지시했다. 벌거벗은
몸은 이제 어둠속에서 푸르스름하고 은은한 빛을 발하고 있었고,

자극적인 점이라고는 전혀 없었다.

갑자기 바이네베르크가 주머니에서 권총을 꺼내 바지니에게 겨 눴다.

그러자 라이팅조차 언제든 그사이에 뛰어들 태세로 몸을 앞으로 숙였다.

하지만 바이네베르크는 미소를 지었다. 묘하게 일그러진 얼굴이었는데, 그것을 원해서가 아니라, 어떤 광적인 말이 튀어나오려고 입술을 옆으로 미는 것 같은 모습이었다.

바지니는 마비된 듯 무릎을 꿇고는, 두려움에 가득 차 눈을 크게 뜨고 무기를 바라보았다.

"일어나." 바이네베르크가 말했다. "내가 너한테 말하는 걸 모두 그대로 따르면 너한테는 어떤 고통도 없을 거야. 하지만 네가 조금이라도 반항해서 나를 방해하면 널 쏴서 쓰러뜨릴 거야. 명심해! 물론 널 그렇게 죽인다 하더라도, 넌 다시 살아나게 될 거야. 죽음이란 네가 생각하는 것처럼 그렇게 낯선 게 아니야. 우린 매일 죽어 ─ 꿈도 꾸지 않는 깊은 잠을 자면서."

다시금 혼란스러운 웃음이 바이네베르크의 입을 일그러지게 했다.

"이제 저 위에 가서 무릎을 꿇어." ─ 중간 정도의 높이에 넓은 수평들보가 걸쳐져 있었다. "그렇게 ─ 아주 똑바로 ─ 상체를 완전히 곧추세워 ─ 허리를 집어넣어야 해. 이제 저 위를 쳐다봐. 하지만 눈을 깜박이지 말고. 눈은 할 수 있는 한 크게 떠야 돼!"

바이네베르크는 바지니가 고개를 약간 뒤로 젖혀야 볼 수 있도록 작은 알코올 등잔불을 그의 앞에 세워놓았다.

많은 것을 볼 수는 없었지만, 얼마 후에 바지니의 몸이 추처럼 이리저리 흔들리기 시작했다. 푸르스름하게 반사된 빛이 피부 위에서 위아래로 움직였다. 이따금씩 퇴를레스는 겁에 질려 일그러진 바지니의 얼굴을 본 듯한 생각이 들었다.

얼마 후에 바이네베르크가 물었다. "피곤해?"

그는 최면술사들이 일반적으로 하는 방식으로 질문을 던졌다.

그러고 나서 나지막한 꾸며낸 목소리로 설명하기 시작했다.

"죽는다는 것은 단지 우리가 사는 방식의 연속일 뿐이야. 우리는 하나의 생각에서 다른 생각으로, 한 느낌에서 다른 느낌으로 살아나가지. 왜냐하면 우리의 생각과 느낌은 강물처럼 조용히 흐르는 것이 아니라 '우리에게 떨어지는 거야'. 돌처럼 우리 안에 떨어지는 거지. 네가 네 자신을 잘 관찰하게 되면, 영혼이란 점진적으로 색깔을 바꾸는 어떤 것이 아니라는 것, 생각은 암호처럼 일종의 검은 구멍에서 튀어나온다는 걸 느끼게 될 거야. 지금 넌 어떤 생각이나 느낌을 가지고 있어. 그런데 무無에서 튀어나온 것처럼 갑자기 다른 게 그 자리를 차지해. 네가 충분히 주의를 기울이면, 두개의 생각 사이에 모든 것이 검게 되는 순간까지도 느낄 수 있어. 이 순간이 ── 한번 사로잡히게 되면 ── 우리에겐 바로 죽음과 같은 거지.

왜냐하면 우리의 삶이란 이정표를 세워놓고 한 이정표에서 다른 이정표로 건너뛰는 것, 매일 그렇게 수천번의 죽음의 순간을 뛰어넘는 것과 다르지 않아. 말하자면 우리는 중간 휴지부에서만 살고 있는 셈이지. 그래서 우린 돌이킬 수 없는 죽음에 대해 그렇게 우스꽝스러운 두려움을 가지기도 하는 거야. 왜냐하면 그것은 바로 이정표가 전혀 없는 것, 우리가 빠져들어가는 깊이를 알 수 없는 심연이기 때문이지. 이런 삶의 방식에 있어서는 정말로 완전한 부정인 셈이지.

하지만 그건 오로지 그런 삶의 관점에서, 그리고 순간에서 순간으로만 자기 자신을 느끼는 법을 배운 사람에게만 해당해.

나는 이런 걸 껑충거리는 악惡이라고 불러. 그리고 그걸 극복하는 데 비밀이 있지. 우린 삶이 조용히 미끄러져가는 것이라는 느낌을 자신의 내면에서 일깨워야 해. 이것이 성공하는 순간에 우리는 삶과 마찬가지로 죽음에도 가까워지는 거지. 우리는 더 이상 살아 있지 않아 ─ 우리의 현세적 개념에 따르면 말이야 ─ 하지만 우리는 더 이상 죽을 수도 없어. 삶과 더불어 죽음 역시 지양했기 때문이지. 그건 불멸의 순간이고, 영혼이 우리의 좁은 뇌에서 나와 자기 삶의 경이로운 정원들 속으로 들어서는 순간이야.

그러니까 이제 날 정확히 따라 해.

모든 생각을 잠재우고, 이 작은 불꽃을 응시해…… 이 생각 저 생각하지 말고…… 모든 주의력을 내면으로 집중해…… 불꽃을 응시해…… 너의 생각은 점점 천천히…… 점점…… 천천히…… 움직이는 기계처럼 되는 거야…… 내면을 응시해…… 어떤 생각이나 감정을 느끼지 않고 네 자신을 느끼는 그런 지점을 발견할 때까지 계속……

너의 침묵이 내겐 대답이 될 거야. 시선을 내면으로부터 돌리지 마……!"몇분이 지나갔다……

"그 지점을 느끼고 있어……?"

아무 대답도 없었다.

"내 말 들어, 바지니, 성공했어?"

침묵.

바이네베르크가 일어섰고, 그의 홀쭉한 그림자가 들보 옆에서 솟아올랐다. 위에서는 바지니의 몸이 어둠에 취한 채 눈에 띄게 이리저리 흔들거렸다.

"몸을 옆으로 돌려." 바이네베르크가 명령했다. "지금 명령에 따르는 건 단지 뇌일 뿐이야." 그는 중얼거렸다. "기계적으로 아직 잠시 작동하고 있는 거지. 영혼이 뇌를 눌러서 남겨놓은 마지막 흔적들이 사라질 때까지 말이야. 영혼 자체는 어딘가에 있어 ─ 자신의 다음번 현존 속에. 그것은 더 이상 자연법칙의 사슬에 매여 있지 않아……" 그는 이제 퇴를레스 쪽으로 몸을 돌렸다. "영혼은 더 이상 육체를 무겁게 만들거나 보존하라는 벌을 선고받지 않았어. 몸을 앞으로 숙여, 바지니 ─ 그렇게 ─ 아주 천천히…… 몸을 점점 앞으로 내밀어…… 뇌 속의 마지막 흔적이 사라지면, 근육이 풀어지고 텅 빈 육체는 무너져 내릴 거야. 아니면 떠 있을지도 몰라. 그건 나도 몰라. 영혼은 제 힘으로 육체를 떠났어. 그건 일반적인 죽음이 아니야. 육체가 허공에 떠 있을지도 몰라. 왜냐하면 삶의 힘이나 죽음의 힘 그 어느 것도 육체를 떠맡지 않고 있기 때문이지…… 몸을 앞으로 해…… 조금 더."

그 순간, 겁에 질려 모든 명령을 따르던 바지니의 몸이 바이네베르크의 발 앞에 쿵 소리를 내며 나뒹굴었다.

바지니는 고통으로 인해 소리를 질렀다. 라이팅은 큰 소리로 웃기 시작했다. 하지만 한발자국 뒤로 물러났던 바이네베르크는 자신이 속았음을 알고 끓어오르는 분노의 외침을 내뱉었다. 그는 번개처럼 빠른 동작으로 가죽허리띠를 풀고 바지니의 머리채를 잡더니, 미친 듯이 채찍질을 하기 시작했다. 바이네베르크를 누르고 있던 엄청난 긴장감이 이렇게 미친 듯이 매질을 하면서 쏟아져 나왔다. 바지니는 매질을 당하면서 고통스럽게 울부짖었고, 그 소리는 개의 비명처럼 모든 구석에 울려 퍼졌다.

퇴를레스는 모든 광경을 가만히 보고 있었다. 그는 혹시 자신이 잃어버린 감정상태의 한가운데로 다시 그를 이끌고 갈 무언가가 그래도 일어나지 않을까 내심 기대했다. 그것은 어리석은 희망이었고, 그도 내내 알고 있었다. 희망은 그를 놓아주려 하지 않았다. 하지만 지금 모든 것이 끝난 것처럼 보였다. 눈앞의 장면들이 그에게 역겨움을 안겨줬다. 아무 생각도 나지 않았고, 말없이 무감각한 거부감만 일었다.

그는 조용히 일어나 아무 말 없이 자리를 떴다. 아주 기계적으로.

바이네베르크는 계속해서 지칠 때까지 바지니를 때리고 있었다.

침대에 누웠을 때 퇴를레스는 이제 끝이라고 느꼈다. 무언가가 지나가버린 것이다.

그는 이어지는 며칠 동안 조용히 학교공부에 전념했다. 다른 것은 아무것도 신경 쓰지 않았다. 라이팅과 바이네베르크는 그사이에 자신들의 계획을 차근차근 실현시켜가고 있을 터였다. 퇴를레스는 그들을 피해 다녔다.

나흘째 되던 날, 마침 아무도 주변에 없을 때 바지니가 다가왔다. 그는 비참해 보였다. 얼굴은 창백하고 수척했으며, 끝없는 두려움에 열에 들뜬 듯 눈이 가물거렸다. 그리고 소심하게 곁눈질을 하며 다급하게 말을 토해냈다. "제발 날 좀 도와줘! 너밖에 도와줄 사람이 없어! 걔들이 괴롭히는 걸 더 이상은 견딜 수가 없어. 이제까지는 모든 걸 참았는데, ……하지만 지금 걔들은 날 때려죽일지도 몰라!"

그 말에 대답을 해야 한다는 것이 퇴를레스는 불쾌했다. 마침내 그는 말했다. "난 널 도와줄 수 없어. 너한테 일어나고 있는 일은 모두 네 책임이니까."

"하지만 얼마 전까지만 해도 넌 나에게 다정하게 대해줬잖아."

"그런 적 없어."

"하지만……"

"그 얘긴 그만해. 그건 내가 아니었어…… 꿈이었지…… 일시적인 기분이었고…… 최근에 네가 당한 치욕이 너를 나에게서 떼어놓은 건 나로선 오히려 잘된 일이야…… 나한텐 아주 잘된 일이지……"

바지니는 고개를 떨궜다. 그는 자신과 퇴를레스 사이에 냉랭한 회색빛 실망감이 바다처럼 밀려들어와 있는 것처럼 느꼈다…… 퇴를레스는 차가웠고, 다른 사람 같았다.

그 순간 바지니는 퇴를레스 앞에 무릎을 꿇고, 바닥에 머리를 치며 소리쳤다. "날 도와줘! 날 도와줘……! 제발 날 좀 도와줘!"

퇴를레스는 잠깐 머뭇거렸다. 그에겐 바지니를 돕고 싶은 생각도 없었고, 자기에게서 밀쳐낼 만큼의 충분한 분노도 없었다. 그래서 그는 맨 처음 떠오른 생각에 따랐다. "오늘 밤에 다락방으로 와. 그 문제에 관해 너랑 다시 한번 얘기하고 싶으니까." 하지만 다음 순간 그는 이미 후회하고 있었다.

'어째서 그 문제를 다시 건드리려는 거야?'라는 생각이 든 그는 신중하게 말했다. "하지만 걔들이 너를 볼지도 모르는 일이잖아. 안되겠다."

"아, 아니야, 걔들은 지난밤에 아침까지 나랑 깨어 있었어 — 걔들은 오늘은 잘 거야."

"그럼 좋아. 하지만 내가 너를 도와줄 거라고 기대하지는 마."

퇴를레스는 바지니에게 만나자는 약속을 해주었는데, 그것은 원래 자신이 가졌던 확고한 생각과는 다른 결정이었다. 그는 모든 것이 내적으로 끝났으며 더 이상 얻을 것이 없다고 확신했기 때문이다. 그런데 일종의 지나친 꼼꼼함, 애초부터 고쳐질 여지가 없는 고집스러운 성실함이 다시 한번 그 사건들에 손을 대도록 부채질했다.

퇴를레스는 그것을 짧게 끝내고 싶었다.

바지니는 자신이 어떻게 행동해야 할지 몰랐다. 그는 너무 얻어맞아 몸을 움직일 엄두조차 내지 못했다. 모든 개성적인 것이 그에게서 빠져나간 것처럼 보였다. 오직 눈에만 그 일부가 몰린 채, 두려움에 가득 차서 애원조로 퇴를레스에게 매달리는 것 같았다.

바지니는 퇴를레스가 어떻게 나올지 기다렸다.

마침내 퇴를레스가 침묵을 깼다. 그는 빠른 어조로, 이미 끝난 일을 형식상 다시 한번 처리해야 하기라도 하는 듯 따분하게 말했다.

"난 널 도와주진 않을 거야. 하긴 한때 내가 너한테 관심을 가지긴 했지만, 이제는 지나간 일이야. 너는 정말로 비열한 겁쟁이나 다름없어. 정말 그런 존재지. 그런 마당에 내가 어떻게 네 편이 될 수 있겠어! 전에 난, 너를 다르게 표현할 수 있는 말이나 느낌을 찾아야 한다고 항상 생각했지. 하지만 네가 비열하고 겁쟁이라는 말 외에 더 나은 표현은 정말로 없어. 그 말은 정말 단순하고 아무 뜻도 없는 것 같지만, 그게 할 수 있는 전부야. 내가 전에 너한테서 원했던 다른 게 뭐였는지 다 잊어버렸어. 네가 성적인 요구를 개입시킨 후로 말이야. 난 너와 멀찌감치 떨어져서 너를 바라볼 수 있는 어떤 지점을 찾으려고 했어…… 그게 너에 대한 나의 관심이었지. 그런데 네 스스로가 그걸 파괴한 거야…… 그만하자. 내가 너한테 설명할 의무가 있는 건 아니니까. 다만 한가지, 지금 네 기분은 어떠니?"

"내 기분이 어떠냐구? 난 더 이상 견딜 수가 없어."

"걔들이 너한테 아주 심한 짓을 해서 그게 고통스러운 거지?"

"응."

"그런데 그게 그렇게 단순한 고통일 뿐일까? 너는 네가 괴롭다고 느끼고 거기서 벗어나려는 거지? 그저 단순하게, 그리고 아무 복잡한 문제없이?"

바지니는 아무 대답도 못했다.

"어쨌거나 그냥 말이 난 김에 물어본 거야, 꼭 그런 질문이 아니라. 하지만 그건 아무래도 상관없어. 난 너랑 더 이상 아무 상관없어. 그건 벌써 말했지. 난 너랑 같이 있어도 더 이상 아무것도 느낄 수가 없어. 네가 하고 싶은 대로 해……"

퇴를레스는 자리를 뜨려고 했다.

그때 바지니가 옷을 벗어던지고 퇴를레스에게 다가섰다. 그의 몸엔 빨간 줄무늬 투성이였다 ─ 혐오스러울 정도로. 동작은 서투른 창녀의 그것처럼 처참했다. 퇴를레스는 역겨움을 느끼며 몸을 돌렸다.

하지만 어둠속으로 몇걸음 내딛기도 전에 라이팅과 마주쳤다.

"이게 뭐야, 너 바지니랑 비밀리에 만나고 있던 거야?"

퇴를레스는 라이팅의 시선을 따라 뒤쪽에 있는 바지니를 쳐다보았다. 바지니가 서 있는 바로 그 자리에, 지붕의 채광창으로부터 길쭉한 사각형 모양의 달빛이 비쳐 들어왔다. 상처투성이에 푸르스름한 빛으로 뒤덮인 피부는 달빛을 받아 나병환자의 피부처럼 보였다. 퇴를레스는 엉겁결에 이 광경에 대한 변명을 찾으려 했다.

"쟤가 나한테 부탁한 거야."

"뭘?"

"자기를 보호해달라고."

"야, 그렇다면 제대로 찾아온 거네."

"아마 내가 그렇게 할지도 모르지만, 이 모든 일이 내겐 따분해."

라이팅은 불쾌한 일을 당해 당혹한 듯 쳐다보더니, 화를 내며 바지니를 몰아세웠다.

"우리 몰래 비밀스러운 일을 꾸미는 방법을 너한테 직접 가르쳐주지! 네 수호천사인 퇴를레스도 보면서 만족을 느끼게 될 거야."

퇴를레스는 이미 몸을 돌린 상태였지만, 분명히 자신을 향하고 있는 악의가, 생각할 겨를도 없이 그를 붙들어 세웠다.

"잘 들어, 라이팅. 난 그럴 생각 없어. 난 더 이상 이 일에 신경 쓰고 싶지 않아. 이 모든 일이 내겐 역겹다구."

"갑자기?"

"그래, 갑자기. 왜냐하면 전에는 그 뒤에서 뭔가를 찾고 있었거든……" 하필이면 왜 지금 그 생각이 지속적으로 다시 떠올랐던 것일까……!

"아, 그 제2의 얼굴."

"그래. 하지만 지금 내 눈에 보이는 것은, 너와 바이네베르크가 밥맛 떨어질 정도로 거칠다는 사실뿐이야."

"오, 바지니가 똥을 처먹는 걸 네가 봐야 하는데." 라이팅이 빈정댔다.

"그런 건 이제 더 이상 관심 없어."

"하지만 넌 전에는……!"

"이미 말했잖아, 그 경우에는 바지니의 상태가 수수께끼인 한에서만 그렇다고 말이야."

"그럼 지금은?"

"지금 난 수수께끼 따윈 모르겠어. 모든 건 그저 일어나는 거야. 그게 지혜의 전부지." 퇴를레스는 저 잊힌 감정상태와 가까운 비유가 갑자기 다시 떠오른 것에 놀라움을 금치 못했다. "하지만 그런 지혜라면 멀리서 가져올 필요가 없을 텐데"라며 라이팅이 조롱하듯 반박하자, 퇴를레스의 내면에서 우월감에 찬 분노가 솟구쳐 올랐고, 입에서는 심한 말이 튀어나왔다. 한순간 퇴를레스는, 라이팅을 발로 밟아주면 좋겠다는 생각이 들 만큼 그를 경멸했다.

"조롱할 테면 해. 하지만 너희들이 지금 하는 짓은, 아무 생각 없이 벌이는 악의적이고 구역질 나는 괴롭힘일 뿐이야!"

라이팅은 엿듣고 있는 바지니를 곁눈질로 보았다.

"말 조심해, 퇴를레스!"

"구역질 나고, 더럽다고 ─ 네가 들은 대로야!"

이제 라이팅도 속이 부글부글 끓었다.

"너, 바지니 앞에서 우리 욕하는 걸 당장 그만두지 못해!"

"이런. 넌 명령할 처지가 못돼! 이제 끝났어. 한때 난 너와 바이네베르크를 우러러봤지. 하지만 지금 나는 너희들이 내게 어떤 존재인지 잘 알고 있어. 우둔하고, 역겹고, 짐승 같은 바보들이야!"

"입다물어, 안 그러면……!" 라이팅이 퇴를레스에게 덤벼들려는 것처럼 보였다. 퇴를레스는 한걸음 물러서서 그에게 소리쳤다. "넌 내가 너랑 주먹질이나 할 거라고 생각해? 나한테 바지니가 그 정도로 가치가 있는 건 아니야. 걔한테는 네가 하고 싶은 대로 해. 하지만 나는 이제 좀 지나가게 해줄래!"

라이팅은 주먹질보다 더 좋은 생각이 떠오른 듯 길을 비켜주었다. 그는 바지니에게도 손을 대지 않았다. 하지만 라이팅을 잘 알고 있는 퇴를레스는, 자기 등 뒤에 악의에 찬 위험이 도사리고 있다는 것을 알았다.

벌써 이틀 후 오후가 되자 라이팅과 바이네베르크가 퇴를레스에게로 다가왔다.

퇴를레스는 그들의 눈에 악의가 가득 차 있다는 것을 알아차렸다. 보아하니 바이네베르크는 자신의 예언들이 우스꽝스럽게 실패한 것을 퇴를레스의 탓으로 떠넘기려는 것 같았고, 그렇게 하도록 라이팅이 부채질한 듯했다.

"들자하니 네가 우리 욕을 했다더구나. 그것도 바지니 앞에서. 왜 그런 거야?"

퇴를레스는 아무 대답도 하지 않았다.

"너도 알다시피 우리는 그런 걸 용납하지 않아. 하지만 우린 네가 변덕스러운 생각을 하는 데 익숙하고, 일을 크게 만들고 싶지 않으니까, 그 일은 그냥 덮기로 하자. 다만 한가지는 해줘야겠어."

이렇게 친근한 투로 말하고 있음에도 바이네베르크는 뭔가 짓궂은 것을 기다리는 눈치가 역력했다.

"바지니가 오늘 밤 다락방으로 올 거야. 널 부추긴 대가로 우린 녀석에게 벌을 주려고 해. 우리가 나가는 걸 보거든 따라와."

하지만 퇴를레스는 싫다고 말했다. "……너희들은 하고 싶은 대로 해. 하지만 난 그 일에서 빼줘야겠어."

"우린 오늘 밤에 마지막으로 바지니와 재미를 보고, 내일 녀석을 반 아이들에게 넘길 거야. 왜냐하면 녀석이 반항하기 시작했거든."

"너희들이 하고 싶은 대로 하라니까."

"하지만 너도 있어야 돼."

"싫어."

"바로 네 앞에서, 누구도 우리에게 거역하고 자기를 도와줄 수 없다는 걸 바지니가 봐야만 해. 어제 녀석은 벌써 우리 명령에 따르는 걸 거부했어. 우린 녀석을 반쯤 죽도록 패줬는데 그래도 말을 안 듣더군. 다시 도덕적 수단을 동원해서 녀석을 우선은 네 앞에서, 그리고 다음엔 반 애들 앞에서 창피를 줘야겠어."

"하지만 난 안할 거라니까!"

"어째서?"

"싫어."

바이네베르크는 숨을 깊이 들이쉬었다. 그는 마치 독기를 자신의 입술에 모으는 것처럼 보였고, 이어서 퇴를레스에게 바짝 다가섰다.

"너는 네가 왜 그러는지 우리가 정말 모른다고 생각해? 네가 바지니와 얼마나 깊은 관계를 맺고 있는지 우리가 모른다고 생각하냐구?"

"너희들 이상은 아니야."

"아 그렇군. 그런데 녀석이 하필 너를 자신의 수호자로 생각했단 말이지? 그래? — 하필 너를 대단히 신뢰하게 되었다는 말이구나? 우리가 그렇게 멍청하다고 생각해서는 안될 텐데."

퇴를레스는 화가 났다. "마음대로 생각해. 하지만 너희들의 그 지저분한 얘기는 이제 그만둬줄래?"

"너 계속 그렇게 막말할 거야?!"

"난 너희들이 역겨워! 너희들의 비열한 짓은 아무 의미가 없어! 그게 너희들의 혐오스러운 점이야."

"잘 들어. 넌 여러가지로 우리에게 감사해야 할 처지야. 그런데도 지금 네 스승격인 우리를 밟고 넘어설 수 있다고 생각한다면, 그건 엄청난 착각이야. 오늘 저녁에 올래, 안 올래?"

"안 가!"

"이봐 퇴를레스, 네가 만약 우리 말을 거역하고 오지 않으면, 너도 바지니랑 똑같은 꼴을 당할 거야. 라이팅이 어떤 상황에서 너랑 맞부딪혔는지는 너도 알지. 그걸로 충분해. 우리가 더 했는지 덜 했는지는 네게 별 도움이 안돼. 우리는 모든 화살이 너를 향하게 할 거야. 너는 그런 일이 있을 때 거기에 맞서기에는 아직 너무 어리석고 우유부단해.

그러니까 네가 제때에 잘 생각하지 않는다면, 우리는 너를 바지니의 공범으로 반 아이들에게 넘길 거야. 그러면 바지니가 너를 보호해줄지도 모르지. 이해했어?"

협박의 물결이 때로는 바이네베르크로부터, 때로는 라이팅으로부터, 때로는 둘 모두에게서 동시에 쏟아져, 뇌우처럼 퇴를레스를 휩쓸고 지나갔다. 두 친구가 떠나갔을 때 퇴를레스는 꿈을 꾼 듯 눈을 비볐다. 하지만 그는 라이팅을 알고 있었다. 그는 화가 나면 극도의 비열한 짓이라도 할 수 있는 위인이었는데, 퇴를레스의 비난과 거부가 그에게 깊은 상처를 준 것 같았다. 그러면 바이네베르크는? 그는 수년간 참아온 증오로 떨고 있는 것처럼 보였는데, ……그것도 바로 퇴를레스 앞에서 톡톡히 창피를 당했기 때문이다.

하지만 여러 일들이 그의 머리 위로 점점 비극적으로 몰려들수록, 퇴를레스에게 그만큼 아무래도 상관없는 것으로, 더 기계적인 일로 보였다. 그는 협박에 겁을 먹었다. 그것은 사실이었다. 하지만 그 이상은 아니었다. 그 위험은 그를 현실의 소용돌이 한가운데로 끌고 들어갔다.

퇴를레스는 침대에 누웠다. 그리고 바이네베르크와 라이팅이 나가는 것과 바지니가 지친 발걸음으로 발을 질질 끌며 지나가는 것을 보았다. 하지만 그는 함께 가지 않았다.

그렇지만 끔찍한 상상이 그를 괴롭혔다. 그는 처음으로 다시 다소 절실한 마음으로 부모님을 생각했다. 지금까지는 단지 당혹스러움만을 안겨주던 것을 정착시키고 성숙시키기 위해서는, 부모님의 포근하고 안전한 토양이 필요하다고 느꼈다.

하지만 그것이 무엇이었을까? 퇴를레스는 그에 관해 충분히 생각할 시간이나, 벌어진 일들에 대해 골똘히 생각할 시간이 없었다. 단지 이와 같이 뒤얽히고 소란스러운 상황들로부터 벗어나고 싶다는 강렬한 갈망을 느꼈을 따름이었고, 그의 내면에는 평온함과 책에 대한 동경이 일었다. 그의 영혼은 씨앗이 그 밑에서 이미 꿈틀거리고 있지만 어떤 형태로 싹을 틔울지 알 수 없는 검은 대지와도 같았다. 그에게는 매일 아침 한결같은 마음으로 애정을 담아 기다리며 자신의 화단에 물을 주는 정원사의 모습이 떠올랐다. 이런 모습이 뇌리를 떠나지 않았고, 그 정원사의 확신에 찬 기다림이 모든 동경을 스스로에게 불러 모으는 것 같았다. '꼭 그런 식이 돼야 해! 바로 그런 식으로!' 퇴를레스는 이렇게 느꼈고, 그런 영혼의 상태에 도달하는 데 모든 것을 걸어야만 한다는 확신이 모든 두려움과 회의를 뚫고 솟아올랐다.

다만 그는 우선 어떤 일을 해야 하는지에 대해서 아직 확신이 없었다. 왜냐하면 무엇보다 평온하게 내면으로 침잠하고자 하는 동경으로 인해, 다가오는 음모극에 대한 혐오가 더욱 강해졌기 때문이다. 게다가 그는 자신을 덮칠 기회를 기다리고 있는 복수에 대해서도 실제로 두려움을 가지고 있었다. 두 친구가 정말로 그를 반 아이들 앞에서 매도하려 든다면, 거기에 맞대응하는 것은 그로 하여금 엄청난 에너지를 소모하게 할 텐데, 그렇게 소모적인 일을 한다는 것이 지금의 그로서는 대단히 유감스러운 일이었다. 그러자 — 소란에 대한 생각, 모든 고상한 가치를 잃은 채 남의 의도나 의지력과 충돌해야 한다는 생각만으로도 구역질이 일었다.

그때 그의 머릿속에, 오래전에 집에서 받은 편지 한통이 떠올랐다. 그가 부모님께 썼던 편지에 대한 답장이었는데, 당시에 그는 관능적 욕구로 인한 일화가 있기 전에 자신의 기이한 심리상태에 관해 할 수 있는 만큼 전했다. 답장은 여느 때나 다름없이 무미건조하게, 정말로 지당하고 지루한 윤리적 설교로 가득했고, 바지니가 자수하도록 설득해 그가 이 불명예스럽고 위험한 종속상태를 끝내도록 하라는 충고가 담겨 있었다.

퇴를레스는 이 편지를 나중에, 바지니가 다락방의 부드러운 이불 위에 벌거벗은 채 그의 옆에 누워 있을 때 다시 읽었다. 그의 부모가 아마도 자신들 존재의 너무 밝은 측면으로 인해, 아들의 영혼이 지금 날쌘 도둑고양이처럼 웅크리고 숨어 있는 어둠에 완전히 무지하다는 생각을 하면서, 이처럼 답답하고, 단순하며, 무미건조한 말들을 혀 위에 올려 사라지게 하는 것이 그에게 특별한 즐거움을 안겨주었다.

하지만 오늘 그 구절이 다시 떠올랐을 때, 전과 달리 그는 그 구절을 동경했다.

호의를 가진 단단한 손이 쓰다듬어줄 때의 느낌 같은 편안한 안도감이 온몸에 퍼졌다. 바로 이 순간 결정이 내려졌다. 어떤 생각이 내면에서 번쩍 떠올랐고, 부모님의 보호를 받고 있기라도 하듯 주저없이 그 생각을 붙들었다.

그는 세 친구가 돌아올 때까지 깨어 있었다. 그리고 그들이 내는 고른 숨소리로 그들이 자고 있다는 것을 확인할 때까지 기다렸다. 그제서야 그는 메모지 한장을 급하게 뜯어 야간조명등의 희미한 불빛 아래서 비뚤거리는 큰 글씨로 이렇게 썼다.

"녀석들은 내일 너를 반 아이들에게 넘길 거야. 그러면 아주 끔찍한 일이 너를 기다리겠지. 유일한 탈출구는 네가 교장선생님께 자수하는 거야. 그렇지 않아도 그 일은 어떻게든 교장의 귀에 들어갈 거야. 문제는, 그 경우 그전에 네가 반쯤 죽도록 얻어맞게 된다는 거지.

모든 걸 R. 과 B. 에게 떠넘기고 내 얘기는 하지 마.

내가 널 구하려 한다는 걸 너도 알게 될 거야."

퇴를레스는 이 쪽지를 자고 있는 바지니의 손에 찔러 넣었다.

그리고 흥분에 지친 그도 잠이 들었다.

바이네베르크와 라이팅은 퇴를레스에게 그다음날을 유예기간으로 주려는 것처럼 보였다.

하지만 바지니의 경우는 사태가 심각해졌다.

퇴를레스는 바이네베르크와 라이팅이 아이들에게 개별적으로 다가가는 것과 둘 주위로 그룹이 형성되어 그 안에서 둘이 열심히 속삭이는 모습을 보았다.

그런 가운데 그는 바지니가 자신이 쓴 쪽지를 발견했는지 알 수 없었다. 왜냐하면 퇴를레스는 자신이 감시당하고 있다고 느꼈기 때문에 바지니에게 말을 걸 기회를 잡을 수 없었기 때문이다.

처음에 그는 자기 얘기도 하고 있는 건 아닌가 해서 어쩐지 겁이 났다. 하지만 그는 지금 위험에 직면한 상황에서 그 역겨움에 의해 마비되어, 모든 것이 자기에게 그냥 다가오도록 놔두어야 할 것 같은 생각이 들었다.

그는 나중에서야 모두가 순간적으로 자신에게 등을 돌리는 상황을 각오한 채, 소심하게 그룹들 중 하나에 끼어들었다.

하지만 그에게 신경 쓰는 아이는 전혀 없었다. 우선은 바지니만이 문제가 되었던 것이다.

흥분이 고조되고 있었다. 퇴를레스는 감지할 수 있었다. 라이팅과 바이네베르크는 아마 거짓말까지 덧붙인 듯했다……

아이들은 처음엔 웃었다가 몇몇이 정색을 했고, 곱지 않은 시선이 바지니를 훑고 지나갔다. 그리고 마침내 사악한 욕망을 품은 어둡고도 뜨거운 침묵 같은 것이 반 전체를 뒤덮었다.

우연히도 수업이 없는 오후였다.

모두가 뒤쪽의 사물함 근처에 모였다. 그러고는 바지니를 불러왔다.

바이네베르크와 라이팅은 조련사처럼 그의 옆에 섰다.

문을 잠그고 보초를 세운 후, 이미 검증된 방법인 옷 벗기기가 모두의 흥을 돋웠다.

라이팅은 바지니가 어머니로부터 받은 편지 한묶음을 손에 들고 낭독하기 시작했다.

"나의 착한 아들아……"

모두가 괴성을 질러댔다.

"너도 알다시피, 내가 홀어미로서 쓸 수 있는 얼마 안되는 돈에서……"

추잡스러운 웃음과 거리낌 없는 조롱이 아이들로부터 터져 나온다. 라이팅은 계속 읽으려 한다. 갑자기 누군가 바지니를 밀친다. 바지니가 다른 아이에게 떠밀려가자, 이 아이는 반은 재미로 반은 화가 나 그를 되민다. 이번엔 또다른 아이가 바지니를 밀친다. 그리고 벌거벗은 바지니가 겁에 질려 입을 벌린 채, 교실에 있는 모든 아이들이 웃고 외치며 덮치는 가운데, 빙빙 맴도는 공처럼 갑자기 이리저리 떠다닌다 — 한 편에서 다른 편으로, — 긴 의자의 모서리에 부딪쳐 상처를 입고, 찢어져 피가 흐르는 무릎을 꿇는다 — 그리고 마침내 먼지를 잔뜩 뒤집어쓴 채 짐승 같은 멍한 눈을 하고는 피를 흘리며 쓰러진다. 순간적으로 침묵이 찾아들고, 모두가 바닥에 누워 있는 바지니를 보려고 앞으로 몰려든다.

퇴를레스는 경악했다. 그는 끔찍한 협박의 힘을 눈앞에서 본 것이다.

그는 바지니가 어떻게 할 것인지 여전히 알지 못했다.

다음날 밤에는 바지니를 침대에 묶기로 했고, 그를 펜싱용 칼로 후려치기로 결정되었다.

하지만 아침 일찍부터 교장이 반에 나타나 모두를 놀라게 했다. 담임선생과 두 명의 교사를 대동하고 있었다. 바지니는 아이들로부터 격리되어 별도의 방으로 옮겨졌다.

교장은 드러난 잔혹함에 화를 내며 일장연설을 한 후, 엄격한 조사를 지시했다.

바지니가 자수를 했던 것이다.

그에게 닥쳐오고 있는 일에 대해 누군가가 그에게 알려주었음이 틀림없었다.

퇴를레스를 의심하는 사람은 아무도 없었다. 그는 모든 일이 자신과 무관하다는 듯 조용히 앉아서 내면으로 침잠했다.

라이팅과 바이네베르크조차도 그가 배신자일 거라고는 전혀 생각하지 못했다. 퇴를레스에 대한 협박은 그들 자신도 진지하게 생각한 것이 아니었기 때문이다. 그들이 협박하는 말을 입에 올린 것은, 퇴를레스를 겁주거나 자신들이 우월하다는 것을 느끼게 해주려는 것이었고, 어쩌면 화가 나서 그랬을 수도 있었다. 그들의 분노가 사라진 지금, 그들은 더 이상 그 일에 대해서는 생각하지 않고 있었다. 퇴를레스의 부모에 대한 의무감도 퇴를레스에 대한 행동을 삼가도록 했다고 할 수 있을 것이다. 그들로서는 퇴를레스가 자신들에게 설마 그런 짓을 할 것이라고는 상상도 할 수 없는 일이었다.

퇴를레스는 자신의 조치에 대해 조금도 후회하지 않았다. 이 일을 떳떳하지 못하게 숨어서 비겁하게 했다는 사실은, 일종의 완전한 해방감에 묻혀 전혀 문제가 되지 않았다. 이 모든 흥분이 지나고 나자 내면엔 놀랍도록 명징하고 탁 트인 느낌이 들었다.

그는 앞으로 벌어질 일에 대해 여기저기서 나누고 있는 흥분된 대화에 끼어들지 않았다. 그리고 하루 종일 차분하게 지냈다.

저녁이 되어 등불이 켜지자 그는 자기 자리에 앉아서, 잠깐잠깐 기록하곤 했던 공책을 앞에 꺼내놓았다.

하지만 퇴를레스는 좀처럼 그것을 읽지 않았다. 그는 공책을 손으로 한장 한장 어루만졌는데, 거기서 오래된 편지에서 나는 라벤더 같은 은은한 향기가 피어오르는 것처럼 느껴졌다. 그것은 조화弔花를 손에 든 채 과거로부터 솟아오르는 부드럽고 창백한 그림자를 보며, 잊고 있던 우리와의 유사성을 다시 발견할 때면, 우리가 이미 지나가버린 과거사를 대하곤 하는 그런 우수 섞인 다감함이었다.

그리고 이런 우수에 찬 부드러운 그림자와 창백한 향기가 넘실대며 흐르는 넓고 따뜻한 강물 속에서 — 이제 퇴를레스 앞에 열려 있는 삶 속에서 사라져가는 것 같았다.

한단계의 성장이 끝났고, 영혼은 한그루의 어린 나무처럼 새로운 나이테를 하나 더했다 — 아직 말이 없는 이런 압도하는 느낌이 지금까지 일어난 모든 것을 용서했다.

퇴를레스는 이제 기억을 하나하나 들춰보기 시작했다. 그가 일어났던 일을 — 삶이 주는 다양한 놀라움과 당혹감을 — 무기력하게 확인해놓은 문장들이 되살아났고, 움직이며 맥락을 획득해나가는 것 같았다. 문장들은 환한 길처럼 그의 앞에 펼쳐졌는데, 거기엔 그가 더듬더듬 걸어온 흔적들이 새겨져 있었다. 하지만 거기엔 뭔가 빠져 있는 것 같았다. 아, 이런. 새로운 생각이 전혀 없었다. 게다가 그 문장들은 아직 퇴를레스를 충만한 생동감으로 사로잡지도 못했다.

그는 불안한 느낌이 들었다. 그리고 이제, 내일 선생님들 앞에 서서 자신을 변호해야 한다는 걱정이 찾아왔다. 어떻게? 이 일을 선생들에게 어떻게 설명해야 할까? 자신이 걸어온 어둡고 비밀에 가득 찬 이 길을. 왜 바지니를 괴롭혔느냐고 그들이 묻는다면? ── 이렇게 대답할 수는 없는 노릇이었다. '왜냐하면 그 과정에서 내 관심을 끈 것은 머릿속에서 벌어지는 어떤 과정이었어요. 그 모든 일에도 불구하고 아직까지 제가 그에 대해 아는 것이 별로 없는 어떤 것, 제가 그에 대해 생각하는 모든 것이 그 앞에서는 무의미하게 생각되는 어떤 것 말이에요.'

그가 겪어야만 했던 정신적인 과정의 종착지로부터 아직 그를 갈라놓고 있는 이 작은 한걸음이, 엄청난 심연이기라도 한 듯 그를 두렵게 했다.

아직 밤에 이르기 전, 퇴를레스는 열병을 앓는 듯한 두려운 흥분 상태에 빠져 있었다.

다음날, 학생들이 심문을 위해 한명씩 호출되었을 때 퇴를레스는 사라지고 없었다.

사람들이 마지막으로 그를 본 것은, 그가 어제저녁에 공책의 내용을 읽으려는 듯 앉아 있을 때였다.

사람들은 학교 안을 샅샅이 뒤졌고, 바이네베르크는 눈에 안 띄게 다락방에 가보았지만, 퇴를레스를 찾을 수는 없었다.

그가 학교에서 달아났다는 사실이 분명해졌고, 학교당국은 그를 보호해 데려와달라고 여기저기 관공서에 통보했다.

그러는 사이에 조사가 시작되었다.

자신들이 그를 함께 엮어 넣겠다는 협박이 두려워 퇴를레스가 도망갔다고 생각한 라이팅과 바이네베르크는, 이제 모든 혐의를 그에게서 벗겨줘야 한다는 의무감을 느끼고는 강력하게 그의 편을 들고 나섰다.

그들은 모든 잘못을 바지니에게 떠넘겼고, 반 아이들은 한 사람도 빠짐없이 바지니가 도벽이 있는 비열한 놈이며, 그를 바꿔보려는 호의적인 시도에 대해 새로운 범행을 하는 식으로 보답했노라고 증언했다. 라이팅은 자신들이 실수했다는 걸 알게 되었지만, 그것도 호의를 가지고 선도할 수 있는 모든 수단을 동원해보지 않은 채 동료를 처벌받도록 넘겨서는 안된다는 동정심 때문에 한 일이라고 단언했다. 게다가 모든 반 아이들도 바지니를 학대한 것은 그가 자신을 고상한 감정으로 보호하려는 사람들에게 너무나도 비열한 비웃음으로 응답했기 때문에, 단지 과도하게 격분했기 때문이었노라고 맹세했다.

요컨대 그것은 라이팅에 의해 근사하게 연출된 잘 꿰맞춰진 코미디였으며, 교사들의 귀에 가치 있는 것으로 들리는 모든 윤리적인 어조들이 변명을 위해서 지시되었다.

바지니는 모든 사안에 대해 고집스럽게 침묵을 지켰다. 그저께 이후로 계속 죽을 것 같은 공포가 그를 떠나지 않았다. 그런 탓에 방에 홀로 격리되어 평온하게 사무적으로 진행되는 조사를 받는 것이 그에게는 이미 구원이나 다름없었다. 그가 원하는 것은 어서 빨리 일이 마무리되는 것뿐이었다. 게다가 라이팅과 바이네베르크는, 그가 자신들에게 불리한 말을 할 경우에 무시무시한 복수를 가하겠노라는 협박을 사전에 해놓았다.

그때 퇴를레스가 붙들려왔다. 사람들이 죽도록 지치고 허기져 있는 그를 바로 옆 도시에서 찾아냈다.

그가 도망간 이유가 이제 이 모든 일에서 유일한 수수께끼인 것처럼 보였다. 하지만 상황은 그에게 유리했다. 바이네베르크와 라이팅은 사전작업을 미리 잘해놓았던 것이다. 그들은 최근에 퇴를레스가 신경과민 증세를 보였다고 얘기했고, 도덕적으로 예민한 탓에, 모든 것을 처음부터 알던 그가 즉시 사실을 학교에 알리지 않았다는 사실과 그 때문에 파국에 공동책임이 있다며 이미 자신의 범죄로 여긴다고도 얘기해놓았다.

따라서 퇴를레스는 감동에 젖은 호의로 맞아들여졌고, 동료들은 사전에 퇴를레스가 위 사실에 대해 알고 있도록 준비를 시켰다.

그럼에도 불구하고 퇴를레스는 몹시 흥분한 상태였고, 자신을 이해시킬 수 없을지도 모른다는 두려움으로 인해 완전히 탈진해 있었다……

조사는 혹시라도 내용이 노출될지도 모른다는 우려 때문에 교장의 사저에서 비밀리에 진행되었다. 교장 외에도 담임선생과 교리선생, 수학선생이 자리했는데, 선생들 중 가장 젊은 수학선생에게 보고서를 기록하는 일이 주어졌다.

도주의 동기에 대해 질문을 받은 퇴를레스는 침묵을 지켰다.

모두가 충분히 이해한다는 듯 고개를 끄덕였다.

"그래 좋아요." 교장이 말했다. "이 일에 대해 우린 들어서 알고 있어요. 그래도 무엇이 바지니의 비행을 숨기도록 자네를 움직였는지 말해보도록 해요."

퇴를레스는 지금 거짓말을 할 수도 있었다. 하지만 그에게서 두려움은 사라졌다. 그는 자신에 관해 얘기하고 자신의 생각을 이 사람들에게서 시험해보고 싶은 강력한 욕구에 사로잡혔다.

"저도 잘 모르겠어요, 교장 선생님. 제가 그 얘기를 처음 들었을 때, 그건 뭔가 아주 엄청난 것처럼 보였어요. ……뭔가 전혀 상상할 수 없는 것처럼요……"

교리선생은 만족해하며 격려하듯 고개를 끄덕였다.

"저는…… 저는 바지니의 영혼에 대해 생각했어요……"

교리선생의 얼굴이 온통 환해졌고, 수학선생은 자신의 코걸이 안경을 닦더니 제자리에 걸치고는 눈을 찌푸려 안경을 고정시켰다……

"저는 바지니에게 자신의 체면을 깎아내리는 일이 어떤 순간에 발생한 것인지 상상할 수가 없었어요. 그랬기 때문에 그 점이 저를 계속에서 그의 가까이로 끌고 갔지요……"

"그러니까 ― 아마도 자네가 말하려는 것은, 친구의 잘못에 대해 자연스러운 혐오감을 가졌고, 그 악행을 눈앞에 보게 되자 그것이 자네를 말하자면 꼼짝 못하게 했다는 얘기 같군. 먹이를 마주한 뱀의 시선이 그렇다고 사람들이 주장하는 것처럼 말일세."

교장과 수학선생은 그런 비유에 자신들이 공감한다는 것을 급하게 격렬한 몸짓을 통해 보여주었다. 하지만 퇴를레스는 말했다. "아니요, 사실 그건 혐오라고는 할 수 없었어요. 이런 식이었지요. 언젠가 저는 제 스스로에게, 그가 잘못을 저질렀으니 그를 처벌할 사람들에게 넘겨야 한다고 말했어요……"

"말만 할 게 아니라 행동도 그렇게 했어야지."

"……하지만 그러다가 그 친구가 다시금 너무 특이하게 보여서 처벌에 대해서는 생각하지 않게 되었고, 완전히 다른 방향에서 그 애를 마주하게 되었어요. 제가 그애에 대해 생각할 때면 제 마음속엔 언제나 어떤 비약이 있어요……"

"퇴를레스 군, 조금 더 분명하게 표현해야 할 것 같군."

"그걸 다른 식으로 말할 수는 없어요, 교장 선생님."

"아니, 아니야. 자네는 지금 흥분해 있어. 우리가 볼 땐 그래. 혼란스러워하고 있어 ― 방금 자네가 말한 것은 아주 애매해."

"그렇습니다, 저는 혼란스러워하고 있어요. 전엔 그것에 대해 훨씬 적절한 말로 설명할 수 있었어요. 하지만 지금은 제 안에 뭔가 기이한 것이 있었다는 똑같은 말만 항상 하게 돼요……"

"좋아—하지만 이 모든 일을 생각해볼 때 그건 아마 당연한 일일 거야."

퇴를레스는 잠시 생각에 잠겼다.

"어쩌면 이렇게 말할 수 있을 것 같아요. 말하자면 두가지 형태로 우리 삶에 개입하도록 정해져 있는 어떤 것들이 존재한다고 말이죠. 저는 사람들이나 사건들, 먼지 쌓인 어두운 구석, 갑자기 생기를 띠게 되는 높고 차갑고 침묵하는 담장들이 그런 것들이라 생각했어요……"

"하지만 맙소사, 퇴를레스 군, 어디로 잘못 빠져들어가고 있는 건가?"

하지만 자신 안의 모든 것을 털어놓는 것이 지금 퇴를레스에겐 일단 만족을 주었다.

"……허수……"

모두가 때로는 서로를, 때로는 퇴를레스를 쳐다보았다. 수학선생은 가볍게 헛기침을 했다.

"이 애매한 진술을 더 잘 이해하기 위해서는 퇴를레스 학생이 언젠가 저를 찾아왔다는 사실을 덧붙여야 할 것 같습니다. 훈련되지 않은 이성에게는 실제로 어려움을 안겨줄 수 있는 수학의 어떤 기본개념들—허수도 바로 그런 것이었는데—에 대한 설명을 요청하기 위해서였죠. 게다가 제가 인정할 수밖에 없는 것은, 이 학생이 이 문제에서 부인할 수 없는 명민함을 발휘했다는 사실입니다. 물론 어느정도—적어도 그가 보기엔—우리의 인과론적 사고의 빈틈을 의미하는 것처럼 보이는 그런 것들만 정말 광적으로 찾아다니긴 했지만 말입니다. 퇴를레스 군, 당시에 자네가 무슨 말을 했는지 아직 기억하나?"

"네. 그런 지점에서 우린 사고만으로는 건너갈 수 없고, 말하자면 우리를 건너가게 해줄 한층 내적인 다른 분명함이 필요할 것 같다고 말씀드렸죠. 우리가 사고만으로 그럭저럭 해결해나갈 수 없다는 점을 바지니의 경우에도 느꼈습니다."

조사가 철학적인 방향으로 벗어나자 교장은 벌써 참을성을 잃어가고 있었지만, 교리선생은 퇴를레스의 답변에 아주 만족스러워했다.

그는 물었다. "자네는 그러니까 학문에서 벗어나 종교적 관점에 이끌렸다고 느끼는 건가? 분명 바지니에 대해서도 실제로 비슷했을 겁니다." 그는 다른 사람들 쪽으로 몸을 돌리며 말했다. "이 학생은 한층 섬세한 것, 저라면 신적인 존재 혹은 우리를 넘어서는 도덕적 본질이라고 말하고 싶은 것에 대한 민감한 감수성을 가지고 있는 것처럼 보입니다."

이제 교장이 그래도 개입할 의무가 있다고 느꼈다.

"이보게, 퇴를레스. 교리선생님께서 말씀하신 대로인가? 자네가 아주 일반적으로 표현하고 있긴 하지만, 어떤 사태나 사물들 뒤에서 어떤 종교적인 배경을 찾으려는 성향을 자네가 갖고 있는 건가?"

퇴를레스가 이 말을 수긍하고 교장의 판단에 분명한 근거가 주어졌더라면, 그것만으로 교장은 아주 기뻐했을 것이다. 하지만 퇴를레스는 이렇게 말했다. "아닙니다. 그런 것도 아니었어요."

"그렇다면 도대체 그게 뭐였는지 분명하게 한번 말을 해보게."

교장이 벌컥 화를 내며 말했다. "우리는 여기서 자네랑 철학적 논쟁을 벌일 여유가 없어."

하지만 퇴를레스는 고집을 부렸다. 제대로 표현을 못했다고 스스로 느꼈던 것이다. 하지만 반론과 그가 듣게 된, 오해에서 비롯된 동의는 자신이 이 나이 든 어른들보다 낫다는 우쭐한 느낌을 가지게 했다. 그들은 인간의 내면 상태에 대해 아는 것이 별로 없는 것처럼 보였기 때문이다.

"그것이 선생님께서 말씀하신 게 아닌 건, 저로서도 어쩔 수가 없습니다. 하지만 제가 매번 느끼는 것이 무엇인지 정확히 묘사할 수가 없어요. 지금 그것에 관해 생각하고 있는 것을 말씀드리면, 왜 제가 그렇게 오랫동안 거기서 벗어날 수 없었는지 선생님도 아마 이해하시게 될 겁니다."

그는 여기서 재판관이라도 된 듯 당당하게 자리에서 일어났다. 그의 시선은 선생들을 그대로 비껴갔다. 이 우스꽝스러운 사람들을 보고 싶지 않았던 것이다.

창밖에는 나뭇가지 위에 까마귀 한마리가 앉아 있었고, 그외에는 흰색의 커다란 평면밖에 보이지 않았다.

퇴를레스는, 그의 내면에 처음에는 불분명하고 고통스럽게, 그러다가 생기를 잃고 무기력하게 있던 것에 관해 이제 명확하고 분명하게 그리고 의기양양하게 말할 수 있는 순간이 왔다고 느꼈다.

새로운 생각이 확신과 명쾌함을 준 것은 아닌 듯했다. 그는 주위에 텅 빈 공간 외엔 아무것도 없는 듯 거기 우뚝 선 그대로 ── 온전한 인간으로서, 예전에 글씨를 쓰고 공부하면서 열심히 뭔가를 하던 동료들 사이에서 놀란 눈을 이리저리 돌리던 당시에 느꼈던 것과 똑같은 느낌을 가졌다.

아무튼 생각이란 것은 기묘하다. 그것은 종종 우연에 다름 아니며, 흔적을 남기지 않고 다시 사라진다. 그리고 생각은 죽어 있을 때가 있고 살아 있을 때가 있다. 우리는 어떤 천재적인 인식을 갖게 될 수도 있지만, 그럼에도 그것은 우리 손 안의 한송이 꽃처럼 천천히 시들어간다. 형태는 남아 있지만 색깔과 향기는 사라지고 없는 것이다. 다시 말해, 우리는 그 인식된 것의 낱말 하나하나를 또렷이 기억하고 있고, 발견된 명제의 진리치는 전혀 훼손되지 않은 채 남아 있지만, 그럼에도 그 명제는 우리 내면의 표면에서만 정처 없이 맴돌 뿐, 우리는 그것으로 인해 더 풍요로워졌다고 느끼지는 못하는 것이다. 그러다가 ─ 어쩌면 몇년 후에 ─ 우리가 논리적으로는 모든 것을 알고 있음에도, 그동안 그것에 대해 전혀 알고 있는 것이 아니었다는 사실을 알게 되는 순간이 갑자기 다시 찾아온다.

그렇다, 죽어 있는 생각과 살아 있는 생각이 있는 것이다. 빛나는 표면 위에서 움직이며 언제든지 인과관계의 끈을 따라 다시 검토 가능한 생각은 아직 살아 있는 것일 필요는 없다. 이런 도정에서 우리가 만나는 생각은, 행군 대열 속의 병사들 중 아무개처럼 아무래도 상관없는 것이다. 그 생각은 이미 오래전에 우리의 머릿속을 지나갔던 것일 수도 있지만, 더 이상 생각이 아닌 것, 더 이상 논리적이지 않은 무엇인가가 그 생각에 합류해, 그 어떤 합리화와 상관없이 우리가 그 진실을 느끼게 되는 순간에야 비로소 살아나게 된다. 마치 혈색 좋은 살아 있는 육체로 파고드는 쇠갈고리를 느끼는 것처럼 말이다…… 위대한 인식은 절반만 뇌의 밝은 영역에서 이루어지며, 나머지 절반은 깊은 내면의 어두운 밑바닥에서 이루어진다. 그런 탓에 그런 위대한 인식은 무엇보다 어떤 영혼의 상태, 즉 그 맨 꼭대기에 생각이 그저 한송이 꽃처럼 얹혀 있는 상태인 것이다.

이런 마지막 생장력을 높이 밀어올리기 위해 퇴를레스에게 아직 필요한 것은 그저 영혼이 한번 뒤흔들리는 것뿐이었다.

주위의 어리둥절한 얼굴들에 신경 쓰지 않고 오로지 자신만을 위해서인 듯, 그는 눈을 똑바로 앞으로 향한 채, 이러한 생각에 덧붙여 쉬지 않고 끝까지 말했다.

"……저를 제대로 표현하기에는, 제가 아직 배운 것이 너무 부족할지도 모르겠습니다. 그럼에도 한번 표현해보도록 하겠습니다. 방금 그것이 다시 제 내면에 나타났습니다. 제가 말씀드릴 수 있는 것은, 제가 사물들을 두가지 형태로 본다는 점입니다. 모든 것들이 그러하고, 생각 역시 마찬가지입니다. 그것들은 어제나 오늘이나 똑같습니다. 그런데 제가 어떤 차이점을 찾으려 애를 쓰면서 눈을 감으면, 그것들은 다른 빛으로 되살아납니다. 아마 무리수와 관련해서는 제가 잘못 생각했을 수도 있습니다. 제가 무리수를 이른바 수학적으로 생각하게 되면, 그 수는 제게 자연스러워 보이는데, 그것의 특이함을 직시하게 되면 그것은 불가능한 것으로 여겨집니다. 하지만 이 문제에 있어선 제가 틀렸을 수도 있습니다. 그것에 관해 제가 아는 게 별로 없으니까요. 하지만 바지니의 경우엔 제가 잘못 생각했던 게 아니에요. 제가 높은 담벼락에서 나지막하게 졸졸 흐르는 소리로부터 제 귀를 돌려버릴 수 없었던 것이나, 갑자기 등불에 비춰지는 먼지의 말없는 삶으로부터 제 눈을 돌릴 수 없었을 때도 잘못 생각한 게 아니었어요. 그렇습니다. 제가 사물들의 은밀하고 주목받지 못하는 제2의 삶에 관해 얘기할 때 제가 틀린 게 아니었던 거지요! 제 말씀은, 제 말뜻 그대로 이런 것들이 살아 있다거나 바지니가 정말 두개의 얼굴을 가지고 있었다는 것은 아닙니다. 하지만 제 안에는 오성의 눈이 아니라 이 모든 것을 바라보는 제2의 눈이 있었습니다. 어떤 생각이 제 안에서 생명을 얻는 것을 느끼는 것과 똑같이, 생각들이 침묵할 때면 사물들을 바라볼 때 제 안에서 뭔가가 살아나는 것도 느낍니다. 그것은 제 안에, 모든 생각 가운데 있는 뭔가 어두운 것으로, 제 생각으로는 측량할 수 없는 것입니다. 말로는 표현할 수 없지만 그래도 저의 삶인, 하나의 삶이 말이죠……

이렇게 말없는 삶이 저를 압박했고, 에워쌌으며, 자신을 응시하도록 끊임없이 몰아댔어요. 저는 우리의 온 삶이 그럴지도 모른다는 두려움, 그리고 제가 어쩌다 여기 혹은 저기서 파편적으로만 그것을 경험할지도 모른다는 두려움으로 고통받았습니다…… 오, 저는 엄청나게 두려웠어요, ……저는 제정신이 아니었습니다……"

퇴를레스 또래의 수준을 훨씬 뛰어넘는 이러한 말들과 비유는, 극도의 흥분상태에서 거의 문학적 영감이 떠오르는 것이라고 할 수 있는 순간에, 가볍고도 자연스럽게 입에서 튀어나왔다. 이제 그는 목소리를 가라앉히고 자신의 고통에 사로잡힌 듯 덧붙였다.

"……이제 그것은 지나갔습니다. 제가 드린 말씀에도 불구하고 제가 틀렸다는 걸 이젠 알고 있습니다. 저는 더 이상 아무것도 두렵지 않아요. 저는 이제 알고 있어요. 사물은 사물이고 영원히 그렇게 머물러 있을 거라는 사실을 말이죠. 그런데 아마도 전 그것들을 때로는 이렇게, 때로는 저렇게 볼 것입니다. 때로는 오성의 눈으로, 때로는 다른 눈으로…… 그리고 저는 더 이상 그것을 서로 비교하려 들지 않을 겁니다……"

그는 침묵했다. 그는 이제 자신이 여기서 나가는 것이 아주 당연하다고 생각되었고, 그가 가는 것을 아무도 막지 않았다.

그가 나가고 나자, 뒤에 남은 사람들은 황당한 표정으로 서로를
바라보았다.

교장은 어찌할 바를 모른 채 고개를 이리저리 갸웃거렸다. 담임
선생이 먼저 입을 열었다. "이거 참, 이 꼬마 예언자가 우리한테 강
의라도 할 속셈이었던 것 같군요. 하지만 그 말은 뻐꾸기나 이해하
겠는걸요. 그 흥분하는 모습이라니! 게다가 아주 간단한 일을 그토
록 혼란스러워하다니 말이죠!"

"생각의 수용성과 자발성은 있습니다." 수학선생이 변호하고 나
섰다. "저 학생은 우리의 모든 경험이 지닌 주관적인 요소에 너무
큰 관심을 기울였고, 그것이 그를 혼란스럽게 만들어 어두운 비유
로 몰아간 것 같습니다."

교리선생만이 침묵을 지켰다. 그는 퇴를레스의 연설에서 자주
영혼이라는 단어를 들은 만큼, 저 젊은 친구를 기꺼이 떠맡았으면
했다.

하지만 그는 퇴를레스의 말이 어떤 의도로 쓰였는지 정확히 감
을 잡지 못했다.

그럼에도 교장은 상황에 종지부를 찍었다. "나는 퇴를레스라는
아이의 머릿속에 대체 뭐가 들어 있는지 모르겠어요. 하지만 어떻
든지 간에 저 애가 극도의 신경과민 상태에 있으니, 기숙사에 머무
는 것은 더 이상 적절하지 않은 것 같군요. 저 아이는 우리가 해줄
수 있는 것보다 더 세심하게 정신적 자양분이 공급되도록 돌봐줄
필요가 있어요. 내 생각으로는, 우리가 더 이상 책임을 질 수 없을
것 같군요. 퇴를레스는 개인교습을 받는 게 좋겠어요. 이런 취지로

그 아이의 아버지에게 편지를 쓰도록 하겠습니다."

솔직한 교장의 훌륭한 제안에 모두가 서둘러 동의를 표했다.

"그 아이는 정말로 특이해서, 전 그 아이가 히스테리 환자의 소지가 있다는 생각이 들 정도예요." 수학선생이 옆에 앉은 선생에게 말했다.

교장의 편지와 퇴를레스의 편지가 동시에 그의 부모님 집에 도착했다. 그는 편지에 학교가 자신이 더 이상 있을 곳이 아닌 것 같다며 자신을 데려가달라고 부탁했다.

바지니는 그러는 동안 벌로 퇴학을 당했다. 학교에서는 모든 것이 일상을 되찾았다.

퇴를레스는 어머니가 데려가기로 정해졌다. 그는 친구들과 건성으로 작별인사를 했다. 벌써 그들의 이름을 거의 잊어버리기 시작했던 것이다.

그는 저 작은 붉은 방에는 다시 올라가보지 않았다. 그 모든 것은 멀리, 그의 뒤쪽 저 멀리 지나간 것처럼 보였다.

바지니가 퇴학당한 후 모든 것이 죽어 있었다. 그가 자신과 결부되어 있던 이 모든 관계들을 마치 자기 자신과 함께 가져가버린 것 같았다.

뭔가 적막한 것, 의심스러운 것이 퇴를레스를 엄습하긴 했지만 절망감은 사라졌다. '절망감을 그토록 고조시켰던 것은 그저 바지니와 관련된 저 은밀한 사건들이었을 거야.' 그는 이렇게 생각했다. 그외에는 다른 어떤 이유도 없는 것처럼 보였다.

하지만 그는 부끄러웠다. 그것은 우리가 밤에 ― 열병에 시달리며 ― 어두운 방의 모든 구석으로부터 무시무시한 위협이 솟아오르는 것을 보고 난 다음날 아침에 느끼는 부끄러움 같았다.

조사위원회 앞에서 그가 취한 행동, 그것이 그에게는 엄청나게 우스꽝스럽게 생각되었다. 그토록 법석을 떨다니! 선생들 말이 옳았던 건 아닐까? 그렇게 사소한 일 때문에! 하지만 그의 내면엔 이런 부끄러움이 지닌 고통을 가시게 해주는 뭔가가 있었다. 그는 곰곰이 생각했다. '내가 비이성적으로 행동한 건 분명해. 하지만 그모든 것이 내 이성과 그다지 관련이 있는 것 같지는 않아.' 이것은 말하자면 그의 새로운 느낌이었다. 그는 자신의 내면에서 일었던 끔찍한 폭풍에 대한 기억을 가지고 있었는데, 그 폭풍을 설명하기에는 자신의 내면에서 지금 발견한 이유들은 터무니없이 부족했다. '그러니까 그것은 아마도 이성이나 개념으로 판단될 수 있는 것보다 훨씬 더 필연적이고 더 깊은 곳에 있는 뭔가가 틀림없어⋯⋯' 그는 이렇게 결론 내렸다.

그리고 열정 이전에 존재했던 것, 열정에 의해 그저 가려져 있을 뿐이었던 것, 본래의 것, 문제 그 자체가 확고히 자리를 잡았다. 그가 체험했던 멀고 가까움에 따라 바뀌는 영혼의 관점이. 우리의 입장에 따라 그때마다 사건들과 사물들에게, 갑작스럽게 서로 완전히 낯설고 비교불가능한 가치를 부여하는, 이처럼 이해할 수 없는 연관성이⋯⋯

이런 것과 다른 모든 것들 ― 그에겐 그것들이 이상하게도 명확하고 투명하게 ― 그리고 사소해 보였다. 그것은 선명한 첫 아침햇살이 식은땀을 말려주고, 책상과 옷장, 적과 운명이 다시 자신들의 본래 크기로 줄어드는 그런 아침에, 우리가 그것들을 보는 것과 같은 식이었다.

하지만 그때도 골똘히 생각한 후의 가벼운 피로감이 남기 마련이듯, 퇴를레스의 경우도 그랬다. 그는 이제 낮과 밤을 구분할 줄 알았다 ─ 사실 그는 항상 그것을 알고 있었지만, 어떤 불안한 꿈이 그 경계를 지우며 흘러갔던 것이다. 그는 이런 혼란을 부끄러워했다. 하지만 다른 식일 수도 있다는 기억, 사람들 주위에 쉽게 지울 수 있는 섬세한 경계들이 있다는 기억, 열에 들뜬 꿈들이 영혼 주위로 살그머니 다가가 견고한 담벼락을 부스러뜨리고 섬뜩한 골목길을 열어보인다는 기억 ─ 이런 종류의 기억도 그의 내면으로 깊이 가라앉아 희미한 그림자를 밖으로 내비치고 있었다.

그는 그것에 대해 많은 설명을 할 수는 없었다. 하지만 말로 할 수 없다는 것이 대단히 기분 좋은 느낌을 주었다. 그것은 아이를 잉태한 육체가 미래가 조용히 움직여온다는 것을 이미 스스로의 핏속에서 느끼는 확신과 비슷했다. 그리고 퇴를레스의 내면에 자신감과 피로가 뒤섞였다……

그렇게 그는 조용히 생각에 잠겨 이별을 기다리게 되었다……

혼란에 빠진 채 신경이 날카로워진 젊은이를 보게 될 거라 생각하던 어머니의 눈에 띈 것은 아들의 냉정함을 잃지 않은 태연함이었다.

둘이 역을 향해 갈 때, 그들 오른쪽에 보체나의 집이 있는 작은 숲이 있었다. 그 숲은 너무도 보잘것없고 대단찮게 보였고, 그저 버드나무와 오리나무가 먼지를 뒤집어쓴 채 뒤엉킨 모습을 하고 있었다.

퇴를레스는 그때 당시에 부모님의 삶이 얼마나 상상하기 어려

읽는지를 떠올렸다. 그리고 어머니의 모습을 옆에서 몰래 훔쳐보았다.

"왜 그러니, 얘야?"

"아무것도 아니에요, 엄마. 그냥 어떤 생각을 좀 했어요."

그러고 나서 그는 어머니의 허리께에서 풍겨 올라오는 은은한 향수냄새를 음미했다.

불확정성의 세계와 동거하는 법

작품의 생성

『소년 퇴를레스의 혼란』(*Die Verwirrungen des Zöglings Törleß*)은 로베르트 무질(Rovert Musil, 1880~1942)의 첫번째 장편소설로, 1906년 오스트리아의 빈 출판사에서 출간됐다. 그는 1894년부터 1897년까지 매리쉬-바이스키르헨의 고등군사학교 시절에 자신이 체험한 것을 1901년 자연주의 작가들에게 소재로 제공했는데, 그들이 아무런 반응을 보이지 않자 1902년, 자신이 직접 집필하기로 마음먹는다. 엔지니어 수업을 받던 그는 직업에 만족을 느끼지 못하고 그야말로 지루해서 이 소재를 소설화하기 시작했다고 회고한다. 이 시기

무질은 베를린에서 철학과 심리학을 공부하기로 결심하고 그 준비를 병행하면서『소년 퇴를레스의 혼란』을 썼고, 그런 탓에 이 소설에는 그 흔적들이 남아 있다.

그는 비교적 수월하게 소설을 끝맺었지만 출판사를 찾는 데는 애를 먹는다. 여러 출판사에 원고를 보냈다가 퇴짜를 맞은 무질은, 원고를 문단의 권위자에게 보내 평가를 받아보기로 한다. 이 권위자는 당시 베를린에서 활동하던 저명한 연극비평가 알프레드 케어(Alfred Kerr)라는 인물로, 무질의 원고에 큰 감명을 받은 그는 무질과 함께 원고를 검토하면서 수정사항을 제시한다. 무질은 나중에 이 시기를 돌이켜보면서 케어와의 만남이 자신의 작가이력에서 가장 아름다운 순간 중 하나라고 고백한다. 하지만 이 소설의 원고는 1945년 3월 12일 폭격으로 완전히 소실되어, 케어의 영향이 어느정도나 반영됐는지는 확인이 불가능하다.

1906년 10월 출판사에 최종 원고가 넘겨진 이 소설은, 출간되자마자 큰 반향을 일으켜 1907년 3월에는 4쇄가 인쇄되기에 이른다. 1911년에는 출판사를 옮겨 라이프치히에 있는 게오르크 밀러 출판사에서 새로운 판본이 나오고, 1931년에는 베를린의 로볼트 출판사에서 새로운 판본이 나오는데, 이것이 그의 생전에 나온 마지막 판본이 된다(번역본으로 사용된 판본은 작가의 작품구성 의도가 반영되어 있는 이 1931년 판본에 기반을 두고 있다).

오늘날 문학적 모더니즘의 정전으로 평가받는『소년 퇴를레스의 혼란』은 작가로서 무질의 명성을 마련해주었을 뿐 아니라, 1930년 그의 또다른 대표작『특성 없는 남자』(Der Mann ohne Eigenschaften)가 출간되기까지 그의 대표작으로 자리매김되었다. 이런 명성을 얻게 된 데는 비평가들의 찬사가 큰 역할을 했다. 알프레드 케어는 베를린의 한 신문에 기고한 글에서 다음과 같이 썼다. "남부 오스트리아에서 태어난 스물다섯살의 로베르트 무질은 앞으로 살아남을 책을 한권 썼다." 역시 저명한 문학평론가였던 프란츠 블라이(Franz Blei)는, 무질의 소설이 사춘기의 성애를 넘어서 당시 주지주의의 특정한 형태가 어떻게 발생했는지 제시하려는 시도를 했다고 칭찬하며, 그가 빈 모더니즘의 초기 시도를 계승하는 동시에 극복한다고 추켜세웠다. 미술품 수집가이자 작가인 해리 그라프 케슬러(Harry Graf Kessler)는 1907년 4월, 동료작가 후고 폰 호스만스탈에게 『소년 퇴를레스의 혼란』을 추천하는 글에서, 이 소설은 "무의식으로부터 동기들이 튀어나오며, 서로 얽히고, 서로 어긋난 채 자라나 마침내 행동에 이르는" 모습이 "너무나도 기이하며 (…) 지금까지 유일하다"라고 말한다. 뿐만 아니라 이 소설은 이 시기 형성되고 있던 표현주의 사조의 작가들에게도 영향을 미친다. 1907년 4월 에른스트 블라스(Ernst Blass)는 한 일간지에서 무질을 "영혼의 신대륙을 발견한 사람"이라 칭송했으며, 표현주의의 창시자라 할 수 있는 쿠르트 힐러(Kurt Hiller)가 세운 '새로운 클럽'(Neues Club)의 구성원들 사이에서 이 소설은 새로운 문학경향의 탄생지 가운데 하나로 추앙받았다.

무질은 이 작품으로 '작가로서의 심리학자'라는 명성도 구축하는데, 루트비히 히르쉬펠트(Ludwig Hirschfeld)는 무질이 '능숙한 영혼 연구자'이며, 정신병원 의사들과 철학자들의 저작으로부터 성생활이 서툴게 얽혀 있는 모습에 대해 가르침을 받았고, 이 소설이 시대의 증언, 혹은 시대를 거스르는 증언이라고 밝히고 있다. "자녀들이 볼이 불그스름한지, 혹은 목을 깨끗이 씻었는지만 확인하는 아무 생각 없는 부모들에 대한 반발, 학생들의 뇌를 지식과 규율을 위한 단순한 깔때기로 보는 아무 생각 없는 교사들에 대한 반발"로서 말이다.

이런 점은 자연스럽게 당시 이름을 떨치던 정신분석학과 그 정초자인 지그문트 프로이트와의 연관성을 독자들에게 떠올리게 한다. 물론 무질 자신이 작품 속에 이런 단초를 심어놓고 있기도 하다. 소설의 화자는 생도들의 '심리학적인 문제'에 대해 얘기하고 있으며, 주인공이 지닌 향수를 세세하게 분석하고 있는 것이다. 다른 텍스트에서도 무질은 자신이 심리학적인 지식을 참고하고 있다고 고백한다. "문학은 지식과 인식을 전달하지 않는다. 하지만 문학은 지식과 인식을 이용한다. 외적인 세계에 대한 지식이나 인식과 똑같이 내적인 세계에 대한 것도 말이다." 하지만 『소년 퇴를레스의 혼란』이 출간된 지 얼마 지나지 않아 베를린의 비평가인 파울 비글러(Paul Wiegler)에게 보낸 편지에서는 다음과 같이 강조하고 있다. 자신은 "이해하도록 만드는 것이 아니라 느끼도록 하고" 싶다며, "그것이 심리학적인 지식과 심리학적인 예술의 근본적 차이"라고 밝히고 있는 것이다. 1913년, 『소년 퇴를레스의 혼란』을 염두에 두고 그는 다시 이렇게 말하고 있다. "예술 속의 심리학은 우리가 타고 다니는 차량에 불과하다. 만약 당신이 이 작가(무질 자신을 가리킴)의 여러 의도 가운데 심리학만을 보게 된다면, 차량 안에서 풍경을 찾는 것이나 마찬가지다." 다른 말로 하면 무질의 텍스트는 당시의 심리학적인 지식을 재료로 사용하고 있긴 하지만, 이런 지식은 오직 작가의 문학적 의도를 위한 수단으로 기능하고 있다는 것이다.

고백소설 혹은 학교소설로서의『소년 퇴를레스의 혼란』

심리소설로 작품을 바라보는 시각과 마찬가지로, 이 작품을 사춘기에 기숙학교에서 겪은 자전적 경험을 형상화한 것이라고 보는 시각 역시 일반적이다. 우연이 아닌 이유에서 문학적 모더니즘 시기에 학생소설 장르는 전성기를 맞봤다.『소년 퇴를레스의 혼란』이 학교소설 장르의 전통을 따르고 있다는 점에 있어서는, 이 소설을 당대의 교육환경에 대한 비판으로도 읽을 수 있다. 이런 시각에서 보면 이 작품을 프랑크 베데킨트(Frank Wedekind)의『봄의 깨어남』(*Frühlingserwachen*)과 연결지어 살펴볼 수도 있다. 베데킨트가 1891년에 완성한 이 희곡작품은 1906년, 그러니까『소년 퇴를레스의 혼란』이 출간된 해에야 비로소 초연되는데, 청소년의 성적 체험과 어른들의 고루한 반응을 다룬다는 점에서 두 작품은 자주 비교되곤 한다. 물론 차이점 역시 적지 않다. 당대의 문학사가이자 문화사가인 빌헬름 헤어초크(Wilhelm Herzog)는 두 작품의 모티브가 유사함에도 불구하고 근원적인 지점에서 차이가 있다며 다음과 같이 말하고 있다.

베데킨트의 희비극적 삶의 유희, 그의 그로테스크, 그의 기괴한 착상들, 그의 풍자, 그의 조소 — 그의 비약적인 존재는 무질의 고요함과 견고함, 약간은 심리학적인 세미나 냄새가 나긴 하지만 눈에 띄려고 하거나 과장하지 않는 아주 객관적인 예술의 맞은편 극단을 이룬다.[1]

---

1 *Das frei Volk*, 1911. 6. 24.

이런 차이점에도 『소년 퇴를레스의 혼란』에서 교사들이 묘사되는 모습은 『봄의 깨어남』에서 소개되는 교사들의 모습이나, 그들이 주인공 멜히오어의 '도덕적 타락'을 운운하며 '윤리에 반하는 범죄'를 논할 때 보이는 획일적 태도와 유사한 모습을 보인다고 할 수 있다. 『소년 퇴를레스의 혼란』속 교사들 역시 같은 의미에서 풍자의 대상이 되고 있기 때문이다.

예의 바르게 움츠린 모습을 하고 있는 대부분의 교사와 비교할 때 더욱 그랬다. 왜냐하면 그런 경우에 경고조로 도덕 운운하는 것이, 좁은 어깨와 가느다란 다리 위의 볼록한 배, 마치 삶이 진지한 교화(教化)의 꽃들로 가득한 들판일 뿐이라는 듯 안경 뒤에서 어린 양처럼 무심하게 거니는 눈들과 결합되어 우스꽝스럽게 보였기 때문이다.(198면)

이외에도 1902년에 릴케의 단편소설 「체육시간」(Die Turnstunde)과 에밀 슈트라우스(Emil Strauß)의 소설 『친구 하인』(Freund Hein)이 발간되었고, 1906년 헤르만 헤세의 『수레바퀴 아래서』(Unterm Rad)가 나왔다. 청소년기의 성에 대한 교육적 관심이 고조되던 당시, 무질의 소설은 교육자들에게 사실적 관심을 불러일으켰다. 하지만 무질에게 이런 리얼리즘적 독법은 오해에 불과했다. 나중에 작가자신이 여러번 강조했듯이, 그가 선택한 학교소설이란 장르는 그에게 단지 자신의 문학적 목적을 달성하기 위한 가면에 불과했던 것이다.

영혼의 연관관계를 형상화하기 위한, 상황에 맞는 단순한, 그런고로 유연한 재료. 이런 연관관계는 어른의 경우에는 너무 많은 다른 재료, 아이들의 경우엔 작동하지 않은 채 있는 그런 재료로 인해 복잡하다. 거리낌 없는 민감한 상태. 하지만 미숙한 자, 유혹하는 자와 유혹 당한 자에 대한 묘사는 당연히 그 자체로 문제가 아니라, 이 미숙한 자 안에서 미숙한 것을 형상화하거나 암시하는 수단이다.[2]

무질이 이처럼 소설과 자기 자신의 실제 체험을 분리해 생각해 주길 원한 데는, 작중 인물인 라이팅과 바이네베르크의 모델이 된 실제 인물들이 명예훼손의 문제를 제기할지도 모른다는 이유가 한편에 존재한다. 하지만 더 큰 이유는 그가 리얼리즘적이고 자연주의적인 의도를 좇지 않고, 소재를 자유롭게 다루고자 하기 때문이라고 볼 수 있을 것이다. 소설 속 배경인 군사기숙학교에, 장교가 아니라 그에 대해 아무것도 모르는 교사들이 등장한다는 사실 역시 리얼리즘과는 거리가 먼 부분이다.

그럼에도 이 소설에 시대를 관통하는 진실이 묘사되어 있다는 것도 거부할 수 없는 사실이다. 1945년 이후 이 소설의 해석은 대개 "20세기 독재정치의 전사(前史)"라는 측면에 집중된다. 1930년대 말 무질은 스스로 "나중의 정치를 위한 생도의 중요성"에 대해 언급하며, 동급생 라이징과 보이네부르크-렝스펠트에게서 "오늘날의 독재자들"의 모습을 본다. "당시에 우리가 쿠데따를 일으키는 장교가 이 세계의 지도자 유형이 되리라고 생각이나 할 수 있었을까? 보이네부르크는 그렇게 생각했다!" 죽기 얼마 전인 1942년 4월 5일자 편지에서 무질은 또 이렇게 적고 있다. "그와 달리『소년 퇴를레스의 혼란』에 관해서 어떤 현명한 사람은 얼마 전에, 자신이

2 *Robert Musil Gesammelte Werke bd. 2*, Rowohlt Verlag 1978, 996면.

오늘날 세상을 혼란에 빠뜨리고 있는 인간종족을 그의 허구적인 청소년시절 속에 묘사했노라고 말했다. 그런 것을 거의 사십년 전에 묘사하는 것은, 벌써 어떤 예언의 양상을 띤다고 할 수 있을 것이다." 이 현명한 사람이 무질 자신을 가리킨다는 것은 말할 것도 없다. 스위스 망명기간에 무질은 다음과 같이 말했다고 전해진다. "제3제국의 충동의 근간을 나는 이미『소년 퇴를레스의 혼란』에 그러니까 가학적인 성향의 생도 바이네베르크라는 인물에게서 묘사했다." 실제로 바이네베르크의 인간 멸시적인 공상들과 '무가치한 삶'에 대한 나치의 상상, 혹은 바지니에 대한 경멸("말해봐, '난 짐승이야, 도둑질하는 짐승이야, 도둑질하는, 돼지 같은, 너희들의 짐승이야!'라고.")과 강제수용소의 수감자들에 대한 경멸 사이에는 놀라울 정도의 유사성이 있다.

작품의 형식: 서술 기법과 인물 배치

『소년 퇴를레스의 혼란』이후에 나온 무질의 작품들에는 대개 주된 플롯이 없는 반면, 이 초기 작품에는 줄거리가 온전하게 유지되고 있다.

내가『소년 퇴를레스의 혼란』을 집필할 때 인도되던 원칙에 대해 나는 아직도 잘 기억한다. 가능한 한 모든 것을 짧게 말하기, (…) 약간이라도 개념에 기여하지 않는 이미지는 사용하지 않기, 생각들이 ─ 그것이 내게 아주 중요하긴 하지만─줄거리의 진행에 용이하게 삽입되지 않으면 생략하기. 비록 내가 줄거리에 하등의 가치를 두진 않왔지만, 나는 본능적으로 그것에 대단한 권한을 부여했다. 나는 서술이 무엇인가 하는 즉흥적인—그리고 그 소설의 성공이 보여주었듯이, 올바른—생각에 나 자신을 복종시켰고, 만족스럽게도 어떤 이념이 '흘러들도록' 하는 것이 나를 납득시켰다.[3]

이런 까닭에 대중소설적인 요구와 지적인 요구를 결합시키는 『소년 퇴를레스의 혼란』은 다양하게 코드화된 문학을 위한 비교적 이른 예로 지칭된다. 처음의 기차역 장면과 마지막의 기차역 장면이 연결되는 '순환구조' 안에서 점점 고조되는 여러 단계에 걸쳐 연대기적으로 설명되는 줄거리가 이어진다. 여기에는 주인공의 '사춘기의 위기'와 '인식의 위기'뿐 아니라 바지니의 고문 장면("녀석(바지니)의 경우 이제 한발짝 더 나아가야 할 때가 된 거야.") 역시 마찬가지로 포함된다. 바이네베르크에 의해 연출된 최면실험은 이때 퇴를레스가 겪는 혼란의 절정이자 임시 종착지를 가리킨다. 이야기가 진행되는 약 한달 반가량의 시간을 포함하는 연대기적 묘사는 여러 번에 걸쳐 중단된다. 첫 장면은 비교적 긴 회상으로 중단되며 주인공의 지난 사년간의 전사에 대한 정보를 전달한다. 소설의 말미에는 성장한 주인공의 삶에 대한 짤막한 서술을 통해 다시 한번 소설 진행이 중단된다. 이외에도 나이든 현명한 화자의 에세이적인 성찰이 곳곳에 삽입되어 작품의 진행을 중단시키는 역할을 하고 있다.

무질의 인물들은 『소년 퇴를레스의 혼란』에서부터 유형, 즉 '일종의 가능태'로 구성된다. "캐릭터 묘사는 양식화되어 있고, 모든 것이 가장 짧은 선으로 함축되어 있다. 온전한 인간이 그려지는 것

3 *Robert Musil Klagenfurter Ausgabe I. 7*, Robert Musil-Institut der Universität Klagenfurt 2009, 38면.

이 아니라 그때그때 단지 중요한 선이 그려진다." 인물들의 조합은 통속적인 영혼의 모델과 유사하다. 음모가인 라이팅이 차가운 이성을 구현하고 있다면, 비교(秘敎)의 사제 같은 바이네베르크는 과도한 상상력을 구현하고, 이들의 희생자인 바지니는 성적 충동과 무의식적 요소를 보여준다. 교실의 두 독재자 격 인물의 '비밀 참모장' 역할을 하고 있는 퇴를레스는, 처음에는 마치 수학 계산식의 변수처럼 성격 없고 개성 없는 주인공으로서, 다른 인물들과의 관계에서만 그 값을 가진다. 이때 눈에 띄는 것은 퇴를레스와 그의 동료들 간의 유사성과 건널 수 없는 다름이다. 비밀스러운 굴욕의 환상으로서 퇴를레스를 지배하고 있는 것을, 얼마 후 바지니는 실제로 겪어야만 한다. 퇴를레스가 다른 현실로 가는 '문'을 찾는 것은 바이네베르크가 초월적 진실을 믿는 것과 혼동될 정도로 유사하다. 퇴를레스가 바이네베르크의 비합리성을 의심하는 태도는 다시 실용주의자 라이팅과 그를 연결 지어준다.

따라서 인물 배치는 힘들의 장과 긴장의 장을 형성한다. 이때 외부세계의 끈을 좇는 권력형 인간 라이팅과 내부세계로 향하는 끈을 좇는 몽상가 바이네베르크는, 당대의 지배적인 지적 위상을 대표한다. 한편으로는 자연과학의 경험적이고 합리적인 인식 방식과 다른 한편으로는 비합리주의 혹은 새로운 신비주의가 이 인물들에게서 드러나는 것이다.

언어의 한계와 주체의 위기

『소년 퇴를레스의 혼란』이 당시의 시대상과 사회상에 비판적인 태도를 보이고 있다는 점은 여러 곳에서 드러난다. 작품 초반, 퇴를레스의 부모가 아들을 방문한 후 돌아가는 모습을 그리고 있는 기차역 장면에서 벌써 그런 분위기가 감지된다.

> 그러면 역장은 똑같은 팔 동작으로 회중시계를 꺼내고는 머리를 흔들며 다시 사라졌다. 그 모습은 오래된 시계탑에서 정각이 되면 등장하는 모형들이 나왔다 사라지는 것 같았다.(10면)

역장의 행동을 묘사하는 위 대목은 당시 시민사회의 자동인형 같은 삶에 대한 비판으로 읽힌다. 획일적이고 반복적인 역장의 행위는 오로지 직업적인 차원의 삶에 매몰된 모습을 보여주고 있는 것이다. 뿐만 아니라 퇴를레스의 학교생활 역시 일정 부분 이런 모습의 연장선상에 위치하는 것처럼 묘사된다. 부모에게 편지 쓰는 일 외에 학교에서 "그가 하는 다른 모든 것은 그림자 같은 의미없는 사건에 불과"한 것이며 "시계 문자판의 숫자처럼 무심코 지나는 정거장"(11면)이나 다름없는 것이다.

하지만 무엇보다도 이 소설에서 중점적으로 비판되고 있는 것은 오성의 한계 그리고 그와 밀접한 관련을 가지고 있는 언어의 한계이다. 주인공이 지속적으로 보여주고 있는 언어에 대한 불신은 이 소설이 당대의 지적 풍토와 맞닿아 있다는 것을 보여주고 있다. 호프만스탈의 찬도스 경처럼 무질의 퇴를레스 역시 1900년경의 '언어위기'의 증인인 것이다. 언어적 매체의 능력에 대한 시대적 불신은 당시의 철학과 자연과학에 대한 인식의 위기와 밀접하게 관련되어 있다. 퇴를레스 역시 이런 '말의 무력함' 앞에서 어쩔 줄 모르는 상황에 맞닥뜨리고 있다.

그들은 퇴를레스가 자신들을 붙잡기 위한 말을 찾으려 하자, 넘을 수 없는 문턱에 멈춰 서서 뒤로 물러나는 것 같았다.(91면)

어떤 대상을 언어로 포착하기 위한 노력은 무위로 돌아간다. 그 대상을 정확하게 지칭하는 언어 자체가 부재한 것이다. 사실 이런 경험은 이미 오래전부터 그를 괴롭혀오던 것이었다.

언젠가 아버지와 함께 보던 풍경화들 가운데 하나 앞에서 느닷없이 "아, 아름다워요"라고 외쳤던 일―그리고 아버지가 기뻐하시자 당황했던 일이 떠올랐다. 왜냐하면 "끔찍하게 슬퍼요"라고 말할 수도 있었기 때문이다. 그때 그를 괴롭혔던 것은 말의 무력함이었으며, 말이란 단지 느낀 것에 대한 우연한 도피처에 불과하다는 어렴풋한 의식이었다.(108면)

이번엔 한가지 정황이나 대상을 가리키는 말이, 정확히 반대되는 말로도 표현될 수 있는 불명확한 상황이 문제가 된다. 그리고 이 경험은 여기서 그치지 않고 그의 존재 자체를 위협하는 어떤 신화적 존재처럼 그에게 다가온다.

이제 퇴를레스는 침묵이 사방에서 에워싸고 있다고 느꼈다. 그것은 머나 먼 곳의 어두운 힘처럼 이미 오래전부터 위협해왔음에 틀림없다. 하지만 그는 본능적으로 그것으로부터 몸을 피했고, 단지 가끔씩만 소심하게 흘끗 쳐다보았을 뿐이다. 그런데 지금 어떤 우연과 사건이 그의 주의력을 날카롭게 만들어 그것에 관심을 가지도록 했고, 신호라도 받은 것처럼 사방에서 침입해 들어왔다. 그것은 순간순간마다 새로이 더 넓게 퍼져가는 엄청난 혼란을 동반하고 있었다.

그것은 사물들과 사건, 인간을 어떤 이중적인 의미를 지닌 존재로 느끼는 일종의 광기처럼 퇴를레스를 덮쳐왔다. 어떤 발명가들이 힘을 써 단순히 무언가를 설명하는 무해한 단어로 결박해놓은 어떤 것으로, 하지만 동시에 매 순간 그 상태에서 금방이라도 벗어날 것 같은 완전히 낯선 어떤 것으로서 말이다.(106면)

언어란, 통제할 수 없는 괴물 같은 존재를 임시방편으로 묶어두고 있는 빈약한 수단에 불과하다. 잠시 묶어놓은 그 연약한 포승줄은 날뛰고 있는 저 존재를 길들이기에는 너무 약하고 언제든지 끊어질 것처럼 보인다.

반면 '엄격한 오성'에 의해 파괴되는 미묘하고도 섬세한 요소들도 존재한다. 엄격한 오성이 가진 폭력적인 양상에 대한 비판도 이 소설에서 큰 축을 차지하고 있는데, 이는 작품 초반 어린 공자와의 만남에서 이미 묘사되고 있다.

퇴를레스 자신과는 무관한 것처럼 오성으로 여린 공자를 사정없이 공격하기 시작했던 것이다. 그는 이성적인 인간으로서 할 수 있는 조소를 공자에게 퍼부었고, 공자의 영혼이 깃들어 있는 섬세한 건물을 야만적으로 파괴했다. 그리고 둘은 분노에 사로잡힌 채 갈라섰다.

그후로 두 사람은 다시는 한마디 말도 나누지 않았다. 퇴를레스에 겐 자신이 뭔가 생각 없는 짓을 했다는 사실이 어렴풋이 느껴지는 것 같았다. 불분명하지만 느낌상, 오성이라는 이 융통성 없는 잣대가 아주 부적절한 시기에 뭔가 섬세한 것, 뭔가 즐거움에 가득한 것을 파괴했다는 것을 깨달았다.(16~17면)

융통성 없는 야만적 오성과 대비되는 것, "뭔가 섬세한 것" "즐거움에 가득한 것"이 무엇이며, "오성적 판단 너머에서 퇴를레스를 공자와 맺어주었던 것"(19면)이 무엇인지는 아직 분명하지 않지만, 그래도 그가 이 공자를 회상할 때면 언뜻언뜻 기억 속에 되살아난다. 그와 결부된 경험의 단초들은 "자기 집의 어두워져가는 방 안에 있는 말없는 그림"이며, "어떤 시의 구절들"(107면)이다. 한마디로 말해 문학적이고 예술적인 체험이 둘의 관계를 해명해주는 결정적인 요소인 것이다.

하지만 이런 미적 체험의 의미와 가치를 아직 제대로 음미하기도 전에 둘의 관계는 끝나버리고, 퇴를레스는 그 반대 방향, 즉 '오성'이 제시하는 방향으로 과격하게 돌아서는 것이다. 학교에서 이쪽 방향으로 그에게 모범을 제시하는 것이 바이네베르크이다. 바이네베르크의 출발점은 "갈고닦은 오성"(139면)에 갇혀 '인형'으로 전락한 당대 서구인으로서, 퇴를레스 역시 일정 정도는 이들과 궤를 같이한다. 그도 "수백개의 교차하는 곡선으로 되어 있는 혼란스러운 그림으로부터 전체를 포괄하는 하나의 선으로 된 형태가 드러나는 것처럼, 자신에 대해 올바르고 오성적인 동시에 법칙에 맞는 이해도 생겨날 것이라는 소망"(152면)을 가지고 있는 것이다.

퇴를레스가 미래의 관료들을 길러내는 역할을 하는 기숙학교에서 체험하고 있는 중요한 경험들은, 위에서 예로 든 것처럼 대개 오성적인 판단에 힘입어 확고부동한 진리라고 생각되는 것에 대한 편협한 집착, 그리고 경계 너머의 존재에 대한 거부, 불확실한 것에 대한 거부감을 통한 안정적 질서의 고수 등을 특징으로 하고 있으며, 퇴를레스는 이를 관통하며 겪어냄으로써 결국은 이에 대한 비판적인 자신의 체험을 만들어나간다. 그는 작가 자신의 지향점, 즉

페터 지마가 지적하고 있듯이 "에세이주의 및 — 비판이론을 상기시키며 데리다의 몇몇 공리들을 선취하는 — 체계 혹은 로고스 중심주의에 대한 비판과 직결"되는 지점을 보여주고 있는 것이다.

퇴를레스의 불확정성의 세계

퇴를레스의 혼란은 바로 이처럼 유일하고 확고부동한 것으로 여겨졌던 세계가 분열되는 상황 때문에 발생한다. 도둑으로 취급받는 바지니와 관련된 사안으로 인해 조사위원회가 열려 그의 퇴학 여부가 논의되는 상황에서, 증인으로 불려나온 퇴를레스는 교사들에게 마지막으로 이렇게 얘기한다.

제가 말씀드릴 수 있는 것은, 제가 사물들을 두가지 형태로 본다는 점입니다. 모든 것들이 그러하고, 생각 역시 마찬가지입니다.(242면)

퇴를레스는 이전에 그에게 혼란을 주었던 것들에 대해 이제 확신에 차서 얘기한다. 물론 교사들에게는 퇴를레스가 이런 식으로 자기 의견을 표명하는 것이 여전히 미성숙의 표지이다. 하지만 퇴를레스의 성장과정을 염두에 두고 작품을 다시 읽어보면, 그가 확신을 가지게 되는 상황이 작품 초반부터 이미 차근차근 준비되고 있다는 사실을 알 수 있다. 퇴를레스에게 혼란을 불러일으키는 인지상황을 독자는 먼지투성이의 도로를 묘사한 소설의 첫 부분에서 벌써 마주하게 된다.

도로의 양 가장자리는 밟아 다져진 주위의 지면과 분간하기 어려웠는데, 먼지와 검댕으로 질식해 말라 죽은 나뭇잎을 단 채 양옆에 서글프게 두줄로 서 있는 아카시아 나무 덕에 그 경계를 알아볼 수 있었다.(9면)

어디가 길이고 어디가 길 바깥인지 불분명한 상황은 앞으로 그가 걷게 될 길이 바로 이처럼 혼돈의 양상을 띠게 될 것이라는 점을 작품은 비유적으로 보여주고 있다. 소설이 진행되면서 퇴를레스에게는 인물과 배경이 점점 더 구별하기 어려워지며 때때로 그 자리가 바뀌기까지 하는데, 주체와 객체의 차이 역시 놀랄 만큼 불안정하다는 사실이 확인된다. 유년시절에 개별적 양상으로 간헐적으로 시작된 이런 체험은, 점점 조절 불가능한 상황으로 치닫는다. "그것은 사물들과 사건, 인간을 어떤 이중적인 의미를 지닌 존재로 느끼는 일종의 광기처럼 퇴를레스를 덮쳐"(106면)오는 것이다.

이런 혼돈의 현상에 공통적인 것은 그것이 출현할 때의 갑작스러움이다. 퇴를레스는 그것을 그의 내면에서 일어나는 '도약' 혹은 '비약'으로 체험하며, 이런 체험이나 상상에 자신이 내맡겨져 있다고 느낀다. "그것이 어떻게 가능하단 말인가? 그런 순간에는 무슨 일이 벌어지는가? 그 순간에 무엇이 소리치며 솟아오르고 무엇이 갑자기 소멸하는가……?"(74면) 이런 현상은 주체의 정체성과 주권을 의문시하며 주체를 무기력하고 분열되어 있는 모습으로 보여주기 때문에 두려움을 안겨주는데, 이는 모더니즘 문학의 근본 모티브라 할 수 있다. 퇴를레스는 자신에게 일어난 일을 떠올리며 "두 조각으로 완전히 분열"(105면)되다시피 하며, 바지니에게 빗대어 자신의 "전 존재에 균열이 생기는 게 아닐까"(179면) 두려워한다.

이처럼 "인과론적 사고의 빈틈"(238~39면)을 보여주는 여러 요소들이 등장하며 주인공을 혼란 속으로 밀어 넣는다. 하지만 결국 이런 빈틈은 단순히 결여로서가 아니라 세상을 구성하는 본질적인 요소라는 점이 드러난다. 그런 양상은 소설에서 '건축적·수학적 비유' '양성성의 비유' '예술의 비유'를 통해 분명하게 드러나고 있다.

건축적·수학적 비유

퇴를레스와 친구들이 생활하는 기숙학교는 사회의 중추적 일원이 될 관리자를 양성하는 데 주된 목표를 두고 아이들의 일거수일투족을 관리하는 것을 목표로 삼고 있다. 그런 탓에 아이들의 생활양식도 획일적인 것처럼 묘사된다. 학교를 찾은 부모님과 이별하고 다시 학교로 돌아가는 모습을 묘사한 대목에서는 이런 특징을 다음과 같이 묘사한다.

그는 앞서 걷는 친구가 흙먼지 위에 방금 새겨놓은 발자국의 흔적을 한걸음 한걸음 밟아나갔다 ─ 꼭 그래야만 할 것 같은 느낌이 들었다. 마치 전 생애를 이 같은 하나의 선, 먼지 속에 그어지고 있는 가느다란 한줄기 선 위의 이러한 움직임 ─ 한걸음 한걸음 ─ 속에 사로잡아 압착시키는 돌덩이 같은 강제로서 말이다.(23면)

일렬로 행진하는 아이들의 모습은 이들에게 강제된 규율의 획일성을 암시하며, 그 획일성이 학교 밖에서, 그리고 이후에 그들이 살아갈 사회 속에서도 여전히 유효한 '강제'로 기능할 것이라는 점을 암시한다. 하지만, 아이들이 체험하는 양상은 그것과 전혀 다른 모습이다. 그런 양상은 무엇보다 이 학교의 건물을 묘사하는 대목에서 두드러진다.

오래된 건물들이 자주 그렇듯 쓸데없는 구석과 불필요한 계단들로 비합리적으로 지어져 있었는데 —— 그 계단은 바닥에 도달하고도 상당한 높이로 더 오르도록 만들어져 있어서, 계단을 막고 있는 무거운 철제문 건너편 바닥에 내려서기 위해서는 나무계단이 필요할 정도였다.
하지만 이렇게 해서 이쪽 편에는 대들보 높이까지 수 미터 높이에 달하는 불필요한 공간이 생겨났다. 누구도 발을 들인 적이 없었을 것 같은 이 공간에는, 언제인지도 알 수 없는 아주 오래전의 연극공연에서 나온 낡은 무대장치들이 보관돼 있었다.(60면)

불필요하게 높이 올라가도록 계단이 만들어져 있어 그 문을 여는 순간 낙차가 큰 문 저편의 공간이 나타나도록 되어 있는 구조는, 이 학교 건물의 '비합리적 구조'를 적나라하게 보여준다. 이쪽의 세계는 "밝은 낮의 세계"이고 문 저편의 세계는 "희미하고, 미친 듯이 날뛰며, 정열적이고, 적나라하며, 파괴적인 세계"(74면)지만, 두 세계는 문 하나만 넘으면 바로 이어지도록 되어 있는 것이다. 이 학교 건물뿐만 아니라 저 밖의 어른들의 세계 역시 마찬가지다. "마치 유리와 쇠로 지어진 투명하고 견고한 구조물 안에서처럼 사무실과 가족 사이를 규칙적으로 오가는 삶을 사는 저 사람들과 추방된 자들, 피 흘리는 자들, 엄청나게 지저분한 자들, 으르렁거리는 고함소리로 가득한 어지러운 통로를 헤매는 자들과 같은 다른 사람들 사이에는, 둘 사이를 연결하는 길뿐만 아니라, 언제라도 넘어갈 수 있도록 그 경계가 은밀하고도 가깝게 붙어"(74면) 있는 것이다. '오성의 엄격한 경계'는 세계를 파악하는 유일한 수단이 아니라는 점, 그 경계는 매우 인위적이며 그 거리도 그다지 멀지 않다는 점이 퇴를레스의 이런 공간 인식에서 잘 드러나고 있다.

무질이 살던 20세기 전후는 바야흐로 과학의 전성시대라 할 만한 시대였다. 정신분석학에 의한 무의식의 점령, 속도기계들로 인한 시간과 공간의 점령, 무엇보다 기초학문으로서 수학이 갖는 위상이 한껏 고조된 시기였던 것이다. 하지만 이런 인식이 과연 한없이 믿을 수 있는 최종심급인가 하는 의심은 그의 초기작인『소년 퇴를레스의 혼란』에서 이미 심각하게 표명되고 있다. 퇴를레스는 무엇보다 이런 전회 앞에서 그 어느 것도 안전하지 않다는 것을 배운다. 겉보기에 가장 합리적인 수학이 그렇다. 존재하지 않는 수로 계산을 하고 그 결과를 신뢰하는 수학의 계산방식은 퇴를레스가 겪는 혼란의 주된 원인이다. 예를 들어 마이너스 1의 제곱근의 형태로 가상의 수인 허수가 수학으로 틈입해 들어오는 방식이 그렇다.

"정말 기이한 점은, 그런 허수나 그외의 불가능한 값을 가지고도 아주 실제적인 계산을 할 수 있고, 결론적으로 손에 잡히는 결과물이 생겨난다는 점이야!"(124면)

그리고 이런 인식 역시 다시 건축학적 비유를 통해 설명된다.

"그래, 그래. 네가 말하는 건 나도 다 알아. 하지만 그럼에도 여기엔 뭔가 아주 묘한 것이 들러붙어 있지 않아? 그걸 어떻게 표현하면 좋을까? 이런 식으로 한번 생각해봐. 그런 종류의 계산에서는 처음에 아주 확실한 숫자들이 있어. 그 숫자들은 미터나 무게, 또는 손에 잡을 수 있는 어떤 것을 표시할 수 있고, 적어도 실재하는 수들이지. 계산의 마지막에도 바로 그런 수들이 있어. 하지만 그 둘이, 전혀 존재하지 않는 무언가를 통해 서로 연결되어 있는 거야. 그게 마치 첫 교각과 끝 교각만 있는데도 다리가 거기 있기라도 한듯 사람들이 확신을 가지고 건너가는 그런 다리 같지 않아? 그런 계산엔 나를 뭔가 현기증 나게 하는 게 있어. 어디로 이끄는지 모르는 길처럼 말이야. 하지만 정말로 섬뜩하게 만드는 것은 그런 계산에 숨어 있는 힘, 우리를 꼭 붙들어 다시 무사히 땅에 발을 딛게 만드는 그런 힘이야."(125면)

무질은 나중에 그의 유명한 수필 「수학적 인간」에서, 이 같은 초기의 인식을 그대로 유지하면서 인류문명 자체가 허공 위에 떠 있는 것과 같다는 사실을 자각하게 될 때 우리가 받게 되는 충격에 대해 상세히 논하고 있다. 그리고 정확성의 표상인 수학이라는 학문에서 허수 같은 비이성적인 요소가 필수적이라는 사실에 주목하며, '세계구조의 정확한 파악은 수학에서와 마찬가지로 비이성적 영역까지를 포괄해야 한다는 인식의 전환'이 필요하다는 것을 상술하고 있다.

양성성의 비유: 오이디푸스적 갈등과 시각적 모티브

무질이 프로이트의 이론을 정확히 수용했는지에 대해서는 연구자들 사이에서 의견이 분분하지만, 충동의 발전과 성적 상징, 꿈의 메커니즘에 대한 묘사에서 그가 당대의 의학적 논의의 수준에 도달해 있었다는 점은 분명하다. 정신분석학적 문학비평에서는, 대체로 이 소설 속에 주인공의 무의식적·트라우마적인 갈등이 포함되어 있으며, 그 갈등의 오이디푸스적 본성이 바지니를 대하는 퇴를레스의 언어적 실수에서 드러나고 있다고 본다.

"네가 어떤 식으로 움직이라고 시킬 수도 있어 — 어떤 건진 너도 알겠지 — 그러면 넌 신음소리를 내며 말하는 거야. '오 사랑하는 엄……'" 하지만 퇴를레스는 이런 식으로 모독하는 일을 갑자기 멈췄다. "하지만 난 그렇게 안해, 안한다구. 알겠어?"(180면)

프로이트가 「일상의 정신병리학」(1901)에서 분석하고 있는 것처럼 퇴를레스는 이런 말실수를 통해 어머니를 소망하는 자신의 무의식적 동기를 드러내고 있다. 하지만 이런 퇴를레스의 행동이 한편으로 '남성적' 정체성에 대한 소망임에도 불구하고, 전체적으로 볼 때 남성적 정체성과 여성적 정체성 어느 한곳에 머무를 수 없는 양성적 모습과 그로 인한 혼란이 작품의 큰 축을 담당하고 있다. 그의 행위는 '한편으로 어머니와의 공생을 재생하려는 시도와 다른 한편으로 독립적인 남성적 정체성 사이에서 흔들리고' 있는 것이다.

이 역시 작품 초반부터 언급되고 있다. 다른 아이들로부터 놀림을 받는 H. 공자와 퇴를레스는 적극적 친교를 맺는다. 이런 친연성은 다음과 같은 묘사에서도 두드러진다.

다른 아이들은 그의 부드러운 눈이 맥없고 부자연스럽다고 여겼다. 아이들은 그가 서 있을 때 엉덩이 한쪽을 내밀고 있거나 말할 때 손가락을 천천히 놀리는 모습을 보고 여자 같다고 비웃었다.(14~15면)

이들이 교육받는 곳이 남성성을 극도로 추구하는 군사학교라는 점을 감안하면, 아이들이 공자의 여성스러운 면모를 비웃는 것은 일견 당연해 보인다. 그런데 퇴를레스는 그와 적극적인 친교관계를 맺는 것을 두려워하지 않고 있다. 이와 관련하여 주목해야 할 점은, 소설의 마지막에서 교사들이 퇴를레스가 "히스테리 환자의 소지"(245면)를 가지고 있다고 간주한다는 점이다. 실제로 퇴를레스의 혼란과 당시에 만연하던 히스테리 증상 사이에는 유사성이 존재한다. 분열된 자아, 제2의 의식이 지배하고 있는, 최면과 유사한 상태 그리고 언어의 빈곤 등은 그런 증상의 대표적 요소들이다. 무엇보다도 '히스테리'가 주로 여성적 질환이라는 평가를 받았으며, 그 환자가 '문제와 수수께끼 덩어리인 여성성 그 자체가 구현된' 존재였다는 점에서 퇴를레스의 정체성을 확인해볼 수 있는 중요한 논점을 제공한다.

남성적 위치와 여성적 위치 사이의 이런 진자운동은 소설 속에서 '시선'의 모티브를 통해 한층 구체적으로 드러난다. 이 경우 퇴를레스에게서 나타나는 서로 대립적인 두 종류의 시선이 구분된다. 남근적-성적인 공격적 시선과 마비된 것처럼 외부의 시선에 무기력하게 스스로를 내맡기는 태도가 그것이다. 첫 장면에서 역으로부터 기숙사로 돌아갈 때 퇴를레스는 "타는 듯한 시선"(25면)으로 농부 아낙네들을 쳐다본다. 하지만 보체나 장면에서 이미, '때 이르게' 깨어난 충동적 욕구와 '실행'할 능력 사이에 있는 격차가 분명해지며, 욕망하는 성적 대상을 바라보는 것은 보호하는 어머니에 대한 요청과 중첩된다. "퇴를레스는 질리도록 보체나를 눈에 담고 있으면서도 자신의 어머니를 잊을 수 없"(52면)는 것이다. 무의식 속에서 어머니와 창녀가 끔찍하게도 가까이 있다는 위협적인 인식은 마침내 보체나의 메두사와 비슷한 시선을 통해 그를 마비상태로 이끈다. 그는 "돌처럼 굳은 미소를 지으며 자신의 얼굴 위에 있는 음탕한 얼굴과 뜻 모를 두 눈을 응시"(57면)한다. 하늘 장면에서도 이와 다르지 않다. 잔디 위에 누운 퇴를레스는 자신의 시선으로 구름 사이에 나 있는 "작고 파란, 이루 말할 수 없이 깊은 구멍"(103면) 속으로 들어가려고 노력한다. 그것은 마치 "극도로 팽팽하게 긴장한 시력이 시선을 화살처럼 구름 사이로 쏘아 올리는 것 같"이 느껴지는데, "목표를 점점 멀리 설정했음에도 그때마다 항상 조금씩 못 미치는"(104면) 결과에 이르게 된다. 앞에서 보았듯이 여기서도 그의 시선은 남근적 욕망을 비유적으로 표현하고 있는데, 그 욕망은 계속 좌절되는 양상을 보인다.

퇴를레스가 자신의 성적 욕구를 달성하는 데 실패하고 점점 약해지며 능동적인 주체의 측면에서 경직된 혹은 마비된 객체의 측면으로 자리를 바꾸는 데에는, 어릴 때부터 그를 따라다니는 거세에 대한 공포와 더불어 피학적인 성향이 중요한 역할을 한다.

그러고 나면 세상은 텅 빈 캄캄한 집처럼 보였고, 이제 이 방 저 방을—구석에 무엇이 숨어 있을지 모르는 어두운 방들을—찾아다녀야 할 듯한 전율이 느껴졌다—자신 외에는 아무도 넘어서는 안 될 문지방을 더듬거리며 건너다가, 마침내 어떤 방에서 그의 앞뒤에 있는 문이 갑자기 닫히고 검은 무리들의 여왕과 맞대면하게 될 것 같은 느낌이었다. 그리고 그 순간, 자신이 통과해온 다른 모든 문의 자물쇠들도 덜컥 내려와 잠길 것 같았고, 담장 앞 멀찌감치 어둠의 그림자가 검은 환관들처럼 경비를 서며 사람들의 접근을 막을 것 같았다.(38면)

거세에 대한 이런 공포는 역으로 여자아이 되기의 소망처럼 보이기도 한다. 바지니가 라이팅과 바이네베르크에 의해 처음 고문을 당할 때, 퇴를레스는 "함께 달려들어 때려주고 싶은 동물적 욕구"(117면)를 느낀다. 하지만 자기도 모르게 램프의 최면술적인 빛에 의해 가학적이고 남성적인 위치에서 피학적이고 여성적인 위치로 빠져들도록 강요된다. "그것은 퇴를레스의 몸을 마룻바닥에 밀착시키도록 몰아갔다."(117~18면)

이처럼 퇴를레스가 초반에 과도한 남성적 충동요구와 여자아이 역할 사이에서 분열되어 있는 반면, 마지막에는 '정상적인' 남성적 정체성의 형성에 머무르지 않고 이를 넘어서는 단계에 도달하는 것으로 보인다. 퇴를레스는 "온전한 인간"(240면)으로서 학교를 떠나는데, 이런 언급에서는 그가 더 이상 육체의 불안정한 도착적 증상으로 혼란을 느끼는 것이 아니라 '양성성'의 가능성을 보여주고 있는 것으로 읽힌다. 그리고 이런 양상은 『특성 없는 남자』에까지 그대로 이어지고 있는 부분이다. 이 작품의 등장인물인 클라리세는 "나는 양성인이다"라고 주장하고 있고 남자주인공 울리히 역시 이런 성향을 보이는데, 그는 자신의 '샴쌍둥이 누이'인 아가테와 대화를 나누면서 그녀에게서 자신의 내면에 살고 있는 여인을 인식하고, 결국은 "그의 누이를 소유하면서 자신을 완성"하는 것이다. 이런 점을 고려할 때 퇴를레스는 『특성 없는 남자』 이전에 이미 "1900년경의 예술과 문학의 이상인 양성성"[4]에 도달하고 있다

---

4 가령 이런 성적 정체성의 혼종성은 헤세의 『데미안』에서도 유사한 방식으로 확인된다. 싱클레어는 벽에 자기가 그린 어떤 여인의 그림을 붙여놓고 바라보면서 그 얼굴이 "내 친구 데미안과 비슷하며, 어떤 면에서 나와도 비슷"하다고 고백하고, 이어서 다시 "그것은 여자이자 남자였으며, 소녀였고, 어린아이였으며 짐승이었다"라고도 말한다.

는 것을 보여준다. 마지막 장면에서 그는 더 이상 "혼란에 빠진 채 신경이 날카로워진 젊은이"가 아니라 "아이를 잉태한 육체의 확신"(248면) 같은 것을 느끼고 있는 것이다.

예술적 비유: 아라베스크

퇴를레스가 기숙학교에서 겪는 갈등이 종말로 치닫고 있는 와중에 화자는 그의 미래의 모습을 독자에게 다음과 같이 슬쩍 언급한다. "지적이고 미적인 취미를 지닌 인물로 꼽히게 되었다."(194면) 퇴를레스가 장차 어떤 존재가 될 지 엿볼 수 있는 이 대목은 청소년기를 거치면서 그가 얻게 된 취향의 단면을 보여준다. 그는 바이네베르크처럼 '망상가'도 아니며 라이팅처럼 '권력형 인간'도 아니다. 이들과 어울리면서도 퇴를레스가 이들과 결정적으로 다른 점은, 그가 예술에 대한 감각을 잃지 않고 있다는 점이다. 퇴를레스가 처음 만난 순간부터 강한 인상을 받은 H. 제후의 아들은 그에게 다른 종류의 인간에 대한 이해뿐만 아니라, 새로운 종류의 예술에 대한 감각에 눈뜨게 해주는 존재로 그려지고 있다.

그는 공자와 함께 있으면 길에서 멀리 떨어진 예배당 안에 있는 것 같은 느낌이 들었는데, 교회창문을 통해 대낮의 햇빛을 바라보는 즐거움이나 친구의 영혼 속에 쌓여 있는 별 쓸모없는 금빛 장식을 오래 훑어보는 즐거움 덕에, 자신이 원래 그런 곳에 속한 사람이 아니라는 생각은 완전히 사라져버렸다. 그러다가 결국은, 아름답지만 기이한 법칙에 따라 서로 얽혀 있는 아라베스크 장식을 아무 생각 없이 손

가락으로 따라가듯 이 친구의 영혼으로부터 그 스스로 어떤 불분명한
상(像)을 받아들이게 되었다.(16면)

그의 아라베스크 체험은 '쓸모없거나' '기이'하거나 '불분명한'
체험과 연관되어 있다. 퇴를레스의 아라베스크 체험은 낭만주의
이래로 이 미학적 개념에 덧붙여진 중요한 속성을 그대로 반복하
고 있는 것처럼 보인다. 프리드리히 슐레겔에 의하면 "인간 상상
력의 가장 오래된 근원적인 형식"인 아라베스크는 "인위적으로 잘
정돈된 혼돈과 이 모순의 매혹적인 균형, 그리고 도취와 아이러니
의 기이하고도 영원한 교체"를 그 특성으로 가지면서, 기존의 계몽
주의적·고전주의적·미적 이상인 합리성과 조화미, 균형미와 대립
되는 양상을 보여주기 때문이다.
　하지만 사실상 그의 발전이 결국에는 다시 이쪽으로 회귀하고
있음에도 퇴를레스는 우선은 자신이 이 세계에 속하지 않는다고
생각한다. 그런 탓에 그의 이런 초기 예술체험은 그의 '오성의 독
단'에 의해 파괴된다. 퇴를레스가 자신과 친연성을 가진 친구를 가
혹하게 대하는 것은 "너무 여린 감상적 태도에 대한 일종의 두려
움" 때문이고, 이런 두려움은 그를 반대방향으로 이끌어 "건강하
고 힘에 넘치며 낙천적"(17면)인 친구들과 어울리도록 만든다. "오
성적 판단 너머"(19면)에 있는 아라베스크 체험은 그를 유혹하면서
도 혼란을 안겨주며 결국은 미성숙한 판단에 의해 일단 수면 아래
로 가라앉는 것이다.
　이때 퇴를레스가 바라보는 대상이 에로틱한 측면을 가지고 있
다는 것 역시 의미가 있다. 왜냐하면 퇴를레스에겐 "예술이 관능이
란 길을 거쳐"(170면) 다가오기 때문이다. 퇴를레스의 예술적·인식

론적 욕구는 '성적'이고 '관능적'인 대상과 밀접하게 연결되어 있다. 다만 그의 무의식적 소망은 분명하게 인식되지 못한 채 의식 속에서 계속 가라앉고 떠오르기를 반복한다. 마지막에 이르러서야 무질은 주인공에게 관점주의의 가능성을 발견하게 하는데, 그 가능성은 건축 혹은 수학이든 인간론이든 영화 예술이든 동일하게 기능하며, 퇴를레스의 미래가 예술가적 삶으로 귀결되는 것에 단초를 제공한다. 조사위원회에서 퇴를레스가 자신 안에 "오성의 눈이 아니라 이 모든 것을 바라보는 제2의 눈"이 있다고 확신을 가지고 말할 때, "퇴를레스 또래의 수준을 훨씬 뛰어넘는 이러한 말들과 비유는 극도의 흥분상태에서 거의 문학적 영감이 떠오르는 것이라고 할 수 있는 순간에"(243면) 그의 입에서 튀어나오는 것이다.

바이네베르크의 사변에 비하면 단순해 보이긴 해도 퇴를레스는 결국 자신만의 해명에 도달하고 이를 이렇게 표현한다. "모든 건 그저 일어나는 거야. 그게 지혜의 전부지."(220면) 그리고 자신의 시각을 조사위원회에 모인 교사들 앞에서 단호하게 말한다.

"저는 이제 알고 있어요. 사물은 사물이고 영원히 그렇게 머물러 있을 거라는 사실을 말이죠. 그런데 아마도 전 그것들을 때로는 이렇게, 때로는 저렇게 볼 것입니다. 때로는 오성의 눈으로, 때로는 다른 눈으로…… 그리고 저는 더 이상 그것을 서로 비교하려 들지 않을 겁니다."(243면)

니체의 제자로 평가받는 무질이 "정신적인 과정의 종착지"(233면)에 도착한 자신의 주인공으로 하여금 "재판관이라도 된 듯 당당"하고 "의기양양하게"(240면) 발견하도록 한 것은 관점주의의 무한한 가능성인데, 이를 통해 예술가로서 퇴를레스의 미래 역시 예정된 것처럼 보인다. 퇴를레스의 경우에는 바이네베르크 같은 신비주의자가 현실 뒤쪽의 비밀스러운 세계를 추종하는 것과 달리, 자연스러운 설명이 가능한 심리적 문제가 있을 뿐이라는 것을 자각하기 때문이다. 따라서 그는 혼란이 사실 그 자체로 문제가 아니라, 세상을 한가지 잣대로만 평가하려 했던 스스로의 기준 때문에 생긴 것임을 깨닫는 결론에 이르게 된다. 무질에게 문학이 '경험적 현실의 재현이 아니라 오히려 우리의 인지 능력이 미치지 못하는 현실을 포착하려는 노력이며, 완결된 인식의 표현 수단이 아니라 오히려 개념을 벗어나는 사고를 표현하고자 하는 시도'인 것처럼, 그의 작품 속 주인공 역시 그런 세계관을 공유하며 기숙사를 떠나는 것이다.

정현규(숙명여대 독일언어·문화학과 교수)

1880년	11월 6일 오스트리아의 클라겐푸르트에서 헤르미네 무질과 엔지니어 출신 알프레드 무질 사이에서 둘째로 태어남. 누이인 엘자는 태어난 해인 1876년에 사망.
1881년	가족이 보헤미아 지방의 코모타우로 이주.
1882년	가족이 오버외스터라이히 주州의 슈타이어로 이주. 이곳에서 아버지가 철강산업 국립시험소와 직업전문학교의 감독관으로 근무.
1889년	1월부터 6월 사이에 '신경증과 뇌질환'(뇌막염으로 추정)을 앓음. 1889년부터 1890년까지 학교에 다니면서 같은 증상을 보임.
1891년	가족이 모라비아의 브륀으로 이사. 여기서 아버지가 독일공업전문대학의 기계공학과 교수로 재직.

1892년	8월 29일 아이젠슈타트의 군사초등실업학교에 입학.
1894년	9월 1일 매리쉬-바이스키르헨의 군사고등실업학교에 입학.
1897년	9월 1일 빈 기술사관학교의 사관후보생으로 입학. 12월 30일 중퇴.
1898년	1월 29일 브륀의 독일공업전문대학에서 엔지니어 전공을 수학함. 현대문학(알텐베르크, 릴케, 도스또옙스끼 등)에 대한 관심을 가졌고, 일기를 쓰기 시작함.
1898년	브륀의 신문에 1902년까지 '로베르트' 혹은 'R. O. 베르트 R. O. Bert'라는 가명으로 투고.
1899년	11월 10일 첫번째 엔지니어 시험에 합격.
1900년	10월 뮌헨의 피아니스트 발레리 힐페르트와 사랑에 빠짐.
1901년	7월 18일 두번째 엔지니어 시험에 합격. 10월 1일 브륀에서 일년 기간의 지원병 생활 시작. 섬유회사에서 사무원으로 일하는 헤르마 디츠를 알게 되고 연인으로 발전함.
1902년	매독에 걸려 수은치료요법을 받음. 프리드리히 니체와 랄프 발도 에머슨(Ralph Waldo Emerson), 에른스트 마흐(Ernst Mach)의 저작을 접함. 『소년 퇴를레스의 혼란』(*Die Verwirrungen des Zöglings Törleß*) 집필 시작.
1903년	10월 베를린 프리드리히 빌헬름 대학의 카를 슈툼프(Carl Stumpf) 교수 밑에서 철학과 심리학 공부 시작. 자전적 소설에 대한 사전작업 시작. 이 작업은 1차대전 후 『특성 없는 남자』(*Der Mann ohne Eigenschaften*)의 밑거름이 됨.
1905년	『소년 퇴를레스의 혼란』 집필 작업을 마침.
1906년	헤르마 디츠가 매독으로 인해 유산. 8월, 나중에 아내가 된 마르타 마르코발디를 알게 됨. 10월 빈 출판사에서 『소년 퇴를레스의 혼란』 출간.

1907년	창작의 위기를 겪으며 학문과 문학 사이에서 방황함. 연인 헤르마 디츠 사망.
1908년	'마흐 이론에 대한 평가'라는 제목으로 박사학위 논문을 제출하여 3월 14일 철학 박사학위 취득. 마르타 마르코발디와 동반자가 됨. 11월에 단편 「마법에 걸린 집」(Das verzauberte Haus)이 프란츠 블라이의 잡지『휘페리온』(Hyperion)에 실림.
1910년	마르타 마르코발디와 함께 로마와 베네찌아, 부다페스트 등지로 여행. 두편의 단편 「조용한 베로니카의 유혹」(Die Versuchung der stillen Veronika)과 「사랑의 완성」(Die Vollendung der Liebe) 작업.
1911년	아버지의 요청으로 빈으로 돌아와 빈 공과대학 도서관에 자리를 얻음. 4월 15일 마르타 마르코발디와 결혼. 5월 말 「조용한 베로니카의 유혹」과 「사랑의 완성」을 모아 단편집 『합일』(Vereinigungen)을 발표. 비평가들의 호평에도 대중의 악평에 창작의 위기를 겪음.
1912년	대학도서관 2등 사서가 됨.
1913년	'심각한 심장신경증'을 진단받음. 『몽상가들』(Schwärmer) 작업 시작.
1914년	베를린으로 돌아와 사무엘 피셔(Samuel Fischer)의 요청으로 『노이에 룬트샤우』(Neue Rundschau)지의 문학편집자가 되어 초기 표현주의자들을 소개하는 임무를 부여받음. 1차대전이 발발하면서 린츠로 돌아와 향토방위군으로 배속. 9월, 전쟁옹호적 에세이 『유럽주의, 전쟁, 독일주의』(Europäertum, Krieg, Deutcshtum) 출간.
1915년	남티롤의 전선 수비 담당. 여기서 농부의 딸인 마달레나 렌치와 사귐. 이 경험이 「그리지아」(Grigia)에 반영됨. 9월 22일 비행기에서 투하된 화살에 맞아 치명상을 입고, 이 경험이 「화살」(Der

Fliegerpfeil), 「지빠귀」(Die Amsel)에 반영됨.

1916년　『군인 신문』(Soldaten Zeitnng) 편집을 맡음.

1917년　아버지가 귀족작위를 수여받음. 무질은 향토방위군 대위로 진급함.

1918년　빈으로 배속되어 새로운 군인 신문『고향』(Heimat) 편집을 맡음.
로베르트 뮐러(Robert Müller)의 비밀결사조직 '카타콤'의 요원
이 됨. 에세이『작가의 인식에 관한 스케치』(Skizze der Erkenntnis
der Dichters) 출간.

1919년　빈에 있는 외교부의 홍보실 문서보관소에서 근무. 미학적이고 이
념적인 방향전환의 시작 (『특성 없는 남자』의 전 단계인 「스파이」
(Spion)).

1920년　빈에서 1923년까지 육군성 고문을 지냄.

1921년　희곡『몽상가들』과 단편 「그리지아」 발표.『프라하 신문』(Proger
Presse)에서 연극비평가로 활동. 장편소설『구원자』(Der Erlöser)
집필 시작.

1923년　단편 「통카」(Tonka)와 「포르투갈 여인」(Die Portugiesin) 발표. 클
라이스트상 수상. '오스트리아 주재 독일작가보호협회' 부의장이
됨. 장편소설『쌍둥이 자매』(Zwillingsschwester) 집필 시작.

1924년　1월 24일 어머니 사망. 10월 1일 아버지 사망. 빈 예술상 수상. 「그
리지아」 「포르투갈 여인」 「통카」를 한데 모아 단편집『세 여인』
(Drei Frauen)을 로볼트 출판사에서 간행. 로볼트 출판사가『특성
없는 남자』집필 작업을 재정적으로 지원.

1926년　『특성 없는 남자』작업이 계속 지연됨. 6월 베를린에서 위험한 담
낭수술을 받음.

1927년　베를린에서 릴케 추도 강연. 계속되는 집필장애 증상 때문에 심리
치료를 받음.

1928년	단편 「지빠귀」 출간. 『특성 없는 남자』의 집필 작업에서 오는 스트레스로 신경쇠약 증상을 보임.
1929년	두번에 걸친 심장마비 증상을 겪고, 재정적으로도 어려움에 봉착. 작가의 항의에도 불구하고 생략된 대본으로 『몽상가들』이 베를린에서 초연. 하우프트만상 수상.
1930년	8월 26일 『특성 없는 남자』 제1권이 완성되어 11월에 출간. 비평가들에게 호평을 받음.
1931년	『특성 없는 남자』 제2권을 집필하기 위해 빈에서 베를린으로 이사.
1932년	여름, 무질을 경제적으로 후원하기 위해 비공식적으로 무질협회가 설립됨.
1933년	히틀러가 정권을 잡으면서 빈으로 돌아옴. 경제적인 어려움 때문에 반복적으로 자살을 생각함.
1934년	무질의 집필을 재정적으로 돕기 위해 친구들이 '로베르트 무질 기금' 설립.
1936년	12월 산문집 『생전의 유고』(Nachlass zu Lebzeiten)가 취리히의 후마니타스 출판사에서 출간. 수영 중 뇌졸중을 일으킴. 경제적 어려움에서 벗어나기 위해 '조국 전선'에 가입해 국가연금을 받고자 하지만 좌절됨.
1937년	자신의 전집을 망명출판사인 베르만-피셔에서 출간.
1938년	나치 독일이 오스트리아를 합병함에 따라 아내와 함께 스위스로 망명. 『특성 없는 남자』가 나치 독일에서 금지서적으로 분류됨.
1939년	제네바로 거처를 옮김.
1940년	그의 작품들이 나치 독일에서 '해로운' 글로 분류됨.
1942년	4월 15일 뇌졸중으로 세상을 떠남.

고전의 새로운 기준, 창비세계문학

오늘날 우리는 인간의 존엄과 개성이 매몰되어가는 시대를 살고 있다. 물질만능과 승자독식을 강요하는 자본주의가 전지구적으로 확산되면서 현대사회는 더 황폐해지고 삶의 질은 크게 훼손되었다. 경제성장만이 최고의 선으로 인정되고 상업주의에 물든 문화소비가 삶을 지배할수록 문학은 점점 더 변방으로 밀려나고 있다. 삶의 본질을 성찰하는 문학의 자리가 위축되는 세계에서는 가진 자와 못 가진 자 할 것 없이 모두가 불행할 수밖에 없다.

이 시대야말로 인간답게 산다는 것의 의미가 무엇인지 근본적인 화두를 다시 던지고 사유의 모험을 떠나야 할 때다. 우리는 그 여정에 반드시 필요한 벗과 스승이 다름 아닌 세계문학의 고전이라는 점을 강조한다. 고전에는 다양한 전통과 문화를 쌓아올린 공동체의 경험이 녹아들어 있고, 세계와 존재에 대한 탁월한 개인들의 치열한 탐색이 기록되어 있으며, 새로운 세상을 꿈꾸는 아름다운 도전과 눈물이 아로새겨 있기 때문이다. 이 무궁무진한 상상력의 보고이자 살아 있는 문화유산을 되새길 때만 개인의 일상에서 참다운 인간적 가치를 실현하고 근대적 삶의 의미와 한계를 성찰하는 지혜를 얻을 수 있을 것이다.

'창비세계문학'은 이러한 문제의식에서 출발한다. 세계문학의 참의미를 되새겨 '지금 여기'의 관점으로 우리의 정전을 재구성해야 할 필요성이 그 어느 때보다 절실하다. '정전'이란 본디 고정된 목록으로 존재하는 것이 아니라 그때그때 주어진 처소에서 새롭게 재구성됨으로써 생명을 이어가는 것이다. 우리는 먼저 전세계 문학들의 다양성과 차이를 존중하면서 국가와 민족, 언어의 경계를 넘어 보편적 가치에 기여할 수 있는 가능성에 주목하고자 한다. 근대를 깊이 성찰한 서양문학뿐 아니라 아시아와 라틴아메리카, 중동과 아프리카 등 비서구권 문학의 성취를 발굴하고 재평가하는 것 역시 세계문학의 지형도를 다시 그리려는 창비의 필수적인 작업이 될 것이다.

여러 전집들이 나와 있는 세계문학 시장에서 '창비세계문학'은 세계문학 독서의 새로운 기준이 되고자 한다. 참신하고 폭넓으면서도 엄정한 기획, 원작의 의도와 문체를 살려내는 적확하고 충실한 번역, 그리고 완성도 높은 책의 품질이 그 기초이다. 독서시장을 왜곡하는 값싼 유행과 상업주의에 맞서 문학정신을 굳건히 세우며, 안팎의 조언과 비판에 귀 기울이고 독자들과 꾸준히 소통하면서 진정 이 시대가 요구하는 세계문학이 무엇인지 되묻고 갱신해 나갈 것이다.

1966년 계간 『창작과비평』을 창간한 이래 한국문학을 풍성하게 하고 민족문학과 세계문학 담론을 주도해온 창비가 오직 좋은 책으로 독자와 함께해왔듯, '창비세계문학' 역시 그러한 항심을 지켜나갈 것이다. '창비세계문학'이 다른 시공간에서 우리와 닮은 삶을 만나게 해주고, 가보지 못한 길을 걷게 하며, 그 길 끝에서 새로운 길을 열어주기를 소망한다. 또한 무한경쟁에 내몰린 젊은이와 청소년 들에게 삶의 소중함과 기쁨을 일깨워주기를 바란다. 목록을 쌓아갈수록 '창비세계문학'이 독자들의 사랑으로 무르익고 그 감동이 세대를 넘나들며 이어진다면 더없는 보람이겠다.

2012년 가을
창비세계문학 기획위원회
김현균 서은혜 석영중 이욱연 임홍배 정혜용 한기욱

창비세계문학 84

소년 퇴를레스의 혼란

초판 1쇄 발행 / 2021년 3월 5일

지은이 / 로베르트 무질
옮긴이 / 정현규
펴낸이 / 강일우
책임편집 / 오규원
조판 / 전은옥
펴낸곳 / (주)창비
등록 / 1986년 8월 5일 제85호
주소 / 10881 경기도 파주시 회동길 184
전화 / 031-955-3333
팩시밀리 / 영업 031-955-3399 편집 031-955-3400
홈페이지 / www.changbi.com
전자우편 / lit@changbi.com

한국어판 ⓒ (주)창비 2021
ISBN 978-89-364-6483-7 03850